京极夏彦作品
KYOGOKU
NATSUHIKO

日 系 | Horizon

社 科 新 知　文 艺 新 潮

ひゃっきやこう—いん

# 百鬼夜行
## 阴

KYOGOKU NATSUHIKO　〔日〕京极夏彦—著　林哲逸—译

上海人民出版社

# 独力揭起妖怪推理
## 大旗的当代名家——京极夏彦

### 日本推理文坛传奇

在一九九〇年代的日本推理界，京极夏彦的出现，为推理文坛带来了相当大的冲击。

书中大量且广泛的知识、怪异事件的诡谲真相、小说的巨篇与执笔的快速，这些特色都让他一出道就受到众人的激赏，至今不坠。

此外，京极夏彦对妖怪文化的造诣之深，也让他不同于一般的推理作家。除了小说以日本古来的妖怪为名，故事中不时出现的妖怪知识，也说明了他对妖怪的热爱。

身为日本现代最重要的妖怪绘师水木茂的热烈支持者，更自称为水木茂的弟子，京极夏彦在妖怪的领域也具有无与伦比的影响力。京极夏彦对于妖怪文化的大力推广，也绝对是造成日本近年来妖怪热潮的重要因素之一。

而这一切，或许都是京极夏彦当初在撰写出道作《姑获鸟之夏》时，始料未及的吧。毕竟他以小说家之姿踏入推理界，进而在妖怪与推理的领域都占有一席之地，其实可说是无心插柳的结果。他出道的过程，早已成为读者之间津津乐道的传奇故事了。

京极夏彦是平面设计出身，就读于设计学校，并曾在设计公司与广告代理店就职，之后与友人合开工作室。但由于遇上泡沫经济崩坏，工作量大减，为了打发时间，他写下了《姑获鸟之夏》这本小说，内容来自十年前原本打算画成漫画的故事。而在《姑获鸟之夏》之前，他不但没写过小说，甚至连"写小说"这样的念头都不曾有过。

《姑获鸟之夏》完成后，因为篇幅超过像是江户川乱步奖与横沟正史奖这些新人奖的限制，所以他开始删减篇幅，但随后便放弃修改而没有投稿。之后他决定直接与出版社联络，询问是否愿意阅读小说原稿。拨电话给讲谈社其实也是巧合，他当时只是翻阅手边的小说（据说是竹本健治的《匣中的失乐》），查询版权页的电话，之后便拨给出版这本小说的讲谈社。尽管当时正值黄金周（日本五月初法定的长假），出版社可能没有人在，但他仍然试着拨了电话。

没想到在连续假期中，讲谈社里正好有编辑在。编辑得知京极夏彦有小说原稿，尽管是新人，仍请他寄到出版社来。京极夏彦原本以为千页稿纸的小说，编辑会花上许多时间阅读，之后还有评估的过程，得到回音应该会是半年之后的事，于是小说寄出之后便不再理会。结果回应来得出乎意料地快，在原稿寄出后的第三天，讲谈社编辑便回电，希望能够出版这本小说。

推理史上的不朽名著《姑获鸟之夏》，就这样在一九九四年出版了。京极夏彦的作家生涯，也就此展开。

相较于过去以得奖为出道契机的推理作家，京极夏彦并没有得奖光环的加持，只是凭借小说的杰出表现才有出道的机会。但他的才能不但受到读者的支持，推理文坛也很快给予肯定的回应。一九九五年的《魍魉之匣》只是他的第二部小说，就能够在翌年拿下第四十九届日本推理作家协会奖。一出道就聚集了众人的目光，第二部作品更拿下重要的奖项，京极夏彦的实力，由此展露无遗。

而他初出道时奇快无比的写作速度，则是除了小说内容外更令人瞠目结舌的特点。《姑获鸟之夏》出版于一九九四年，接下来是一九九五年的《魍魉之匣》与《狂骨之梦》，一九九六年的《铁鼠之槛》与《络新妇之理》。表面上每年两本的出版速度或许不算惊人，但如果考虑到小说的篇幅与内容的艰深，就能了解他的执笔速度之快了。除了《姑获鸟之夏》不满五百页，之后每一本的篇幅都超过五百页，后两本甚至超过八百页。如此的快笔，反映出的是他过去蓄积的雄厚知识与构筑故事的才能。

两大系列与多元发展

虽然京极夏彦日后的执笔速度已不再像初出道时那么快速，但他发展的方向却更为多元。在小说的领域，京极夏彦笔下有两大系列作品，分别为百鬼夜行系列与巷说百物语系列，此外还有一些不成系列的小说。在小说之外，还活跃于包括妖怪研究、妖怪图的绘画、漫画创作、动画的原作脚本与配音、戏剧的客串演出、作品朗读会、各种访谈、书籍的装帧设计等许多领域，让人惊讶于他多样的才能。

京极夏彦的成功，影响了日后许多推理作家。讲谈社由此开始思考新人出道的另一种方式，不需要挤破头与大多数无名作家竞逐新人奖项，只要自认有实力，且经过编辑部认可，作家就可以出道。一九九六年讲谈社梅菲斯特奖的出现，也正是将这种想法落实的结果。

倘若比较同时期的作家，从一九九四年的京极夏彦开始，西泽保彦出道于一九九五年，森博嗣出道于一九九六年，推理小说界在此时出现了不小的变动。当许多新本格作家的作品产量开始减少之际，前述三位作家表现出了截然不同的风格。他们出书速度快，短短数年内便累积了许多作品，而且又不会因为作品的量产而降低水平，而是都维持着一定的口碑。此外，更吸引了许多过去不读推理小说的读者，将读者层拓展得更为宽广。

百鬼夜行系列

在大致描述京极夏彦的作家生涯与特色之后，以下就来介绍他笔下最重要的两大系列。

京极夏彦的主要作品，是以《姑获鸟之夏》为首的百鬼夜行系列。到二〇〇七年为止，这个系列总共出版了八部长篇与三部中短篇集（编者注：目前已出版八部长篇与五部中短篇集），是京极夏彦创作生涯的主轴，也仍在持续执笔中。由于百鬼夜行系列是他从出道开始就倾力发展的作品，配合上写作前几部作品时的快笔，因此作品数很快地累积，而其精彩的内容，也使得京极夏彦建立起妖怪推理的名声。

京极夏彦的作品特色，首推将妖怪与推理的结合。或许也可以这么说，他是在写作妖怪小说时，采用了推理小说的形式，而这正表现在百鬼夜行系列上。百鬼夜行系列的核心在于"驱除附身妖怪"，原文为"憑物落とし"。所谓的"憑物"，指的是附身在人身上的灵。在民俗社会中，人的异常行为与现象，常会被认为是恶灵凭附在人身上的关系。因为有恶灵附身，才使人们变得异常，而要使其恢复正常，就必须由祈祷师来驱除恶灵。

百鬼夜行系列的概念类似于此。每个人都有着不同的心灵与想法，有些人的心中可能因为自己的出身或见闻而存在着恶意。扭曲人心的恶意凭附在人类身上，导致他们犯下罪行或是招致怪异举止，真相也从而隐藏在不可思议的表象中。京极夏彦让凭附的恶灵以妖怪的形象具体化，结果正如同妖怪的出现使得事件变得不可思议。阴阳师中禅寺秋彦（即"京极堂"）借由丰富的知识与无碍的辩才，解开事件的谜团，让真相水落石出。由于不可思议的怪事可以合理解释，也就形同异常状态已经回复正常。既然如此，那么造成怪异现象的妖怪，自然也就在解明真相的同时被阴阳师所驱除。

这样的过程，正符合推理小说中"谜与解谜"的形式。京极夏彦曾在访谈中提及，推理小说被称为"秩序回复"的故事，而他想写的也是这种秩序回复的故事。在这样的概念下，妖怪与推理，这两项看似没有任何关联的类型，在京极夏彦的笔下精彩地结合，成为他最大的特色。

而京极堂以丰富的知识驱除妖怪及解释真相，也让京极夏彦的小说里总是满载着大量的信息。《姑获鸟之夏》中，京极堂所言"这世上没有不有趣的书，不管什么书都有趣"，事实上也正是京极夏彦本人的想法。对于书的爱好，让他的阅读量相当可观，因而得以累积丰富的知识，也随处表现在故事之中。

另一个特点，则在于人物的形塑。身兼旧书店"京极堂"的店主、神社武藏晴明社的神主以及阴阳师这三重身份的中禅寺秋彦，担负起驱除妖怪与解释谜团的重任。玫瑰十字侦探社的侦探榎木津礼二郎，可以看见别人的记忆。此外包括刑警木场修太郎，小说家关口巽，《稀谭月报》的记者同时也是京极堂妹妹的中禅寺敦子等，小说中的人物各有独特的个性，不但获得读者的支持，更成为许多人阅读故事时的关注对象。

介绍过百鬼夜行系列的特色之后，以下对各部作品进行简单的叙述。

一、《姑获鸟之夏》（一九九四年九月）。女子怀孕二十个月却未生产，她的丈夫更消失在密室之中。同时，久远寺医院也传出婴儿连续失踪的传闻。

二、《魍魉之匣》（一九九五年一月）。因被电车撞击而身受重伤的少女，被送往医学研究所后，在众人环视之下从病床上消失。此外，武藏野也发生了连续分尸杀人事件。

三、《狂骨之梦》（一九九五年五月）。女子的前夫在数年前死亡，如今居然活着出现在她的面前，虽然惊恐的她最终杀死了对方，却没想到前夫竟然再次死而复生，于是她再度杀害复活的死者。

四、《铁鼠之槛》（一九九六年一月）。在箱根的老旅馆仙石楼的庭院里，凭空出现一具僧侣的尸体。之后，在箱根山的明慧寺中，发生了僧侣连续遭到杀害的事件。

五、《络新妇之理》（一九九六年十一月）。惊动社会的溃眼魔，已经连续杀害四个人，每个被害者的眼睛都被凿子捣烂。而在女子学院的校园内，也发生了绞杀魔连续杀人的事件。

六、《涂佛之宴》（一九九八年三月、九月），分为"宴之支度"与"宴之始末"两册。"宴之支度"中收录了六个中篇，"宴之始末"解明隐藏于其中的最终谜团。关口听说伊豆山中村庄消失的怪事，前往当地采访。数日后，有名女子遭到杀害，关口竟被视为嫌疑犯而遭到逮捕。

七、《阴摩罗鬼之瑕》（二○○三年八月）。由良伯爵过去的四次婚礼，新娘都在初夜遭到杀害，凶手至今仍未落网。如今，伯爵即将举行第五次婚礼，历史是否会重演？

八、《邪魅之》（二○○六年九月）。描述在大矶与平冢发生的连续毒杀事件。

百鬼夜行系列除了长篇之外，还包括四部中短篇集（编者注：除文中提到的四部，另有短篇集《百鬼夜行——阳》），都是在杂志上刊载后集结成册，有时也会在成书时加入未曾发表过的新作。这四部中短篇集各有不同的主题，皆以妖怪为篇名。

一、《百鬼夜行——阴》（一九九九年七月）收录了十篇妖怪故事，每篇故事的主角皆为系列长篇中的配角。借由这十部怪异谭，读者可以看见在系列长篇中所未曾描述的另一个世界。

二、《百器徒然袋——雨》（一九九九年十一月）、《百器徒然袋——风》（二○○四年七月）各收录三篇，主角是侦探榎木津礼二郎，故事中可以见到他惊天动地的大活跃。

三、《今昔续百鬼——云》（二〇〇一年十一月），共收录四篇，本作的主角是妖怪研究家多多良胜五郎，描述他与同伴在搜集传说的旅行中所遭遇的怪事。

**巷说百物语系列**

京极夏彦的另一个系列作品是《巷说百物语》，这个系列于一九九七年开始发表，一九九九年出版第一本，到二〇〇七年为止共出了四本。本系列的第三本《后巷说百物语》更让京极夏彦拿下了第一三〇届直木奖，成为他作家生涯的重要里程碑。

《巷说百物语》刊载于妖怪专门杂志《怪》上，是这本杂志的创刊策划，一直持续至今。在试刊号的第〇期，京极夏彦发表了《巷说百物语》的第一个故事《洗豆妖》，之后除了两期之外，其余每一期都可以看见《巷说百物语》系列的小说。京极夏彦总是提及，只要《怪》继续出刊，《巷说百物语》就不会停止，由此可见他重视这本杂志的程度。

刊载于杂志上的巷说系列，每期都是一个完整的中篇故事，目前为止尚无长篇连载。而在汇总出版单行本时，京极夏彦会再新写一篇未发表在《怪》上的作品，作为每部小说的最后一则故事。本系列至今已出版了四本，从一九九九年八月的《巷说百物语》，二〇〇一年五月的《续巷说百物语》，二〇〇三年十二月的《后巷说百物语》，到二〇〇七年四月的《前巷说百物语》，除了《巷说百物语》收录了七篇作品之外，之后的三本都收录了六篇作品（编者注：二〇一〇年七月出版了第五本《西巷说百物语》）。

巷说系列的背景设定于江户时期，从一八二〇年代后半期开始。在那个时代，妖怪的存在依旧深植人心，人们深信妖怪会作祟，怪事的发生也可以归因于妖怪而不必寻求合理的解释。系列的灵魂人物是又市，一个以言语欺瞒人们的诈术师。在《巷说百物语》中，诡异的怪事不断发生，而这一切怪事，其实都是又市在幕后设计的。他接受委托，并与伙伴们刻意制造出妖怪奇闻，借由这些怪事的发生，使得他能够达成真正的目的，并且能够隐藏在怪异之下而不为人知。

《续巷说百物语》与前作略有不同，着眼点较偏重于角色，固定班底的描写在本作中被凸显，他们的过去也借由不同的故事被一一呈现。《后巷说百物语》发生于江户时代之后的明治时代，四名年轻人每逢遭遇怪异，便来请教一位隐居在药研堀的老翁。老翁由这些怪事，回想起年轻时与又市一行人所遇到的事件，并在故事最后会同时解决现在与过去的事件。

《前巷说百物语》的设定再度转变，描写的是又市的青年时期。在前三作中，又市已经是成熟的诈术师，但他并非生来如此，《前巷说百物语》中的又市还年轻，他的技巧也还不纯熟，因此故事又再次表现出和前三作不同的风格。

巷说系列目前共包含上述四本，但还有另外两本小说与其相关，那就是《嗤笑伊右卫门》与《偷窥者小平次》。这两本其实是京极夏彦改写日本家喻户晓的怪谈，使其呈现新貌的作品。但是由于巷说系列的重要人物又市与治平也出现在其中，而且对他们两人的生平有较多描述，因此虽然小说本身的重点在于固有怪谈的重新诠释，但由于人物的重叠，其实也等同于巷说系列的外传作品。而在京极夏彦的得奖史上，这两部作品同样都有得奖的表现，《嗤笑伊右卫门》拿下第二十五届泉镜花文学奖，《偷窥者小平次》则获得第十六届山本周五郎奖。

## 开创推理小说新纪元

京极夏彦的过人才华，发挥在许多领域上，也让他有着非凡的成就。过去台湾曾经出版过京极夏彦的数本小说，读者们也已经对他有了一些认识。可惜的是，过去都未曾以作品集的形态来全面地引荐与介绍，因此对读者而言，期待度极高的京极夏彦作品，也始终都是传说中的名作，无缘一见。

如今，京极夏彦的小说再度引进，而且是他笔下最主轴的百鬼夜行系列作品全集，读者们可以从完整的小说集中一睹这位作家的惊人实力。足以在日本推理史上留名的百鬼夜行系列，其精彩的故事必然会让人留下深刻的印象。妖怪推理的代名词，开创妖怪小说与推理小说新纪元的当代知名小说家京极夏彦，现在，就在眼前。

二〇〇七年五月九日

作者介绍

凌彻，一九七三年生，嗜读各类推理与评论，特别偏爱本格。

献给恪遵

『子不语怪力乱神』

之教诲者

［目录］

第壹夜　窄袖之手　　　　　［4］

第贰夜　文车妖妃　　　　　［44］

第叁夜　目目连　　　　　　［90］

第肆夜　鬼一口　　　　　　［132］

第伍夜　烟烟罗　　　　　　［176］

第陆夜　倩兮女　　　　　　［218］

第柒夜　火间虫入道　　　　［256］

第捌夜　襟立衣　　　　　　［296］

第玖夜　毛倡妓　　　　　　［338］

第拾夜　川赤子　　　　　　［384］

唐诗有悼妓女诗：
"昨日施僧裙带上，断肠犹系琵琶弦。"
见琵琶丝弦犹系于僧所吊祭之妓女裙带，不禁悲欲断肠。
闻有人见故人窄袖衣中忽现一手，皆由女子爱衣服器物之心也。

——《今昔百鬼拾遗》／中之卷·雾

【第壹夜】

窄袖[1]之手

1

　　杉浦隆夫打算将衣柜里妻子的衣物全部处理掉。

　　妻子想必不会回来了，而这些和服也难以修改成其他衣服，原本没有必要犹豫。

　　但他害怕的是打开衣柜这件事。在开启衣柜的那一瞬间，杉浦竟然因过于恐惧而手指无力，手中的金属把手在颤抖下咔嗒作响。

　　咔嗒咔嗒的声音，更加深了杉浦的恐惧感。

　　——真是愚蠢。

　　杉浦觉得自己真是愚蠢，他使劲地拉出抽屉。

　　整齐折叠好的和服外头包上厚纸，折角干净利落，收藏得非常细心。

　　如今回想起来，妻子是个极度一丝不苟的人，杉浦完全忘记这件事了。

　　总之——

　　多亏妻子的细心，和服并没有直接暴露在杉浦的眼前，杉浦毫无来由的恐惧此刻才总算稍微减轻。

　　他轻轻掀开厚纸。

　　见到从缝隙中露出熟悉的和服花纹，内心隐隐作痛。

　　妻子的衣服并不多，杉浦却有种错觉，仿佛能从这一件件衣物之中嗅闻到过去时间的残存气息。

　　——记得这是……

　　当时妻子经常穿的——

好令人怀念，杉浦追寻着幽微的记忆。

那时候——

杉浦隐隐思考着"那时候"，却完全回想不起所谓的"那时候"究竟是何时发生的事情。

当然，他确定妻子穿过这件和服，但其余却十分暧昧不明。杉浦连这件衣服到底是春装还是夏装也不知道。杉浦一点也不懂妇人衣物的款式，从来就分不清楚什么是铭仙，什么是大岛[2]。杉浦喜欢看着妻子做事的背影。但他其实什么也没看到，从来就不懂妻子的心情。

纵然如此，他对妻子依旧十分眷恋。

是故，现在手上拿着妻子残留的衣物，心中自然涌现许多惆怅。

话虽如此，杉浦倒也不见得对每一件衣物都有着无限感伤，毕竟他与妻子实际相处的时间并不长。所以说，杉浦无法确定现在胸口隐隐刺痛的感觉究竟是对妻子的回忆所为，抑或是久未吸入的樟脑的刺鼻气味所致。说不定这股刺痛更近似于失落感。

这些衣物拿去当铺典当应该能值一些钱，而且似乎没遭到虫蛀，相信有许多人乐意收购。

但是杉浦并不怎么愿意将妻子的遗物拿去换钱。总觉得让别人穿上这些衣服有愧于妻子。

——穿上衣服。

这句话再次唤起了恐惧。

刚刚并没有出声说出口，也并非心中浮现了这句话。但冷不防地，纤白的手臂从和服袖口悄悄伸出的情景却鲜明地浮现在脑中。杉浦不由得发出惨叫，将衣服用力抛在榻榻米上。

急忙关上抽屉。

只留下榻榻米上的那件和服。

一时间，杉浦茫然自失，但很快又微微发笑。

因为冷静下来后，他发现自己一连串的行为实在毫无意义而且滑稽可笑。衣柜、衣物不过只是日常器物，实在没有理由害怕。杉浦完全理解。没错，他完全理解这点——

但是，杉浦还是决定把和服全数抛弃。

2

记得是"我已经厌烦了"？

抑或是"我已经受够了"？

杉浦回忆起妻子最后对他说的话。

距离妻子离家出走已有半年之久，而妻子对他说出的最后这句话则是离家几个月前，至于正常的对话恐怕得回溯到更久以前。

那时杉浦与妻子间的关系早已破裂。

虽说杉浦终究无法体会妻子选择离家出走的心情，但是理由并不难想像。

对于总是积极进取的妻子而言，想必难以忍受杉浦完全放弃身为社会一分子的义务，每天浑浑噩噩地过着废人般的消极生活吧。

杉浦在去年夏天前仍是一间小学的教师。

结婚同样是去年，春天的时候。所以说，杉浦有了家眷、以一名正当的社会人身份工作的时间仅有短短的一两个月。辞去教师职务之后，杉浦不听包括妻子在内的任何人劝，每天有如耍赖的孩子般坚决不做事，懒散度日。

这么一想——只要是正常人都无法忍受与如此堕落的男子共同生活，也难怪妻子感到厌烦了。最后会演变成这种事态反而理所当然，没什么好不可思议的。

杉浦望向庭院。

脑中响起妻子的话。

"我搞不懂你的想法。"

——也难怪她不懂。

纵使杉浦辞掉教师之职有其迫切性，但其理由既非私人因素，也不是丧失作为一名教育者之自信，或者是对于当今的教育制度绝望等夸张的、大义凛然的理由。

而是一种暧昧朦胧的、若有似无的理由。

那就是——

他突然有一天，变得害怕小孩了。

在这之前，杉浦虽不像神职人员满怀崇高理想，但至少也不是放弃职守的无赖教师。说白一点，他只是一名该做什么就做什么的职业教师。他从以前就认为既然靠此职业维生，就不得不做。他并不是特别喜欢小孩，等实际接触过后发现他们倒也蛮好相处的。因此对杉浦而言，做好这份工作并不困难。小孩子麻烦归麻烦，有时还蛮可爱的——习惯之后，他也逐渐喜欢上他们。

依杉浦的个性自然不可能成为严格的管理者，反而他积极与小朋友亲近玩耍，因此非常受学生的欢迎。

只不过，如今回想起来这仅是根植于优越感下的幻想罢了。

说穿了，只是一种逃避现实。

不消说，年幼的学生本来就比自己无知无能，能与他们融洽相处不过是充分了解自己处于绝对优势，才能从容应付，仅仅如此。即便自认处于绝对优势，杉浦从不去斥责学生。或许这暗示着他的从容其实也只是一种幻想——自己绝不是一名有资格斥责孩子的智者，说不定还是个连孩子也不如的废物——杉浦想必是由与学生的交流之中察觉到这个可能性的吧。

结果，事实证明正是如此。

名为"天真无邪"的凶器是如此毫不留情。

——那一天……

那一天，孩子们围绕着杉浦嬉闹。刺耳的喧闹欢声忽左忽右，此起彼落。视线所及，净是可爱的笑脸。

不知是哪个孩子突发奇想，忽然攀吊在杉浦脖子上。当然了，杉浦并不会因为这点小事而生气，依然像个蠢人般亲切地傻笑。

孩子们愈玩愈厉害。

一双双可爱的小手伸向杉浦的脖子，非常沉重，也很疼痛，但杉浦仍然呵呵傻笑。

孩子们更加得寸进尺了。

杉浦开始觉得痛苦，但是抓住脖子的小手愈抓愈紧，手指深陷于颈肉之中，但他依然不想采取高压态度命令孩子放手。不久，连声音也发不出来了。

他轻轻抵抗，试图甩掉孩童。但处于兴奋状态的小孩子自然不可能理会半吊子的抵抗。"够了，住手！"但这可不应该是边笑边喊的台词。

当然，孩子们不懂。

——无法沟通。

杉浦发觉自己的感受无法传达给这些纠缠在身上的小生物。至此，杉浦突然情绪爆发，他粗暴地摇动身体，高声发出歇斯底里的吼叫，用力甩开孩童。

被甩飞的孩子惊呼出声。

——糟了。

——或许害他们受伤了。

那一刻，杉浦恢复了身为社会文明人的理性。若是对孩童发怒动粗甚而造成伤害的话，届时不管用什么借口也无法获得原谅——

但是他的担心也只有那么一瞬间。

因为孩子们更加兴奋地包围起杉浦，原来刚才的叫喊并非悲鸣，而是欢喜之声。这些幼小的异界之民满脸笑容，伸出枫叶般的小手再度缠住杉浦。

他感到毛骨悚然。

曾经一度决堤的恐怖感再次满溢而出。

对杉浦而言，这些小孩早已不像人类。他仿佛驱走鬼魅一般，奋不顾身地推开一一涌上的孩童。然而在天真孩童的眼里，杉浦有如滑稽舞蹈般有趣的动作只像是游戏的一部分。

不管从来不曾出言斥责的亲切教师反应多么异于平常，对于亢奋的孩子而言并不具备任何吓阻力。纵使杉浦早就真的发怒，纵使变得高亢的吼叫中潜藏着恐怖，依然没有任何人察觉到教师的细微变化。

结果——

身为社会一分子的克制心无法胜过个人的恐惧，杉浦粗鲁地推倒孩童，并动手揍了两三个孩子。

事态演变至此，这些幼小的异界之民才总算发觉教师的异状，不安的情绪迅速传染开来，一眨眼间——全体学童将杉浦视为敌人。

但是见到学生的眼中闪烁着敌意时，杉浦反而稍微松了口气。不管如何，至少自己的想法总算传达给这群孩子了。

但是安心感持续不了几秒。

细白的小手又再度伸向杉浦。杉浦以为这是孩子道歉或和解的表示。然而，正当他为了接受他们的道歉而蹲下时——

小手瞬间掐住了他的脖子。

那名孩子面带笑容。

杉浦喊不出声来。

小孩子的力气真是不能小看，被勒住脖子的杉浦马上感到脑部充血，意识逐渐蒙眬。其他原本哭泣、害怕的孩童很快发现情势已经逆转。杉浦再次受到无数小手攻击。只不过与一开始不同的是，这些攻击明确针对杉浦而来，而且还是处于压倒性优势下所作出的攻击。

他觉得自己死定了，于是使出吃奶力气将孩子们甩开，大声吼叫，粗暴地大闹一番，最后全力冲刺离开现场。

回想起来，杉浦的行动未免太缺乏常识了点。不论古今东西，从来没听说过学童在嬉闹的过程中因不知节制而勒死教师的事件，也不可能发生。不，当时的杉浦也知道这个道理。

——但这不是能理性解释的。

不是能轻易解释的。

在这之后杉浦也不记得自己都做了什么。

事后听说有三个孩子受到轻伤，原以为大闹一场会有更多人受伤，或许实际上没自己以为的那么粗暴吧。也可能因为即便成年男性大吵大闹一场，胡乱挥舞的拳头仍旧难以伤到敏捷的孩童。

杉浦对一切感到厌烦，在家昏睡了三天。

若被质问为何做出这些事情，杉浦恐怕没办法好好说明理由；若要他负起责任，他也不知该负什么责才好。最重要的是，他与学生之间原本的势力平衡恐怕再也无法修复了。

当然，孩子们应该很快就会不当一回事了吧，因为杉浦所做的原本就是十分幼稚的行为哪。也就是说，在孩子们的眼中看来，杉浦的行为并不难理解。但问题的症结在于杉浦自己身上。杉浦确信——一旦原本以为绝对优势的立场动摇后，就再也无法像过去一般，以大人的从容来面对学生了。

因此杉浦再也无法回到学校教书了。

妻子是个聪慧的妇人，即使碰上这种不测之祸也不会惊慌失措。她的行动冷静而沉着，对学校与学生家属的应对也十分得体。

后来听说，当时杉浦欠缺常识的行为之所以没有受到强烈抨击，全多亏了妻子的机敏应对。代替杉浦递出辞呈的是妻子，立刻向受伤学童家属低头道歉的也是妻子。不仅如此，即便惹出这么严重的事件，妻子对杉浦依然表现出无限的关爱。但是——

当时的杉浦却分毫不懂妻子的关爱之情。

妻子温柔地照顾杉浦，奋力激励杉浦，全心全意地为丈夫付出。

但是——

在当时的杉浦眼里，她的温柔像是轻蔑，她的激励有如斥责。

他觉得小孩子很可怕。

为何妻子就是不懂他的心情？

不对——杉浦打一开始就不曾努力让妻子了解他的心情。

聪慧的妻子或许认为只要肯沟通，一定能了解彼此心情。但是当时的杉浦却捂住耳朵，放弃沟通。随着次数愈来愈少的对话可笑地失去交集，对彼此的心意也一天天渐行渐远。

或许是对一直不愿回到社会的丈夫感到不耐烦，妻子原先的温柔也逐渐转变成真正的轻蔑。

但是……

妻子依然持续向杉浦伸出援手。

而杉浦则是不断将她的手推开。

最后，妻子经过半年拼命的努力，到头来在某个下雪的寒冷早晨，离家出走了。

——这也无可奈何。

杉浦心想。

3

杉浦注意到邻居的家庭状况大约是妻子离家后不久。

在此之前，他从不知道隔壁是否有人居住，也从来不曾留意住了怎样的人物。

或许这也是种幸福吧，直到发生了**那种事情**——杉浦一向无暇关心他人生活。但是在发生**那种事情**之后——别说是他人，世上的一切对杉浦而言也早已失去了意义。

一个人生活了一段时间后，他突然感到绝望。

理所当然，他感受到一股强烈的孤独感。

接着——

——理由并非如此。

总之，就在这段时期前后，他开始注意起邻居的情况。

隔壁家庭由三名成员所组成。

那时他们的访客尚少，也很少出门，有时甚至一整天都没人离开家里。

总之，虽然不知道他们靠什么过活，杉浦确定隔壁共住了三个人。

首先是一名与杉浦年纪约略相当的男子，穿着打扮总是土里土气，怎么看也不像有正当职业，专门负责外出采买。男丁只有他一人，但是看起来并不像一家之主。从外观看来，男子似乎更像一名佣人。

另外一名是瘦弱的年轻女性。不知为何，在杉浦眼里她看起来才像一家之主。这名年轻女子非常美丽，仿若天仙下凡。一点也没有在白日辛勤工作的氛围，也不像专过夜生活的风尘女子。

至于最后一名成员则是……

——柚木加菜子。

每当杉浦想起这个名字，总伴随着一种莫名的寂寞。这名少女如今应该已经不在人世；即使还活着，恐怕也无缘再见一面。

胸口有些郁闷，与刚才回想起妻子时的感觉类似，或许是从榻榻米上的那件和服所散发出来的轻微樟脑的气味所致。

加菜子是个中学生。

不可思议的女孩子。

杉浦回忆起加菜子……

不起眼的男子、年轻女性，以及中学生，丝毫不像亲子家庭，感觉十分诡异。两名女子的容貌非常相似，可能是姐妹，但总给人一种**扭曲、不正常**的感觉。当杉浦注意到这户人家时，他的好奇心也随之被勾起。只不过在意归在意，却没有任何方法能确认事实真相。

接下来的好几个月，杉浦只能将好奇埋在心里。


记得那是……

五月左右发生的事。

靠着存款过活的杉浦，什么事也没得做，什么事也不想做。他从不外出，整天窝在家里。但持续这种日子，有时难免感到郁闷，某一天，杉浦不经意地望向了庭院。

庭院里种了一棵形状丑恶的栗树。

杉浦很讨厌这棵树的形状。

这棵树弯曲丑陋的枝丫朝向邻居的庭院延伸而去，阴森的形状仿佛正在向人招手，就像图画中常见的幽灵的干枯手指。

——仿佛会招来不幸。

杉浦当时茫然地想着这些事情，看着栗树的枝丫。

杉浦家与邻居家以黑色矮墙分隔，栗树依偎着墙壁生长，幽灵手的部分几乎完全伸进邻居的庭院里。栗树到了秋天，枝丫上便会长满难以入口的累累果实。果实难吃，故从来也没人摘取，一向任其腐烂，掉落一地。

——啊，糟了。

也就是说，这些没人要的栗子不就全都掉落在邻居的庭院里了？

虽然只是芝麻蒜皮的小事，杉浦可不想因此与邻居发生争执。

他不愿意因此遭人说闲话，更不喜欢事后再去低头道歉；就连对自己极其体贴的妻子，杉浦都无法充分沟通，更别说是不具善意的陌生人了。对现在的杉浦而言，光是与人沟通都有困难。

在麻烦之种发芽茁壮之前，预先铲除比较好。

于是，杉浦动作缓慢而迟钝地进到数个月不曾踏入的庭院，走向他所厌恶的栗树。

枝丫比想像的还低，但要全部砍除似乎很不容易。杉浦绕进树木与围墙之间，靠在墙壁上仔细观察阴森森的树枝。果然，靠近一看更觉难以清除干净。

当他准备绕到别处观察时，不经意地从围墙上层的间隙窥见隔壁庭院的情景。

杉浦维持不自然的姿态，拉回原本扫视而过的视线，定格。

一名少女坐在檐廊上。

少女脱下制服外套，将之随意抛在身旁，倚着纸门侧坐。房间内没有开灯。天色逐渐昏暗，少女雪白的脸庞与白衬衫宛如发光体，在黑暗中闪闪发亮。

杉浦直定定地盯着少女。

好漂亮的女孩子。

杉浦过去曾见过几次她上学或回家时开门进房的背影。在这几个月里，他如同间谍般偷偷观察过这女孩好几次，但是，像现在这样端详她的正面反倒是第一次。

雪白的脸庞。

即使有点距离，仍看得出少女的五官长得十分秀丽，但看不清楚她的表情。

表情看来似乎有些恍惚，也像感到疲惫，但绝不是面无表情，而是给人虚幻飘渺、稍纵即逝的印象。少女的年龄大约十二三岁。

或者更大一点也说不定。

不，推测她的年龄多大着实不具任何意义，因为杉浦对于这名坐在檐廊的少女别说恐怖感，连一丁点的厌恶感或抗拒感都没有。

——她并不是小孩子。

直觉如此告诉他。

不是小孩，也不是大人。

那么她是什么呢？

杉浦夹在栗树与围墙之间，屏气凝神地注视着这名不会拒绝自己的特异分子。

少女一动也不动，或许是杉浦透过墙上的边饰壁孔窥视的缘故，眼前的光景有如收藏于画框之中、色调昏黄的印象派绘画。

——所以才不觉得恐怖吧。

与欣赏绘画的感觉相同——他并不觉得所见光景实存于世，所以并不害怕。这样的分析或许没有错，因为杉浦此时不只对小孩，连其他陌生人都感到惧怕。

就在此时。

从绘画背景的那片黑暗之中，

一双苍白的手伸了出来。

那双手与少女的一样纤细，一样白皙，手腕以上没入黑暗之中，无法看清。

少女似乎没注意到手的存在。

那双手贴住少女纤细的颈子，仿佛原本就附着在颈子上。

接着，将颈子……

紧紧掐住。

少女眯起了眼。

那表情，究竟是感到痛苦，抑或——

感到陶醉？

喀沙喀沙作响的，究竟是少女挣扎的声音……

还是栗树枝受风摇动之声？

看得忘我的杉浦全身僵硬。

无法作声。

少女轻轻向后仰，倒向昏暗的客厅里，上半身融入黑暗之中，接着两腿悬空晃动了几下，仿佛被那双手拖入黑暗里，消失无踪。

已经什么也看不到了。

悄然无声。

整段过程仅有短短数分钟，不，说不定只有几秒钟。

杉浦全身冒冷汗。

他呆站在原地，一动也不能动。等到回过神来时，发觉自己灯也不开地坐在客厅里，汗水早已变得冰凉，全身感到一阵寒意。

明明已经快进入初夏了。

——刚才看到的情景是……

该不会是凶杀现场吧？——杉浦得到如此平凡的结论，已经是夜阑人静之时。

杉浦着实受到了惊吓，但并不是因为他目击少女遭到杀害，而是因为**绘画竟然动了**。对杉浦而言，围墙对面的事件是如此的不真实，不存在于世上的事实。

因此，当他想到该去探探状况或向警察通报时，又是更久之后的事。等到他想到这些时，已经半夜三更了。

就在他犹豫不决，不知该采取何种行动当中，天色渐白。

最后他既没去看看状况，也没向警察通报。他什么也没做。

但是没做反而是正确的。

杉浦经过几番犹豫与思索后，决定还是如平常一般躲在门后阴影处观察。这是他每天早上无意义的例行公事，每天躲在门后偷窥隔壁家的女孩上学。

——今天早上……

如果那是事实的话，少女便不可能出现。

若是事实，杉浦的日常生活将逐渐失去均衡，终至崩溃。

在确认事实之前——昨晚发生的事件，对杉浦而言终究仍只是幻影罢了。

但是，实际上……

杉浦此时两眼充血、满脸胡碴，面容变得异常憔悴，仿佛老了十岁之多。

而少女——

少女的模样与平时没有分毫差异，一如既往准时走出家中大门，朝学校方向而去。

一切都与平时没有差别。

——那么昨天发生的那件事是白日梦吗？

杉浦陷入轻微的混乱。他放弃冷静思考，缓慢地回归日常生活。但也因为缺乏结论，接下来他将长期受那双苍白纤手的幻影所苦，不断在幻想与现实之间徘徊。

由黑暗中伸出的手。

勒住少女颈子的手。

纤长的手指，掐进雪白、吹弹可破的肌肤。

带着愉悦表情遭黑暗吞没的少女。

没有惨叫，没有半点声响。

也没有悲伤。

因为是画里的事件，理所当然。

4

"那是妈妈的手——"

"只是恶作剧啊。"加菜子笑着说。

她的声音带着些许金属质感、有如搔动喉咙深处般的……是的，有如滚动铃铛般清脆。

猫一般的女孩。


杉浦第一次与加菜子交谈是在刚进六月的时候；也就是说，

他整整一个月都受到那双妖艳白手的幻影所骚扰。在这段期间，杉浦不知偷窥过围墙另一侧多少次。自己也不知道为什么对邻居如此好奇，但他觉得深入思索这件事并没有什么意义，便放弃了思考。

杉浦仅是凭借着本能而行动。

但是他的欲望并没有获得满足。因为在此期间，他几乎不曾在围墙的边饰壁孔里再看到那个妖艳的少女现身。

不久，杉浦的本能成了一种执着，执着化为习惯；最后，习惯替他确定了一个事实。

那就是，邻家的女孩每天晚上都会外出。

有时单纯只是回家的时间较晚。

有时则就算老早回家，等夜幕低垂，又会立刻出门。

总之，邻家的女孩总是在同年龄的少女不会外出的时段里出门，回到家的时间也往往过了深夜。

虽然不知道她在外头做什么，总之绝不寻常。如果是一般普通的家庭，这样的举动肯定会遭家人责骂。但是杉浦从未听见隔壁传来斥责声，也没听过类似争吵的声响。

女孩回家的深夜时分，四周自然是寂静至极。若有争吵，即使家人刻意压低声量也很难做到完全无声，更何况杉浦一直竖起耳朵偷听……

实在令人费解。

某个晚上，禁不住好奇心的驱使，杉浦决定尾随少女的行动。

他躲在门后，屏气凝神地等候少女外出。心跳愈来愈激烈，全身的血液似乎因兴奋而流速加快。此时，杉浦总算——着实隔了好一段时间——重获活着的感觉。

隔壁的门打开了。

杉浦踏出脚步，一个没踩稳，跟跄了几步，接着朝向暗巷奔驰而去。至此，杉浦的举动已经称不上是跟踪了。

他的脑子一片混乱，待视线习惯四周黑暗时，少女早已消失于黑夜之中，现在要追踪已经太迟了。一瞬间的犹疑，杉浦失去了他的目标。

即便如此，高昂的情绪要恢复平静仍然花了不少时间。等到悸动完全止息，杉浦才发现自己坐在暗巷之中。

——多么愚蠢啊！

全身充满无力感，仿佛丝毫没有意愿站起般，杉浦一直坐在原地。

突然，脖子上有股冰凉的触感。

知觉完全麻痹，毫无惊讶感的杉浦缩起下巴，缓缓地低头一看。

一双惨白的手正抓住他的颈子。

杉浦大叫，发软的双脚站不起来。

在一阵难以形容的哀嚎后，杉浦战战兢兢地转过身，慢慢地抬起头。

雪白的脸庞——

少女正低头望着杉浦。

"嘻嘻，真没用呢。"

少女的声音像铃铛般清脆。

"你是住在隔壁的叔叔吧？"

少女接着问。

杉浦张皇失措，不知该如何回答。表情像波斯猫的少女甜甜地笑了，说：

"你好胆小喔。"

——没错，的确很胆小。

自己真是可笑。杉浦也跟着笑了起来。这个既非大人也非小孩的奇妙生物，以难以归类的中间特性，突如其来，却又自然地直接诉诸杉浦已然磨灭的感性。或许正因为如此，害怕一切大人与小孩的杉浦才不会感到惧怕。

少女愉快地说：

"明明这世上没有什么好怕的事情。"

"你、你之前，脖、脖子……"

"你偷看到了？"

"不、不是的，我是……"

"反正那又没什么。"

"咦？"

少女更可爱地笑了。

"那是妈妈的手，只是恶作剧啊。"她说。

"恶作剧？"

看起来并不像母女间的玩笑。

杉浦顿时语塞，瞳孔涣散，眼神飘移不定。接着少女嘲笑杉浦似的说：

"既然你如此害怕白天，就等夜晚出游不就好了？月光对于你这种人可温柔的呢。"

杉浦完全被她看穿了。

——她说的或许是事实。

杉浦自己也认同。


从那天起，杉浦的日常生活改变了。

他在白天盖上被子睡大觉，直到日没之后才起床，静静等候少女于深夜归来。一整年来几乎不与他人交流的杉浦，仿佛在异国发现同乡般，在少女身上找到了令人费解的安心感。

第二次见面时，杉浦得知了少女的名字。由于邻家大门没挂上名牌，杉浦之前从来不知道邻居究竟姓什么。

少女自称柚木加菜子。

第三次见面时，杉浦得知了她的境遇。果然如先前所猜测，加菜子的父母早已不在人世，另外两名同居人是她的姐姐与叔叔。母亲在生下加菜子前已患难治之症，生下加菜子后依然没有起色，住在医院里接受治疗。

加菜子便由年龄差距甚大的姐姐与叔叔抚养长大。母亲长期住在医院里，在加菜子长大懂事前就死于病榻上了。

至于父亲，加菜子说对他一无所知，不知其名，更遑论生死。

加菜子或许是私生子。

但是她有家人，算不上是孤儿，经济层面上虽称不上宽裕，倒也不至于困顿。就算失去了双亲，加菜子也未曾缺乏家庭的温暖。

因此，加菜子并不觉得自己不幸。

虽然失去双亲，对她而言却是自然之至，她从未对此感到寂寞或不方便——加菜子说。

她常常想，世上有许多孩子在战火之中失去了家庭，与这些不幸的孩子相比，自己仍旧无比幸福。

"可是将来在论及婚嫁或求职之际，你的境遇或许会产生一些不好的影响。"当杉浦提出他的看法时，加菜子明确地回答：

"我还不到该烦恼这些事的年纪呢。"

的确，对于年方十三的小女孩而言，结婚与求职就像来世一样遥远。她或许多少有过一些想像，但想必非常不真实吧。她恐怕无法想像找到自己人生伴侣、共组家庭、养儿育女的情况会是怎样，且这种想像对现在的加菜子来说也不具任何意义。

是故，即便有着如此不幸的境遇，加菜子也未曾怨恨这个社会。对她而言，素未谋面的父亲根本无从恨起，憎恨善待自己的姐姐与叔叔更是莫名其妙。

只是，如同双亲健在的孩子不懂孤儿的心情，失去父母的加菜子一样也难以理解他们的心情。

加菜子说，她真的不懂父母究竟是怎样的存在。

什么是父亲？什么是母亲？对于孩子而言，父母又扮演着何等重要的角色？——虽说活了十三年，多少也了解父母的意义，但不论在知识上有多少理解，终究仅止于一种想像。

"想像终归是想像，永远不会是事实——"

所以加菜子认为，自己还是不可能了解。

如果叔叔代替父亲……

如果姐姐代替母亲……

是否感觉上能更接近一些呢？

遗憾的是，加菜子的叔叔扮演不了父亲角色，姐姐亦是缺乏母性的女子。

无疑，两人均非常照顾加菜子，呵护得无微不至。但是他们终究还是无法取代父母。

加菜子有家人，受到充分的亲情灌溉，所以她绝对不算是个不幸少女——但这并无法改变加菜子失去父母的事实。

——等等。

那么……

——那是母亲的手。

她不是如此说的吗？

迟钝的杉浦在与加菜子道别之后才总算想起少女话中的矛盾。记得加菜子确实是说，那双手是母亲的手，但她也说过母亲早已去世——

——这种情况。

这种情况真有可能发生吗？

当时的杉浦总是在梦幻与现实之间徘徊，所以倒也不怎么觉得恐怖。


第四次见面时加菜子说：

"我还记得两岁时的事情。"

"喔。"

杉浦不甚明白她的语中含意，只好含糊回应。

加菜子曾见过母亲三次。

最早的一次是刚出生不久，理所当然，没有任何印象，而最后一次见面母亲已经断气了。故真正称得上见面的只有一次，是她两岁时的事。

她清楚记得当时的情况。

就算当时加菜子年纪尚小，母亲重病入院，前前后后却只去探过一次病——如果这是事实——实在不合常理。

可是加菜子到了最近才觉得这件事很不合常理。

不去探病的理由似乎是因为加菜子的姐姐。据加菜子所言，她的姐姐也只去过医院两次。如果是事实，还比加菜子少了一次呢。而且两次当中，一次是刚入院时，另一次则是母亲去世的时候。严格说来，加菜子的姐姐从来没去探过病。

照常理判断，这的确相当诡异。

加菜子说她从未问过姐姐不去医院的理由。毕竟年幼不懂事的加菜子无从知悉生前母亲与姐姐之间有过何种芥蒂，稍微长大以后，她也不知该如何开口探询。如今，已过了将近十年了，状况依然没有改变。

反倒随着时光流逝，往事逐渐风化，真相究竟如何似乎也不再重要了。即便如今得知两人曾有何过节，依旧于事无补。确实如此，杉浦赞同她的想法。

总之——当时姐姐的态度坚决，年幼懵懂的她虽不知两人之间出了什么问题，却也充分地感觉到姐姐厌恶母亲。

所以，带着加菜子去探那惟一一次病的，是叔叔而不是姐姐。由于母亲的病情愈来愈严重，姐姐却依然倔强，就是不肯前去探望。叔叔不得已，只好带着年幼的加菜子到医院——事情经过大致如此。

"我那时年纪太小，大部分的细节早就忘记了。"

加菜子说。

再怎么说这是她两岁时发生的事情，倒也情有可原，其实杉浦就连她的这些记忆是否真确也仍半信半疑呢。

她以为是事实的记忆，说不定是后来从其他部分混进的讯息拼凑而成的。因为加菜子记忆里的医院，是如此地普通，与一般刻板印象中的医院别无二致，反而更令人觉得缺乏真实感。

刺鼻的药品味。

冰冷的地板与墙壁。

框架生锈的病床。

点滴用的细管。

加菜子回忆中的医院就是一般该有的那副模样。

杉浦无从判断她究竟真的记得，还是医院的刻板印象影响了她的回忆。

她说已经不记得医院的名称与地点了。

当时的她只有两岁，仅留下暧昧模糊的记忆并不奇怪。不过杉浦觉得，少女记忆中关于卧病在床的母亲应该是毋庸置疑的事实。因为加菜子回忆中的母亲与一般人完全不同——

极度**异常**。

加菜子记忆中的母亲非常丑陋。

与加菜子看过的照片相比，有着截然不同的差异，宛若别人。

据说母亲患了重病。

但是对当时年幼的加菜子而言，根本没办法理解母亲的病情，只能害怕得发抖。

她怕得想甩开紧握着她的手的叔父径自逃跑。加菜子说，她当时只敢躲着，紧抱着叔叔的大腿，从背后偷偷观察。

母亲的皮肤缺乏弹性，虽然瘦弱，不知为何却显得有些浮肿，眼神涣散。

她有着一头长而杂乱的蓬发。

身上有一股病人特有的腐败气息。

加菜子的印象中，当时病房里似乎还有其他医生与护士在场，似乎是后来才进房间的。总之关于这部分的记忆已经十分模糊。

至于叔叔与母亲说了什么，加菜子则完全没印象。

这也无可奈何。

不久，叔叔拉着加菜子到母亲面前。母亲眼睛似乎看不见，她像坏掉的机械般，动作怪异地将头转向加菜子。

一只与脸部同样松弛的苍白手臂，从脏污的病服中伸了过来。

手指虚弱无力，宛如一根根麻糬捏成的棒状物。

加菜子说这幕情景她记得很清楚。在苍白、接近半透明的皮肤底下，静脉动脉等血管有如蜘蛛网布满整只手臂。加菜子畏畏缩缩地伸出手，想触摸她的手指。

突然之间——

母亲抓住了加菜子的领子。

大吼："去死！"

"去死？"杉浦问。

"对，去死。"

年幼的加菜子吓得连哭都哭不出来，全身僵硬。医生与护士慌忙抓住母亲，叔叔也帮忙拉开加菜子。

她的记忆就只到此。

明明不知道何谓"母亲"，加菜子对于已逝的母亲却记得很清楚。

"妈妈恨我。不是讨厌也不是逃避，而是憎恨。"

"为什么？"

"我就是不知道啊。"

加菜子说完，转身过去。

的确，这不是个好问题，只见过母亲三次的加菜子当然不知道理由。

而且没过多久，她的母亲就去世了。

不过加菜子不知怎么回事，她对母亲的死因或丧礼情况竟然完全没有印象。

"我一点也记不得母亲去世是在我探病的几年后。那时是暑假？星期天？还是在上学以前？我一点也不记得了——惟一留下印象的是，那发生于某个夏天的白昼。"

那时——虽说并不知道确切的时间——加菜子住在别町一间大杂院中的小屋子里。当时加菜子的家境比现在还穷困得多，但不知为何家中却有许多和服。那些和服至今仍保存于家中，全部都是有点年代、价格高昂的上等货色。

想必不可能是姐姐买的，应该是母亲的遗物吧。

当然，这些和服对加菜子而言并没有什么关于母亲的回忆。

因为她从来不曾见过母亲穿这些和服。

那天，为了防霉通风，姐姐将和服拿出来晾在房间里。

绣花、水纹、友禅[3]……一件件和服被晾了起来，漂亮的花纹与颜色，仿佛洪水般淹没了整个房间，加菜子一个人躺在房间里玩耍。

这些美丽的和服与狭小穷酸的客厅一点也不相配。微风吹拂入房，和服的花纹在空中飘荡，独特的香味掠过鼻头，加菜子不经意地抬起头，发现一件挂在衣架上、有着胡枝子花纹的和服袖口之中……

咻……一只女性的手从当中缓缓地伸出来。

手于虚空中试图抓住什么似的晃了几下后，又咻地缓缓消失而去。

"像这样。"

加菜子伸出右手，轻轻放松，将她纤长的手指弯曲两三次。

"我觉得丑陋的母亲好像躲在和服后面，令人毛骨悚然，但实际上并没有，且那只手后来也再也没出现了。"

"可是那只窄袖里的手究竟是……"

"就说了嘛，那是母亲的手啊。我记得很清楚，那只手就是我在医院里见过的手。"

这实在说不通，既然如此……

"那么，前阵子勒住你脖子的，也是你早就不在人世的……"

加菜子看着杉浦一本正经的表情，噗哧笑了出来。她真是个爱笑的女孩。

"那是姐姐啊。姐姐有时会有奇怪的举动。"

"可是你上次不是说那是你母亲的手？"

"手？——手是母亲的啊。从和服袖口中伸出来，所以是母亲的手。"

"和服？"

"那天姐姐穿着母亲的和服。姐姐虽然很讨厌母亲，可是却经常穿她留下的和服。"

杉浦无法理解加菜子姐姐的心情。明明讨厌母亲到连病危之际也不愿前去探病，却又非常慎重地保存她的遗物，有时还会穿上，真是叫人不解。而且似乎也不是因为在母亲死后对自己的不孝感到后悔。

换作杉浦，恐怕连披在身上都不愿意。

但话又说回来——

"我觉得只要从母亲的和服袖口伸出来的，都是母亲的手。况且母亲到现在也仍然恨着我，从小就勒住我的脖子好几次。"

"好几次？"

"对啊。每次姐姐都会哭着向我道歉。可是从袖子出来的明明就是母亲的手，姐姐根本没有必要道歉呀。"

少女的话前后矛盾，但就她自己看来似乎合乎逻辑。或许在加菜子的心中，母亲和服的袖口与阴间是相连的。任何人的手只要穿过和服袖口就会消失不见，取而代之出现的是已逝母亲的畸形之手。

"懂了吗？母亲就是如此恨我呢。"

加菜子异常开朗地说。她咕噜地转了一圈，走进自家大门消失了。

此时在家中等候她的是姐姐，抑或母亲呢？

5

不久，邻家似乎逐渐热闹起来。进入七月以来，连夜有访客，高声争辩不绝于耳。或许被争辩声吓到，而且他也不想听大人的无意义对话，杉浦尽可能对邻家的状况充耳不闻。久而久之，他对邻家失去了兴趣。而加菜子在家的时间变得愈来愈短，回家时间很不固定，两人也不再有机会见面。

杉浦整天躺在被窝里，被关于白手的种种妄想侵扰，一睡觉就做噩梦。

不知不觉间，他注意到隔壁房间的榻榻米上铺着棉被。

从被窝中——

老而浮肿，丑陋、溃不成样的畸形女……

喀沙喀沙地从被窝中爬出来。

躺着的杉浦完全动弹不得。

畸形女喀沙喀沙地爬近。

喀沙喀沙……

喀沙喀沙喀沙……

女子的脸像杉浦的母亲，也像是离他而去的妻子，又像加菜子的姐姐，不，更像加菜子本人。

女子从单薄污秽的睡衣之中，伸出手来，勒住杉浦的颈子。

苍白、瘦弱的手指深陷颈子之中。

好痛苦，放开我——杉浦想出声却办不到。

很想喊住手，但叫不出口。

最后终于发出一声大叫时，醒了。他感到全身疲累，体力消耗殆尽，汗水有如瀑布流遍全身。杉浦觉得难受，走到檐廊上吹吹风。庭院传来蝉鸣声，是个湿热的夏季午后。

讨人厌的栗树后来并没有作任何处理，就这样任由生长，那幽灵手臂般的枝丫依旧对着邻居家招手。枝丫底下是黑墙，杉浦远远地从围墙上半部的边饰壁孔——那个画框中窥视邻家状况。

正巧，看见胡枝子花纹的和服晾着。

心底发毛。

——是那件窄袖和服……

别出现……别出现……

杉浦心中默念，但果不其然，

从窄袖和服之中，一只皎白的手伸了出来。

他紧接着在窄袖的背后——看到一张与加菜子非常相像的秀丽面容。是加菜子姐姐的美丽脸孔。

没什么好大惊小怪的，她只是正将晾着的和服收起来而已。

没什么好大惊小怪的。

这只是日常生活中常见的光景。

那是加菜子姐姐的手。

那时，勒住加菜子颈子的也是这双手。

杉浦与她的目光相对，发现加菜子的姐姐正在哭泣。

杉浦连忙躲回客厅，躺在长年不收起的棉被上。汗水已经干了。时值盛夏，杉浦的身子却冷冰冰的，还发着抖。

那双手不属于这个世间。

可怕的并非那双手。

而是——

不久，八月到来。

杉浦几乎不进食，身体变得非常虚弱。

一方面因为他没有食欲，但更主要是因为他那时完全不外出，家中能吃的食粮早就吃光了，剩下的也都已经腐坏。何况在这盛夏季节，他将窗户和窗外的遮雨板都全部关上，整天闷在家里，根本就是自杀行为。杉浦的意识逐渐蒙眬，变得愈来愈混浊，觉得人生的尽头即将到来。

若是就此死亡就太愚蠢，笑都笑不出来了。但想着想着杉浦却觉得滑稽，忍不住自虐地嘲笑起自己。

笑出声后，真的觉得非常愚蠢，不再有寻短的念头。杉浦慢慢地爬出被窝，来到屋外。

那是个美丽的月夜。

走出屋外后，杉浦真觉得自己不该就此死去。更何况从来没听说过像这样没有特别的理由，仅因嫌麻烦不进食而衰弱致死的愚蠢故事，太没常识了，这与在玩耍中被学生勒死一样可笑。

事实上再怎么样杉浦也不至于死亡，只是稍微严重的夏日倦怠症罢了。

杉浦仰望明月，然后视线缓缓朝下。

明月底下，他看见加菜子孤零零地站着。

"叔叔。"

是那铃铛般清脆的声音。

与她的姐姐非常相像。

加菜子也哭了。

"啊——"

"月亮真是温柔呢。"

"嗯，大概是吧。"

"我要去湖边了。"

"你悲伤吗？我看见你在哭……"

"不，我不悲伤，所以我要笑。"

——没错，要笑。

月亮倒映在加菜子的瞳孔中。她似乎已哭了好一段时间。

——发生什么事了？

睽违一年，杉浦的体贴之情油然而生。原本情感早已干枯龟裂的杉浦竟变得如此温柔——或许如加菜子所言，是月亮的魔力吧？

但他无法追问下去。

而且即便知道了多半也无济于事。

"那么，再会了。"加菜子用美丽的嗓音道别，灵巧地转过身，背对杉浦朝巷子的方向走去。

动作简直像猫儿一般。

猫儿愈离愈远。

看着她的背影，杉浦的心情感到不可思议的平静，觉得过去的自己是如此渺小。与那女孩相比，自己是多么的孱弱啊。

真是可笑。

月光持续映照着大地。

杉浦绕过玄关，直接朝庭院方向走去。原本羸弱的身体，如今去掉多余之物，反而变得轻盈。

从檐廊以外的角度见到的庭院完全不同于以往的景观，仿佛是另一个，由侧面所见的栗树也不再那么丑陋了。

杉浦穿过久未整理的庭院，走近栗树。他再也不想窥视邻家了。

不仅如此，杉浦觉得自己已经没问题了——虽然没有任何根据，他就是这么觉得。

不管是小孩，还是大人，他再也不觉得害怕了。

围墙上的壁孔映入眼帘。

隔壁似乎没人在家，静悄悄的，毫无声响，也没有点灯。

刹那间，他不自觉地望向围墙那侧。

总觉得——有点诡异。

杉浦再次窥探邻家情况。

觉得诡异是因为邻家檐廊上的遮雨板与纸门全部打开着。隔壁现在应该没人在家却门户洞开，这太奇怪了。

——实在太不小心了。

很难得地，杉浦竟替邻居担心起来。

月光——有如阳光的幽灵，灿烂地照亮邻居的屋内。

杉浦注意到客厅内部的衣柜。

——那里……

收纳着加菜子母亲的和服吧。

应该是。

绝对没错。

衣柜从下面算起的第二个抽屉并没有关紧。

杉浦不由得在意起那个缝隙。

抽屉边缘露出部分白色的物体。

杉浦定睛凝神。

——手……

是手指。

从衣柜抽屉里露出了白色的手指。虽然光线昏暗，依然清晰可见。连每根细瘦手指上的指甲都能——分辨。

——那是一只手。

突然间，手由缝隙伸了出来。

缓缓地，

缓缓地，

无止无休地伸了出来。

恰似魔术表演中的万国旗。

在黑暗中，那双手仿佛绽放磷光般反射着微弱白光。并且似乎在探索着什么，缓缓朝向邻室而去。

两只手臂继续延伸，看起来就像是两条发光的白线。

不久，白线留下了残影，消失了。

——这是……

肯定是幻觉。除了幻觉别无可能。

但是——现在有如浪涛一波波袭向杉浦的失落感又是怎么回事？

——加菜子。

杉浦连忙拔腿奔跑，试图追上加菜子，然而，不消说，她的身影早已消失在黑夜之中。

6

等到杉浦得知加菜子遭逢奇祸，已是半个月后的事。

自从最后遇见加菜子的那个晚上以后，杉浦的状况逐渐好转。

或许是加菜子离开时顺便带走了杉浦内心的某样东西吧。怀着心中难以填补的失落感，杉浦又开始工作了。他无心回归教职，但对他而言，小孩子已经不再可怕。

回想过去，那时的烦闷与痛苦简直就像一场梦。

加菜子的事件传遍街头巷尾。

少女从车站的月台跌落——

多半死了吧。

但尚未确认死讯。

事件发生的日子自然是那天晚上。

至于发生时刻则恰好是——加菜子说要去看湖，向杉浦道别过后不久。

目前尚无法确认是自杀还是他杀。

隔壁一直没有人在，所以也无从打听详情；但杉浦也无意向加菜子扭曲、奇怪的家人探询事件真相。

尤其不该向她姐姐询问。

更何况——

即便不问，杉浦也晓得。

加菜子是被推落月台的。

下手的，当然就是那双苍白的手。

由衣柜不断延伸到车站，往加菜子的背上用力一推，将她推落了月台。

如果那双手真如加菜子所言，是母亲的手——加菜子就是被她母亲所杀害的。

杉浦仍然忆记犹新。

那一根根——细瘦的手指。

细瘦而纯白的女性手臂。

不断地、不断地延伸。

那双手是母亲的手——

从和服伸出来的都是母亲的手——


所以——

所以杉浦打算将妻子衣柜里的和服全部处理掉。

杉浦自己也明白这个理由实在异乎寻常，衣柜与和服根本就没什么可怕的。那天傍晚，勒住加菜子脖子的是她的姐姐，从晾着的和服袖口中伸出的也是她姐姐的手，加菜子幼年看到的应该是幻觉。而在她离去的那天夜晚，杉浦见到的那双手也肯定只不过是身体过于衰弱而产生的幻觉。

但是，加菜子终究还是死了。

因此，杉浦还是决定把和服全数抛弃。

反正对杉浦而言，这些衣服已经没有用了。

全部一起处理掉吧。

这样比较好。

他捡起刚才丢在地上的那件和服，重新翻开包裹的厚纸。心中近乎失落的感伤，或许不是对妻子的思念。

此时……

和服的袖口鼓起。

厚纸由内侧掀开。

和服之中，一只女性的手臂……

慢慢地伸了出来。

——是妻子的手。

杉浦连忙将和服连手一起折叠起来，用力压在榻榻米上。

——别出来，别出来。

啊，背后毫无防备。

背后有衣柜……

杉浦明确感觉到衣柜从下面算起的第二个抽屉悄悄地打开了。

——别出来！

无数细瘦的手臂从抽屉中伸了出来。

无声无息地，

不断地、不断地、不断地，

不断地。

"住手！住手！"

杉浦大声喊叫，飞奔逃离家里。

之后再也没有回来。

此乃昭和二十八年七月三十一日傍晚之事。

1　窄袖：原文"小袖"，一种袖口窄小的和服。起源于平安时代中期，多作为便服使用。——译者注，下略

2　铭仙、大岛：铭仙为一种平纹的丝织品，质料坚固且价格低廉，因此多当做女性的日常衣物。大岛为大岛绸之简称，一种产于奄美大岛的绸布。

3　友禅：一种染布的技法，特征是花纹多为绚烂美丽的人物、花鸟图画。

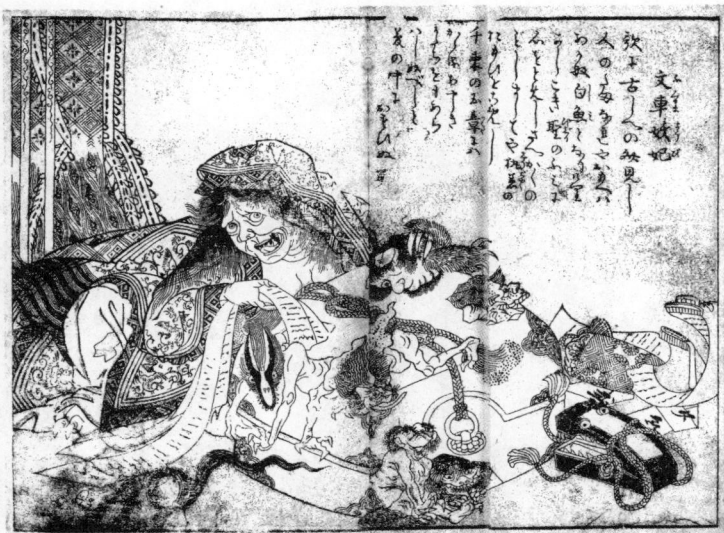

和歌虽为古人之珠玉，
却终成脏秽蠹鱼，
虽圣贤籍典亦同。
遑论载爱恋执着之千封尺牍，
将成如何妖异之形，难以思量。

——《画图百器徒然袋》／卷之上

〔第贰夜〕

文车妖妃

# 1

最早见到那女人是在何时？茫茫然地，无法明确想起。

那是——

那是在我年幼之时——没错。

如此模糊的记忆，肯定是年幼时的事。

那时我见到什么？见到了谁？

仿佛才刚要接近，却又立刻远离。

究竟是什么样的记忆？

总觉得忘却了某个很重要的事情。

女人？对了，关于女人的记忆。

那是个非常、非常……

迷你的女人——

不对，不管多么久远的过去，不管那时多么年幼无知，**那种东西**也不可能存在于世上。

会看到**那种东西**，绝对是我的幻觉。

因此……因此，我想这是一场梦吧。

一般而言，很少人能在醒来之后还清晰记得梦境，只知道自己做过梦，却完全不记得内容；与其说忘记了，更接近无法想起。曾听人说过，忘记并不是记忆的遗失，忘却与无法回想或许是一样的吧。

我们忘记某事时，并非永久地失去它，反而像是很珍惜地将之收藏起来，却混在其中找不着了。因此，遗忘比起遗失还要更恶质。

只知道它确实落在记忆中难以触及的深处，却千方百计也无法拾得。而且这种记忆愈来愈多。

与其如此，还不如完完全全遗失了更好。

一个接一个珍藏记忆，连带着找不回的记忆也愈积愈多了。

等到回过神来，才发现已塞满了过多的记忆，脑子愈来愈胀痛，这究竟有何意义？我时常觉得，干脆全都消失不见岂不很好？

所以，我最讨厌做梦了。

我一点也不需要这些没有用的记忆。

只会让脑子愈来愈胀痛——

只会让脑子——


头痛欲裂，我从睡梦中醒来。

老毛病了。刚醒来，身子钝重，无法活动自如。

似乎——又做梦了。

不对，不是梦，而是在沉睡之间错综复杂地想起了几个讨厌的回忆。可是——等到醒来，却又忘得一干二净。

我不知道梦中所见是何时的回忆。只知道醒来后，讨厌的回忆的残渣像劣酒的糟粕沉淀在心底。

我缓缓坐起上半身，头好痛。

挪起沉重的双脚，移向地面，脑子里传来有如锥刺的痛楚，不由得趴向前，抱着头忍耐痛苦。过了一会儿，总算缓和些了，我微微张开双眼……

见到床的旁边……

站着一个身高约莫十公分的迷你女人。

——她在这里。

那女人皱着眉头，眼神悲伤地看着我。

——啊，原来她在这里啊。

突然间，我感到十分怀念，却又非常寂寞——我移开视线。

不愿去看，不愿去看。

不能看她。

我离开了房间。

## 2

七岁时，我参加了一场葬礼。

家父开院行医，所以我比一般家庭的孩子更常接触死亡。在模糊的印象中，我似乎从小思想世故，认为人有朝一日必不免一死，不觉得死亡是件悲伤的事。

那时去世的是位医生。

是小儿科的医师——我的主治医师。

我自幼身子孱弱，一天没看医生就活不下去，当时每天都受到这位医师的照顾。幼年的我，一整天的大半时间都在床上度过，所以，我与他的相处时间甚至比父母亲还长。

但是我对他的去世并不怎么悲伤。

我家是一间老字号的大型综合医院。

从前的经营状况甚佳，医院里雇请了好几位医师。

这位去世的医生是父亲的学长，但他对身为院长的父亲总是毕恭毕敬，对我也爱护有加，如今想来，或许单纯只是因为我是院长的女儿吧。

肯定是如此。

当然了，七岁的我并没有洞悉此一事实的能力，但隐约还是感觉得到他的居心。

所以在他死时，我并不觉得悲伤。

记忆中，丧礼那天下着雨。

我与身高比我略高一点、宛如双胞胎的妹妹并肩站在一起，在自天空飘落的毛毛雨中，看着由火葬场的烟囱里袅袅升起的浓烟。

妹妹似乎很害怕。

"那道烟是什么？"

"那是烧尸体的烟。"

"要把尸体烧掉吗？"

"对啊。"

妹妹哭了。我有点不高兴。

——当然烧了才好呀。

——当然烧得一干二净才好呀。

我轻轻地推了妹妹一把。

妹妹跌倒，放声大哭。

大人们连忙跑到妹妹身边，妹妹全身沾满泥巴，不停地哭泣。我佯装不知情，故意转头望向别处。

自此时起……

自此时起，那女人就已经在了。

她站在火葬场的入口旁静静地看着我。

一个身高只有十公分左右的、非常迷你的女人。

我只记得如此。

没有人认为是我故意推的，连妹妹本人也没发现，所以大人们并没有斥责我。

天生病弱、总是躺在床上休息的我，竟会兴起恶作剧的念头，推倒活泼好动的妹妹——不止周遭的大人，就连妹妹，不，连我自己都没想到竟会做出这种行为。

——但是。

事后回想起来，那女人一切都看在眼里。

从此之后，我偶尔会失去意识。

我是个全身都是病痛，随时可能死亡的孩子，因此即便失去意识，一点都不奇怪。

下一任医师很快就来了。

是个讨厌的人。

我到现在还记得他多么讨人厌。

新来的医师长得瘦骨嶙峋，混浊的眼睛仿佛死鱼眼，在他身边总会闻到一种如陈旧墨水的臭味。

我从小在医院长大，没什么机会出外玩耍，所以我早就习惯了消毒水的味道；不仅如此，我还很喜欢这种味道，我觉得那是能杀死有害细菌的清洁味道。

新来的主治医师光是身上的异味就不合格，令人厌恶。只不过如今回想起来，嫌恶他的理由其实有点过分。他身上的味道并非污浊的气味，也不是生理上难以忍受的恶臭，仅因觉得那与医院不相配就厌恶他，可说是种莫须有的罪名。

但是，我依旧讨厌他。

每当我接受诊察时，我立即感到不舒服。

每当医师的脸靠近我便令我作呕，头晕目眩中，他削瘦的脸幻化成两个、三个……

当我难以忍受而移开视线时，总是——

那个迷你女人总是在一旁看我。

医师的桌上有一个插着好几把银色钳子的麦芽色杯子，那女人就躲在杯子后面盯着我看。

眼神充满了怜悯。

——讨厌的女人。

我再度移开视线。

每当这女人出现，意识总会变得模糊。

等恢复清醒时，经常觉得很难受，吐了好几次。

但是我的身体状况一年到头都很糟，就算呕吐也没人会大惊小怪。不论是父亲、母亲，还是妹妹，都只会对我报以怜悯的眼神。

——跟那女人一样。

受他人同情并不愉快，谁知道他们的关怀是否出自真心。我瞪着担心我的家人。

但这在家人眼里，似乎也只是病状的一环，从不放在心上。

"很难过吗？"

"没事吧？"

"会痛吗？"

我没响应，就只是瞪着他们，反而引来更多的同情。

对家人而言，我就像是肿瘤。

疼惜似的轻轻抚摸，只会让肿瘤愈长愈大。

想治好肿瘤，就只有将之戳破，让脓流出才行。

一直以来，我都如此认为。

只不过我很快就放弃采取明显的反抗态度。放弃的原因并不是我判断那并没有效果，而是我懂事了。

性格乖僻的我，由于比他人乖僻，所以也比其他人更早发现这个道理。于是我在不知不觉间，不，我在很早以前就变成一个**好孩子**了。

我想，在他人的眼里，我应该是个没什么野心，也不怎么可爱的孩子。

在变成**好孩子**之后，周遭同情我的人更多了。但是我懂得感谢而非采取反抗态度，因为我已经理解了——家人待我非常真挚认真——不，应该说他们有多么地爱我，我不该厌恶他们对我的爱。但是——

我并不是因为父母亲的态度而大受感动。一般人总能直觉地感受到别人的关怀，但是我却只能作为一种常识来理解，如同通过学习得到知识一般。

因此……

道理上虽然懂，却无法切身感受到亲情的温暖；对我而言，亲情不过只是画饼充饥罢了。

或许正是因为如此——在我的内部，如今依然确实地留有过去性格扭曲的部分。

人们就在不断隐藏不合世间常识的想法，将之塞进脑子深处的过程中成长；而我，同样也在将不合常理的想法封印在内心后，总算跟上世人的脚步。

我变得愈来愈膨胀。

我总是在想，好希望能快点胀裂开来。

不久——那个迷你女人不再出现于我的面前。随着成长，我告别了儿童时代，同时也忘记了她。

不对——是变得无法想起了。

或者只是——并非那女人不再出现，而是成长的我对那女人视而不见罢了。

我觉得这不无可能。

那个迷你女人或许一直都在我的身边，躲在器物的阴影里，偷偷地看着我。

肯定如此。

那个女人卑鄙地躲在床的背后、洗手台的旁边、时钟上面，毫无意义地对我报以怜悯的眼神。之所以没有察觉，是因为在家人及他人的怜悯眼神下，我早就变得迟钝。

证据就是，我时常感觉颈子背后有股冰凉的视线扎着我。

因此……

因此我通常不敢突然转身或突然抬头。

我一直对自己为何会有这种举措感到不可思议，如今想来，多半是我在潜意识中害怕着——若是猛然回头，或许会与那迷你女人视线相交。

因此我总是缓缓地、缓缓地动着。

虽说我本来就没办法活泼地迅速行动——

## 3

我无所适从地站在走廊上。

身上只穿了一件睡衣，感觉有些寒冷。手摸上脖子，像冰块一样冰冷，都起鸡皮疙瘩了。现在几点？我在这个寒冷的走廊上站了多久？记得我在黄昏前身体不太舒服而上床休息。

但现在天色已经完全暗了下来。

刚才——我想起小时候的事情，不知道为什么，或许做了梦吧。

但说是回想，我并不确定那是否是真正的记忆。

我陷入混乱，我想我还没有完全清醒。

女人？现实生活中当然不可能存在那种迷你女人，不可能存在如此不合常理的生物。

为什么我会认真思考如此可笑的——

——在火葬场旁。

——在诊疗室桌上的杯子背后。

太可笑了，根本没这种生物存在。

绝对没有。

——在刚才的床边。

床边？

——那女人就在那里。

啊啊，我完全陷入混乱了。头痛愈来愈严重。我也不明白为何会跑到走廊来。该吃药了。药放在餐具柜的抽屉里——

来到漆黑厚重的房门面前，伸手握住门把。就在碰到门把的瞬间，我犹豫了，动作停了下来。

——就在里面。

很愚蠢，但是……

我就是不敢打开。

站在门前犹豫了一会之后，我沿着走廊朝接待室走去。继续待在寒冷的走廊容易引发感冒。就算只是个小小感冒，也足以令病弱的我送命。

过去因为感冒好几次差点丧命。

我又觉得头晕目眩了。

走廊上到处可见尚待整修的空袭痕迹。

我打开接待室的门。家里的门又厚又重，我没什么力气，总得费上一番工夫开门。好不容易推开吱吱嘎嘎作响的门，进了房间。

房间很暗，没其他人在。

这座巨大的医院遭到严重空袭，恰似一座巨大的废墟，过去的热闹光景不再，除了父亲以外没有半个驻院医师，只剩下几个护士与寥寥无几的病患还在院里。

我们一家人就住在这座废墟之中。

因为是废墟，所以白天也几乎没什么人。

这栋建筑——早就死了。

不是活人应该居留之所。

但是我却只能在此生存。

这座废墟是我的世界的一切。

我双手抱着肩膀，在沙发上坐下。

如此一来多少驱走了些寒意，头部依然疼痛，但意识似乎已经完全恢复了，眼睛也习惯了黑暗。

　　室内装潢富丽堂皇，与这座废墟一点也不相配。

　　欠缺一家和乐的房间。

　　虽然是二十五年来早已看惯的景象，依然无法适应。

　　暖炉上摆着一个金色的相框。

　　里面有一张陈旧褪色的照片。

　　——是妹妹，和我。

　　我们是一对很相像的姐妹。

　　照片里一个在笑，另一个则皱着眉头。

　　远远看来，分辨不出谁是谁。

　　尤其在昏暗的房间，更难以辨识。

　　我眯起眼睛，仔细注视。

　　不，就算近看，即便在白天，恐怕我也分辨不出来。我早就忘记这对并肩合照的少女当中，哪一个是我。我是——左边，还是右边？

　　记忆变得不确实。不，是没有记忆。

　　我是在笑的那个？

　　还是不笑的那个？

　　——究竟是哪个？

　　连这张照片是几年前拍的，我也没有什么印象，简直就像于梦中拍摄的照片。

　　我不知道这张照片自何时摆饰于此的，在不知不觉间这张相片就在那儿，已有数年之久，未曾移动。

褐色的相纸中，我们姐妹看起来很年轻。

两人均绑着辫子，穿着同样花色的、小女孩常穿的衣服，一对瘦巴巴的、尚未成熟的女孩——一看就知道还是女学生，那么至少是十年前。


当时应该是十三岁或十四岁吧。

在我的眼里，当时妹妹真的是个美丽的少女，充满了活力，非常耀眼，令人目眩神迷。

幼年时代的我们长得非常相像，仿佛真正的双胞胎一般，经常被认错。但是随着成长，我与妹妹的差异逐渐明显。当从童年进入少女阶段时，我们姐妹之间的差异已然十分明显。

虽然在外表上依旧没有明确差别。

少女时代的我们在脸蛋、声音、身高、容貌上都像极了。

就连我自己也无法分辨照片中的我们。

但是，从那时开始——我就欠缺了某个重要的部分，虽然我并不知道欠缺了什么。体弱多病的我很少上学。比起阳光少女的妹妹，我的性格显得灰暗而阴沉。这种内在的差异，凌驾了外表的相似——我想，我们之间的差异便是根生于此吧？

不对，并不是如此正当的理由。

那时，在我们还是女学生的时候。

去上学的只有妹妹，所以正确说来我并不是女学生。当时我每天在家休息养病，几乎不曾离开这个医院——我的家。只有与沉默寡言的家庭教师一起度过的几个小时里，我的病房才成了学校。容貌有如贵妇的家庭教师每天以机械式的、缺乏抑扬顿挫的语调讲解一定的课程，讲解完就打道回府。

每一天，我眼中所见的光景永远是四方形的墙壁与天花板，照亮我的是蓝白色的荧光灯，所嗅闻的则是刺激性的消毒水味。

而妹妹与我正好完全相反，她是典型健康开朗活泼的女孩，过着比一般人更丰富而华丽的少女时代。她每天看着各式各样的景色，沐浴在阳光下，呼吸外界的新鲜空气。

同样是姐妹，为何有如此大的差异？这太不合理了。但当时的我并不怨恨老天爷的不公平待遇，也没有嫉妒过妹妹。

不，或许当时的我不能说没嫉妒过妹妹。老实说我或许曾羡慕过妹妹。但是羡慕与嫉妒这种情感，是在内心某处认为自己与对象同等，或更优秀时才可能产生——

而我，我想我从来不曾认为自己与妹妹同等—— 一次也没有。

不管容貌有多么相似，我很早很早以前就有所领悟，我**不可能成为妹妹那样的人**，所以想嫉妒也无从嫉妒起。

我基于一种近乎自暴自弃的憧憬与妹妹相处，妹妹亦——我不知她是基于怜爱还是同情——温柔地对待我。那时候，我们姐妹真的相处得很好。

妹妹从学校回来一定会来病房找我，告诉我今天她体验到什么事情。有时描述得既有趣又好笑，有时神采奕奕地，有时又悲伤地——

听她述说在外的体验成了我每天最期待的事情。

从外面回来的妹妹总是带着阳光的气息。

因此我最喜欢妹妹了。

妹妹是我的憧憬。

我听妹妹描述外界的事情，仿佛自己亲身体验般地觉得高兴、悲伤。只要有妹妹陪伴身边，即使人在病床上也能漫游学校与公园。我透过妹妹沐浴在阳光之下，呼吸外界的新鲜空气，认识丰富的世界。妹妹的喜悦就是我的喜悦。所以我感谢她都来不及了，怎么可能嫉妒她呢？

因此我最喜欢妹妹了。

妹妹是我的憧憬。


从脑中传来说话声。

——别说这些漂亮话了。

——你的思想根本就……

一点也不健康。

没错，一点也不健康。

不服输、不甘心、愤恨、好嫉妒……这才是一般人应有的反应吧？

但是个性扭曲的我，白白长了与妹妹相像的容貌，却没有一般人应有的正常反应；不只如此，为了让可悲的自己正当化，我用可笑的姐妹之爱将自己不健康的心态包裹起来。

妹妹很温柔？那只是单纯的同情，妹妹在怜悯我罢了。不对，或许在轻蔑我，我听着她充满优越感的自夸而欣喜——

没错，我早知是如此啊。

我早知如此，并选择如此做。

因为喜欢妹妹？因为妹妹是我的憧憬？不对，这是欺瞒。我喜欢的——是我自己。我只是个扭曲的自恋狂，难道不是吗？

妹妹——

我一直以为妹妹是我映在镜中的倒影。

在走廊上奔跑的脚步声。

活泼的笑声。

乌黑光亮的头发。

水汪汪的眼睛。

有如花蕾般的嫩唇。

柔韧颀长的四肢。

充满弹力的白皙皮肤。

我所欠缺的一切，妹妹全都具备了。

另一方面，我则——

虽然相似。表面上虽然相似，却有所不同。

皮肤有如白子一般惨白。

细发有如人造丝。

眼睛有如玻璃珠子。

至于笑声——

我从来就不曾出声大笑。

我只是妹妹的未完成品，妹妹就是完成版的我。

若是如此——

我觉得非常悲伤。

妹妹是镜中的我？并非如此。

我才是镜中虚像。

我才是妹妹映在镜中的歪曲虚像。

妹妹是真品，我只是妹妹的仿冒品。

但是——

但是我也早就知道了。

我老早就知道这件事了。

我早就知道自己是妹妹的——未完成品——仿冒品。只是我明明知道，却甘于如此。如此一来，恐怕我连自恋狂也称不上，而是丑恶的仿冒品，不是吗？

不仅如此，我似乎也不想成为真品。

我是一个不想弥补不足的部分、仅仅看着真品就满足了的，胆小、卑鄙、卑贱的仿冒品；通过对一切完满的妹妹的憧憬，幻想自己欠缺的部分得到补足而获得满足感。为此我压抑嫉妒与羡慕，将同情与轻蔑视作亲情，捏造自己不可能达成的虚像，伪装自己爱着自己，并以多重的欺瞒细心地将之包装起来——

因为根本不存在值得被爱的我。

脑中深处再次响起声音。

——不对。

——如果补足了欠缺的部分。

——你就会成为妹妹。

——这么一来，妹妹就不需要存在了。

——所以……

**是那个迷你女人的声音……**

**但是却从脑中传来……**

"啊啊！"

我捂住耳朵，发出近乎呜咽的叹息，猛烈摇头，试图甩开妄想。

头好痛。

到底怎么一回事？

事到如今吐露真情一点意义也没有，我本来就抱着自己是个丑陋女人的自觉活到现在，就算重新体认这个事实，也无法改变什么。况且我真的不讨厌妹妹。

我们真的是感情很好的姐妹。

真的相处得很融洽。

我再次看了照片一眼。

照片中的我们沉默地并肩站着。

——或许在相框的后面……

我打了个冷战，闭上双眼。

不知是害怕还是寒冷，或是悲伤。

说不定是因为怀念。

埋藏于我脑髓深处的无用记忆又蠢蠢欲动了起来，平常想找找不到，却老在这种时候窜出来。

某人的声音在脑中苏醒。

是妹妹。

姐姐——

"姐姐，你知道吗？爸爸很喜欢这张照片唷——"

"可惜我拍得不是很漂亮——"

父亲的——

父亲喜欢的照片。对了，这张照片是父亲摆在这里的。记得那恰好是战争即将开始的前夕，在外半年的妹妹总算回家，一家人好不容易又重新聚在一起——照片就是此时开始摆在这儿。但是为何父亲要把这张照片摆在这里？我并不知道理由，所以问了妹妹。

刚刚浮现于脑海的，就是妹妹当时的回答。

那是——

4

在我十六岁那年的秋天。

妹妹在昭和十六年的春天到秋天这段期间，以学习礼仪为由送到熟人家暂住。

后来听说这是为了摆脱纠缠妹妹的不良少年，不得已做出的权宜之计。当时有个不认识的年轻男人对妹妹苦苦追求，还登门提亲——事后我才听佣人说起曾发生过这样的事件。

但是，听说会发生这事件是因为我的关系——应该说，似乎是我害的。

刚好在那时，不知原因为何，我的病状又严重恶化了。

听说我晕倒失去意识，长期处在徘徊于生死之境的病危状态。

说"听说"，是因为我完全都不记得了，只能从父亲、母亲及医生们的态度或只言片语胡乱想像。

关于那时的事情，每个人的口风都很紧，谁也不愿详细告诉我。对病人说明病情的严重性并不能帮助病情好转，所以他们采取这种态度也很合理。

实际上，即使到现在，我也仍未完全康复。

父母一方面要照顾重病的长女，一方面还得保护次女不受不良少年的骚扰，的确是非常辛苦呢——我不关己事地想。

虽为姐妹，我们两人却是如此不同。

有时常想，如果我那时就此死去不知该有多好。

但是我活下来了。

经过半年的疗养，勉强保住一命。

时局逐渐变得动荡不安，所以妹妹也回到家里。

我们举行了一个小小的庆祝会。

那天——

我换上了暌违半年的洋装。

因看护的辛劳而眼窝凹陷、一脸憔悴的母亲也化了妆，父亲将这张照片装饰在暖炉上，佣人与医师们都在场，大家都笑得很开心。真是好久不见大家的笑容了。

这些都是这个房间里发生的事情。

母亲表情又悲又喜，告诉我今天的庆祝会是庆祝我的病情好转。

但其实是为了庆祝妹妹回家吧？

因为宴会上大家开口闭口都在谈论妹妹；而且我的病情也没真的好转，顶多只是恢复意识，能起床活动而已。

但是卑贱的我依然并不觉得嫉妒。

记得我那时比起自己疾病痊愈、庆祝会，我更高兴妹妹回来了。

但是……

妹妹变了。

半年不见的妹妹，美貌变得更为出众。

妹妹已不再是个美丽少女，

而是成为一名美丽女性。

妹妹变成大人了。

另一方面，刚由死亡深渊回到现世的我，当然显得分外憔悴。妹妹由女孩成长为女人的这段期间，我一直呼吸着医院的腐败空气，浸泡在点滴的药液中；消毒水的味道深入肺部深处，连在血管里流动的血液都带有药味。

因此，妹妹投向我的眼光才会如此困惑吧。

那已经超乎怜悯、同情或轻蔑的程度了。

她说：

"小心身子，别太勉强了，姐姐。"

空泛之言。

就跟我从小体会的那种一模一样。

证据就是，妹妹丝毫没对我说过她这半年来发生的事，也没询问我的近况；虽然说就算问我，我也没什么好说的……

短短半年的空白，在我们姐妹之间造成了巨大的隔阂，也在此时有了决定性的差异。我想，我已经——连妹妹的仿冒品也不是了。我假装身体不舒服，从庆祝会抽身回到自己的病房。我不想看到妹妹变成成熟女人的容颜。

回到房间，反倒真觉得不舒服起来。

一波波与心脏跳动相同频率的剧痛敲打着我的脑子，我感到晕眩。虽然宴会上什么也没吃，却三番两次地到洗手台前呕吐。

我抬起脸来，妹妹出现在镜中。

变成成熟女性的妹妹映在镜子里。

**我们的容貌竟是如此相像。**

我也同样——变成一个成熟女性了。

我凝视镜子，用力抱住双肩，手肘压迫到胸部，非常疼痛，觉得乳房肿胀。我的身体无视于我的意志，变成了女人。直到此时我才发现——自己也早已不是少女了。

镜中的形象开始扭曲，我又失去了意识。

同时——我们姐妹的少女时代也结束了。

醒来时妹妹守候在枕旁。她的眼神既非怜悯也非蔑视，而是像外人般看着我。我睁开眼睛，妹妹流着泪，一语不发地离开房间。

接下来有一段期间，每个人对我都像对外人一般疏远。连父母都像对待外人般地看着我，对待外人般地跟我说话。一如既往对我报以怜悯眼神的，就只剩下不知躲在何处的——

迷你女人而已。


其实理由很简单。

因为我在这半年对抗病魔的日子里，失去了生育能力。

妹妹早已知情，但她很苦恼，不知是否该告诉我这件事情。结果接下这个可憎任务的是母亲。母亲像对待客人般地客气，小心翼翼地，仿佛要穿过地雷区般谨慎地，一字一句地告诉我这个事实。

说完之后，她哭了。

我则是什么感慨也没有。

在我很小的时候，已经舍弃结婚生子、幸福过活的人生。纵使得知了此一不幸消息，对我而言实在没什么差别。

这算什么大事吗？

不能生孩子又如何？

难道说，我就此成了不值得同情的人吗？还是说——生不了孩子的女人算不上人吗？若是如此，我也不想当人。那么我算什么？不是女人也不是男人的我，难道就没有活着的资格吗？

我不想当女人。

一直以来我都不想。

我欠缺的并不是健康的身体或开朗的个性。

而是——女性的特质。

一直以来，我顽固地拒绝成为女人——不论是老成的思想，还是仿佛了悟一切的放弃，一切都只是基于此一心境的伪装。

这样的我，理所当然地随着成长与妹妹的差异也愈来愈明显。谁也无法理解我的心情，且可恨的是，我的身体也确确实实地朝向女人蜕变。那么，如今变得再也不能怀孕岂不是个好消息吗？

于是就在我十六岁的冬天，长久以来的愿望成真——我不再是个女人。但我的家庭也随之逐渐崩坏瓦解了。


战争开始了。

那个年头，一切是如此残酷，但对于放弃作为女人的我而言，也未必就是不幸。战争刚开始时，整个社会高呼增产报国，可是等到战情告急，这些空头口号也没人喊了。举国上下染上一片不幸的色彩，我个人的小小扭曲被埋没在全国性的巨大扭曲之中。

市町遭到燃烧弹袭击，成了一片火海。全国人民死到临头才慌张、恐惧、哭泣。战火也袭击了医院。父母亲茫然地呆站着，看着遭炸弹击中、燃烧得轰然作响的建筑物，妹妹哭了。

——要烧掉吗？

——对啊。

总是窥视死亡深渊的我一点也不觉得恐怖，亦不感到悲伤。

——当然烧了才好呀。

——当然烧得一干二净才好呀。

我想。

仔细想来，我与父母、妹妹从那时候起就不太说话了。开战前后，我的家开始崩坏瓦解，如今已经完全分崩离析了。

医院在空袭之中受到严重的破坏。三栋建筑当中，有两栋已不堪使用，原本的驻院医师也几乎全部战死，废墟当中只剩下崩坏的家庭。成了空壳子的家庭，与墙壁、天花板同样坑坑洞洞的建筑物一起迎接败战之日。

我二十岁，妹妹十九岁。


战争刚结束时，医院提供遭空袭受伤的人们病床，所以一时还很热闹，我也在医院里帮忙看护。可笑的是，忙碌时的我总觉得自己很可靠，殊不知那只是错觉。那是个仅仅为了求生存就得耗上一切精力的年代，我没有空闲思考多余之事。

但是——半年过后，社会上的骚动逐渐平静下来，医院里的病人也一一离开，等到市街开始重新建设后，医院反而变得冷清了。

此时——千疮百孔的建筑里，终于只剩下千疮百孔的家庭。


败战之后又过了五年。

我今年二十五岁了。

医院的修缮工程尚未动工。

无人修补破碎的家庭，任凭时光流逝。

我们将目前这种状况视为理所当然，仿佛打从一开始就是如此。

在这五年之间，我也曾以药剂师为目标用功读书，但因体力终究无法负荷而放弃了。我现在天天看闲书过日，过着逃避现实的生活。即便如此，也不会有人指责我。自从我不再是个女人的那时起，我也失去了家庭成员的资格。

妹妹今年夏天结婚了。

她的丈夫入赘我们家。

一名老实青年加入成为我们家的一员，原本就像是陌生人聚集而成的家庭，即使多加一名陌生人也没什么不同。我不知道他们相识、相恋，进而结婚的经过，没人肯告诉我。

我抬起了头。

为何我会来到这个房间？

因为只有这里还没崩坏吗？

因为只有这里还保持着过去的风貌吗？

照片中的我们一点也没有变。

过去的时光永远留存于相纸之中。

我总算理解父亲为何想摆着这张照片了，因为这张照片是我们这个家庭崩坏前的象征。

父亲那时或许敏锐地感受到家庭的轮廓即将逐渐崩溃、瓦解，所以才在完全崩坏前将这张照片摆饰在此吧。

胸口好闷。

空虚，好空虚啊。

抱着即将崩坏的预感过活，这是多么空虚的事啊。我现在总算理解——我所感觉到的与父亲同样感觉到的事情，那实在太空虚了，所以才会死命地抓住某些事物来稳固自己。我想父亲也是感觉如此，才会将照片装饰在这里吧。

——不对不对。

什么？哪里不对了？

声音从相框的方向传来。

相框的背后，隐约见到熟悉的和服花纹。

那里……有谁在那里？


——那才不是什么即将崩坏之前。

——这是那一天的照片嘛。

——看，你笑得多么开心。

——仿佛收到情书一般。

——才不是崩坏。

——而是你破坏的。

——是你破坏的呀。


——那女人在这里。

"别再说了！"

我大声叫喊，恢复清醒。

5

突然之间，灯光亮了。

我惊慌失措，全身僵直。

"什么，原来是大小姐。这么晚了不开电灯一个人在这里——我还以为是小偷呢。"

门打开了，内藤站在门口。

"真不像大小姐应有的行为。"

内藤用右手敲了敲摆饰照片的暖炉。

不行，那女人会——

"什、什么事，内藤？"

"问我什么事？这句话应该是我问才对吧？嘿嘿，穿这么薄的睡衣，很养眼喔。"

的确，我现在穿的衣服并不适合出现在他人面前。内藤露出下流的眼神仔细打量着我的身体，声音异常沙哑地说着，边走过来在我身边坐下。

但是我仍旧注视着暖炉上的相框，视线直盯在相框上，身体仿佛冻僵，无法动弹。就在相框后面，刚才……

"大小姐，怎么怪怪的，发生了什么事吗？"

"你、你才是，为什么这么晚了——"

"我跟品行高尚的您不同，是夜行动物，总是在深夜出来捕食猎物。"

内藤下流地歪着下唇笑了。他把脸凑近我身边，浑身散发出一股混杂着烟臭与酒臭、非常下流的气味。

我很讨厌这个男人。

内藤在我的家庭崩坏之始——战争开始后的第二年——也不知怎么攀上关系的，以实习医师的名义住进我们家。

他自称是我们家族的远亲，真是莫名其妙。但是这男人是母亲带回来的，说不定不是骗人的。战争即将结束时他被征召入伍，翌年复员归来。母亲原本似乎打算让他入赘，与妹妹结婚。只不过从来没人对我提过这些事，因此当中经纬我并不清楚。

但是——

不管经过几年，我依然无法喜欢这个低俗的男人。

内藤今年在医师的国家资格考中落榜，妹妹则趁着这个机会结婚了，但详细经过我也完全不了解。

在这之后，这男人的性格就很不稳定。

内藤说：

"我来到这里也快八年了，好像从来没机会跟大小姐独处呢。"

讨厌，我讨厌他的声音。

"我——不太舒服，头很痛。我在这里休息一下就回房间了，不劳你费心。"

"这可不好，我来帮您看看吧。我好歹也算个实习医生——"

内藤伸手触碰我的额头。

"别碰我！"

我使出浑身力气甩开他的手。

我的手背啪的一声，重重地打到他的手心。

内藤小声地叫痛，倒退一步。

"你干什么！"

"别碰我！不要再碰我了！"

我有股冲动想立刻消毒额头跟手背，我讨厌他的气味。

"大小姐呀大小姐，你是不是误会了？以为我想对你做什么吗？别开玩笑了，不要以小人之心度君子之腹好吗！我就这么污秽吗！"

"我——"

在我回答之前内藤站了起来。

"你……你的确是个大小姐，但是你的家又算什么？这个医院，你们一家人——你知道世人在背后是怎么说你们这一家子吗？表面上或许什么也不提，但知道的人就是知道，你的家系是——"

"住口。再说下去，你在这个家就——"

"待不下去了？我可不认为。我是夫人的宠儿。不只如此，跟你妹妹的关系也……"

"你……内藤，难道你……"

"嘿嘿嘿嘿，接下来别继续说下去比较好吧？毕竟他们才刚新婚而已哪。只不过啊，大小姐，你的确长得漂亮，头脑又好，却因而骄纵，把其他人都当笨蛋，以为只有自己才是聪明人，总是冷眼旁观——"

"我才没有——"

"你知道你的妹妹都怎么说你吗？说你是迷惑男人的妖女、淫妇，说你是狐狸精啊。"

"骗、骗人！"

不可能，妹妹才不可能说这种话。

而且我早在十年前就失去作为女人的资格了，所以不可能做出这种事——

"我可没骗你啊，大小姐。我可是亲耳听到喔。你该不会跟那个入赘的家伙有一腿吧？"

"我？为什么？"

到底是怎么一回事。

"我怎么可能跟妹夫做出那种事——"

"你妹非常恨你咧，说老公被自己的姐姐抢走了。"

"怎么可能，这是无凭无据的误会。如果妹妹真的说过这种话，我一定要亲自跟她澄清。"

"不好不好，最好不要。"

内藤说完，向我靠近一步。以食指尖轻抚我的下巴。

"你还真的一脸无辜喔？"

内藤仔细盯着我的脸瞧。

"嘿嘿嘿嘿，可是这就是你最不应该的地方了。"

"咦？"

"我说，这就是你最不应该的地方了！"

内藤粗声吼叫，用力拍了桌子。

残响在房间里回荡。

"你——你说什么，我什么也——"

"你——你真的不知道自己是怎样的女人吗？装出一副连虫子也不敢杀死的圣女面孔，总是瞧不起男人——你……"

内藤讲到这里停了下来。

"我——我又怎么了……"

"你比你以为的……"

"咦？"

**"更女人得多了。"**

内藤用很难听清楚的小声说，叹口气，把脸朝下，低着头继续吐露心声。

"我不知道你自己怎么想的，但是你的存在本身就是在引诱男人！你就是这种女人。"

"你——你这是什么意思！"

"你看看你这张天真无辜的漂亮脸蛋。"

内藤粗暴地抓住我的下巴。

"还有这副美丽的胴体！"

他用力抓住我的肩膀，抓得我很痛，用像是要舔遍全身的下流眼神打量后，用力把我推开。

"我看那个软趴趴的女婿虽然跟你妹结婚，却迷上你了吧？所以管你怎么辩解你没有勾引他也没用！你妹妹梗子恨你，恨你这个姐姐，久远寺凉子！"

我是个女人？

我只是个未完成品，内藤在开恶劣的玩笑。

"怎、怎么可能有这种事，你别作弄我了——"

"我可没作弄你！"

内藤突然紧紧抱住我，不让我跑掉。

"就算大声求救也没人听得到。这间房子的墙壁很厚，而且你是这个家的肿瘤，就算听见了也没人会来救你。院长、夫人、你妹妹都一样，没人想跟你接触。我现在就来切开肿瘤替你治疗。"

他的臂膀粗壮有力。我头一次发现，原来男人的手竟然这么硬。好痛，全身快被折断了，呼吸困难。我踢动着双腿挣扎，内藤将右脚插入我的两腿之间。意识逐渐蒙眬。酒臭味很难受，我把脸侧向一旁。

"怎样！"

"放开我。"

"怎样！被你嘲笑、轻蔑的男人抱住的感觉怎样！"

"我才——"

我并没有嘲笑他。

也没有轻蔑他。

我只是不想成为女人。

我不能成为女人。

"放开我！"

我奋力一推，总算将内藤推开。

心跳剧烈，整个房间在我眼前咕噜咕噜地旋转。

内藤被我推倒在沙发上，他动也不动地，自嘲且下流地笑了。

接着他说：

"嘿嘿嘿，你真是个可怜的女人。"

"我、我早就习惯怜悯跟轻蔑了——"

我早习惯了。

我瞪向内藤，跟小时候一样。

"哈，好可怕。"

内藤呼吸也很急促。

"别装出这么可怕的表情嘛，真是糟蹋了这张漂亮脸蛋。嘿嘿，以前我从来没有机会像这样正面看高傲大小姐的脸。"

"别再说了……求求你别说了。"

内藤缓缓站起来。

由上而下看着我。

"抱歉，我喝醉了。你没事吧？凉子小姐。我忘了你的身体——状况很不好。"

我——蹲着，像个胎儿一般抱着自己保护身体，并哭个不停。

我有多久没哭了？

"我——不是人。我是没办法生孩子的女人。从出生起就一直跟死亡相邻，什么时候死去都不奇怪。不，应该说早点死了比较好，我只是家人的负担。所以请别管我了，别管我了——"

我在说什么梦话。

头好痛。脑子深处那些没用的记忆又膨胀了起来，头痛得快爆开了。

内藤继续站着，以沉静的语调说：

"我知道了，我知道了，凉子小姐，你已经——算是已经死了一半了。"

内藤继续满不在乎地说：

"——但是啊，就算如此，下定决心不恋爱就死去也未免太——"

"恋爱？"

我没听过这个词汇。

我望向内藤，他刻意回避我的视线，移开眼眸，接着说：

"你最好知道，不管你多么讨厌男人，多么想躲在自己的壳子里，还是有人爱慕你的。你看，讲究道理的令尊与严格对人的令堂当初还不是相爱结婚的？所以说——"

"别再说了。"

"所以说——"

不知为何，内藤一副泫然欲泣的模样。

"拜托你别再说了，你不是说你已经知道了吗？我不想再听这种话！"

"你听啊！"

内藤又变得激动起来。我捂住耳朵。

"你长这么漂亮，却一封情书也没写过，这太异常了，这太扭曲了。你一定是疯了！"

"情书？"

——呵呵。

笑声？我缓缓地抬起头。

注意内藤背后的、在暖炉上的金边相框里的我与妹妹的、十五岁秋天的——

**在笑的是我。**

为什么笑了？

相框背后，我看到有一张小脸正在窥视我。

——呵呵，情书啊。

"谁？"

内藤也回头了。

难道他也听见了？

不是幻听。

"你听见什么了吗？"

我没办法回答。

"好像听到笑声——是我的错觉吗？"

跶、跶、跶……

迷你女人正跑着。

内藤慢慢走近暖炉，仔细观察了一下。

"是老鼠吗？"

就在时钟的旁边。

——果然，她在。

好可怕。

我再也待不下去了。

我趁势起身，拼命推开沉重的大门，奔跑着离开房间。

内藤似乎在我背后喊了什么。

但我已经没有兴趣听了。

6

我来到走廊，朝自己房间的反方向逃跑。并非想逃离内藤，而是想逃离那女人，逃离自己的过去，更重要的是，想逃离现在的自己。

我到底是谁？难道说，我不是我以为的自己，我以为不是自己的我才是真正的我？

说我是女人？很美丽？勾引男人？

别再戏弄我了。

我最讨厌内藤了。

离开医院的大厅，穿着拖鞋穿过回廊。幸亏值日室的护士背对外面，没发现我。

回廊有屋顶，但已经算是屋外，风很冷，中庭杂草丛生。

月亮升起了。

别馆——二号馆遭到空袭，成了废墟。

我穿过别馆。

新馆——三号馆也有一半遭到炸毁。

啊，内藤快追过来了。

我有这种感觉。因为内藤就住在这里——新馆二楼原本当做病房使用的房间。

新馆再过去就是——

我停下脚步。

觉得喘不过气。出生以来从来没这么跑过，但很不可思议地，头痛却减轻了，也流了点汗。我平时几乎不流汗。我有点担心地望了望背后，幸好内藤并没有追来。只要想追，就算是小孩子也能轻易追上我。

更不用说成年人的内藤了。

走廊尽头有个进出口，由这里出去会看到一间小建筑物，那是我小时候每天报到的地方——过去的小儿科诊所。

现在则是妹妹夫妇的住处。

——不行。

不能继续往前走了。那里是我不该进入的禁地。

不知为何，我总觉得如此。

或许是内藤刚刚的那番话，令我觉得不该侵犯妹妹夫妇的圣域。可是失去去向的我，如今也不能折返，最后我打开了最靠近我的门走了进去。


第一次进这个房间。

房间里只有柜子与书桌、书架，非常朴素，原本似乎不是病房。

或许是他——妹夫的房间吧。书架上整齐摆满了笔记本与医学书籍。

柜子里则整齐地摆满了实验器具与玻璃箱。玻璃箱子里是——

——老鼠？

有几只老鼠被关在里面，是实验用的白老鼠。

跟我一样，靠着药液过活的老鼠。

在微弱的月光下，白鼠看起来仿佛绽放蓝白色的光芒。

从巨大的窗户中可见到的是……

月亮，以及——

——小儿科诊所。

我慌忙转过身，背对窗户。窗户没有窗帘，妹妹夫妇居住的建筑看得一清二楚。

妹妹与她的丈夫就在那里生活，我不该窥探他们的生活，我没有那个资格。

不敢开灯，也不敢离开房间，最后我拉出书桌前的椅子坐下，低头不让自己看窗外。

闭上眼睛，就这样保持不动，原本亢奋的情绪逐渐平缓，总算稍微恢复了平静。

——多么糟的夜晚啊。

真是糟透了，仅因为被没有意义、在心中来来去去的记忆所扰，离开房间——结果被那个内藤——

抱在怀里的触感再度苏醒，全身止不住颤抖，连讨厌的气味也跟着苏醒。

——我跟妹夫有关系？

什么鬼话，这一定是内藤的谎言。那个人靠着野兽般的敏锐直觉发现我的不安心情，随口说出这些胡扯来扰乱我，一定是如此，他就是这么卑鄙的男人，何况我跟妹夫根本——

——他长什么模样？

我对妹夫的脸没什么印象。

我没跟他交谈过，也不曾仔细观察他的容貌。

我下意识地逃避着他。

明明同住一个屋檐下，这实在很异常，我们明明已经成了一家人了。

——啊，不算一家人吗？

我们表面上是一家人，实际上却像陌生人。在广大的废墟里过活，即使一整天没见过彼此也不奇怪。如此扭曲的生活，有一半是我自愿的。因为——父母妹妹都算外人了，更何况妹夫呢。而且，妹夫是个男人。我想，因为他是个男人，所以我才会忌讳他，讨厌他，刻意地回避他吧。

因为——

我一直担心我内心深处的女性特质会因为接触男性而觉醒。

不管是头脑，还是心情，都猛烈地拒绝自己成为女人。可是只有身体比自己想像的……

——更女人得多了。

唉。

我叹了口气，回想起内藤说的话。他所说的果然是事实吗？我终究还是个女人吗？

讨厌，好讨厌。如果这是事实，我觉得非常污秽。不是针对男人，而是自己。

但是我并不像讨厌内藤那般讨厌妹夫，明明他的容貌与声音都如此模糊没有印象，但很奇妙地，我就是不像讨厌内藤那般讨厌妹夫。

——那是因为啊。

因为？

——恋爱。

恋爱？多么遥远的话语啊。

——情书。

我从来没看过这种东西。

——你那时收到了情书。

姐姐是迷惑男人的妖女、淫妇，是狐狸精。

——看你笑得多开心啊。

在笑的是我。

"讨厌！不对！完全不对！"

我大声叫喊。

医院虽已成了废墟，隔音效果仍然格外良好，不论叫喊得多大声也不会有人听见。只要自己安静下来，世上的一切声响亦随之消失。这里就是这样的场所。

房间恢复静寂，只剩下心脏的跳动。

不行，没办法保持安定。我应该变得更理性一点，情绪化对身体不好。

我必须重新安定下来——更理性一点。我今天晚上是怎么了？从一开始就陷入混乱之中。

都是那个迷你女人——

对了，这就是问题症结所在。

迷你尺寸的女人？以常识思考便知**这种生物**根本不可能存在，不是在不在场、记不记得的问题。然而我的精神不知出了什么问题，把**这种生物**的存在视为理所当然，这才是最大的问题。

我又抱住双肩，低头闭眼，慢慢地深吸一口气，继续思考。

更理智地思考。

迷你女人的真面目，应该是——

应该是我已经舍去的女性化的自我吧？

她总是怜悯愚蠢的自己。

肯定是这样。

也就是说，她终究是个幻影，我则是害怕自己的幻影的胆小鬼。我破碎、不安定的神经让我看到的幻影，这就是那个迷你女人的真相。

证据就是，迷你女人只在我的神经异样亢奋，精神不安定的时候才会出现，刚才的情形亦然。内藤被我异常的情绪所影响，所以才产生了幻听，一定是如此。再加上那个男人喝醉酒了，精神也十分亢奋，更助长了幻觉的产生。

不对，还是很奇怪。难道刚刚两人听到的细小声响，真如内藤所言有老鼠吗？

听说没有比人类的记忆更不可靠的事物。我记得很久以前就见过那个迷你女人，但是追根究底，那是我真正的记忆吗？难道并非只是因为我的神经有疾患，而创造出栩栩如生的虚假记忆吗？难道不是我根本没见过那个迷你女人，但幻觉带给我真实感，并回溯既往窜改了我的记忆吗？

已经过去的事件，不管是事实还是假造，在脑髓中的价值都是一样的。这跟梦是一样的，虚幻的记忆不过只是醒着的梦境。

或许有某种契机——应是受到某种刺激——使得在我的脑中长年累积有如脓般的东西在今晚突然暴露出来。

这一切如梦似幻。

回想今晚慌乱、害怕的情形，多么幼稚啊。

将恐惧的心情塞入内心深处，故意视而不见才是成长。

我张开眼。

因为是处于这种状态——所以才会觉得一切都扭曲了。我要断然地改变我的想法。

没错，我并不坦率，病弱也是事实，但是——我的人格并没有扭曲到会造成日常生活的问题。

而我的家庭也一样。我的家庭的确缺乏对话，也缺乏温暖，但至少没有彼此憎恨。像这种程度的扭曲比比皆是，相似的家庭四处可见。乖僻的我只是在耍脾气，自以为不幸罢了。

我们的情况其实很普通。

幸亏妹妹结婚了，父母因而稍稍宽心。

听说妹夫是个很优秀的医师。这么一来医院也后继有人，不必担心了。

所以，就算我一生未婚，就算无法生小孩也无须在意。建筑物坏了再修补就好。等妹妹夫妇生了小孩，我们家应该也会恢复正常。我只要维持现在的我即可，就这样苟延残喘即可。

没有什么好不安的。

当然，我跟妹夫有什么暧昧关系之类的胡言乱语，更是天地翻转过来都不可能。

我总算平静下来。

已经——没事了。

头痛好了，身体也不再发寒。这般痛苦状态不知道持续了多久，仿佛刚从漫长噩梦中醒来。

我缓缓地抬起头。

窗外——

潜意识里我似乎依然回避着小儿科诊所。不过仔细想想，这并不奇怪，深夜里毫不避讳窥视新婚夫妻的房间才有问题。

——回房间吧。

吞个药，准备入睡。

等醒来跟妹妹好好聊一聊。

就像我们少女时代那样。

我站起身子。

就在此时——

喀沙喀沙。

我听见声音。是柜子的玻璃箱子中的老鼠发出的吗？

不对，是从脚下——不，是桌子里发出的。

我看了桌子一眼。

什么也没有。

喀沙喀沙。

真的有声音。

是抽屉。

虫子？还是说，里面也养了老鼠？

我伸手握住抽屉的拉柄。

为什么想打开？明明没有必要在意。

**心跳加速。**

无可言喻的焦躁感缠住了我，不，不是焦躁感，这是——毁灭的预感。

赶快……

赶快打开。

我手贴额头，似乎轻微发烧。

感冒了吗？

是死亡的预兆吗？

但我已经习惯了。

我已经整整二十五年来都与死亡的预感毗邻而活，因此——我并不害怕。

手抚胸口，传来心脏的跳动。

啊，我还活着。

脉搏愈跳愈快。

沾满药味的血液快速送往脑部。

脑子愈来愈膨胀。

视觉随之变得异常清晰。

整个世界超乎寻常地鲜明起来。

打开抽屉一看——

没有什么老鼠。

只有纸张，不，是一些老旧的信封。

抽屉里只收藏着一束信件。

信，我讨厌信。灌注在一个字一个字中的情感、思念与妄想，浓密得仿佛充满气味，光看就让人喘不过气来，这种东西若能消失于世上该有多好。胡乱封入了无用的记忆——信就像记忆的棺材，令人厌烦。信令人忌讳，不吉利。我最讨厌信了。

当我慌忙要将抽屉关上时，我发现了……

——这是？

这些信件是……

妹妹——寄给妹夫的——

——情书吗？

封入了爱慕之情，

与热切的思念，

男给女，

女给男，

传递于两者之间的文字——

这种东西，我……

自然没有看过，

也没有写过。

脑子膨胀。

无用的记忆啊，别苏醒。

脑袋像是快爆开了。

喀沙，喀沙喀沙。

瞬间，整叠情书崩塌。

从泛黄的信封底下，

一个十公分左右的迷你女人露出脸。

——她在，她果然存在。

女人带着无法想像存在于世的恐怖表情瞪着我，清楚地说了句：

"蠢蛋。"

接着她递了一封情书给我。

在这一瞬间——

过度膨胀的我，终至破裂、消失了。

此乃昭和二十五年晚秋之事。

庭院荒芜之昔日旧家
屋内处处多有目
为弈者之家耶?

——《百鬼夜行拾遗》／下之卷・雨

【第叄夜】

目目连

## 1

有人在注视着。

视线穿透衣物布料，如针锥般投射在皮肤表面。

——视线。

平野感觉到视线。

颈子两侧至肩胛骨一带的肌肉因紧张而变得僵硬。

"是谁？"

转身回望，原来是矢野妙子，她胸前捧了一个用报纸包裹的东西，天真烂漫地笑着。

"别人送我们香瓜，拿一点来分给您。"

妙子的声音清澈，边说边走到平野身旁，弯下腰。

"平野先生，您——有什么地方不舒服吗？"

"没什么，只是你闷不吭声地走进来，吓了一跳罢了。"

平野随便找个借口搪塞，妙子说："哎呀，真是的，我在玄关就跟您打过招呼了呢。"又笑着说，

"看您流了这么多汗，真的这么可怕吗？"

她拿出手帕帮平野擦去额头上的汗水。

不知是什么气味，手帕有种女性的芳香。

——视线。

平野思考着，视线究竟是何物？

有多少人凭借着自我意志注视着这个世界呢？

若世界就只是单纯地存在于该处，而注视者就只是毫无障碍地映入眼帘的话，是否真能称为以自我意志注视世界呢？

反而**不看**更像主动的行为。

闭上眼才是自我意志的行为。

**注视**这个行为中，自我意志所能决定的就只有注视的方向。不论注视者是否愿意，视觉将所注视的一切对象，全部都捕捉入眼。没有选择的余地，眼睛就只是单纯地接受世界的一切。那么，这就不该说是注视，而是**映入**才对。

或许这样的说法并不真确。

至少眼球不可能放射光或风，对外在事物产生物理作用。

平野相信——眼睛所朝向的对象，并不会因为眼睛的注视而受到**某种干涉**。平野对科学并没有特别卓越的见地，但他倒也不是浑浑噩噩过日子，至少还懂得人类之所以能看见事物，是因为物体反射光线入眼的道理。他压根儿不相信视线能对被注视者产生物理作用。

可是——

所谓的视线又是什么？

当被人注视时，背上的灼热感、刺痒感、冰冷感，这些感受究竟因何而起？

是错觉吗？的确，这种情况当中大半是错觉。但是刚才的情形呢？感觉背后有人注视，回头一看，妙子的确就在那里。

这算偶然吗？

"您最近好奇怪喔，平野先生。"

妙子说完，担心地望着平野的脸。

她用乌黑明亮的大眼注视着平野，这对眼睛的视网膜上现在应该正映着他的脸吧；如同平野看着妙子楚楚动人的美丽脸庞般，妙子也正看着平野疲惫倦怠的脸。

平野觉得有些厌烦。

2

有人在注视着。

视线通常来自背后。

或者自己视线无法所及之处。

总之，多半来自无人注意的死角。

没错。

例如昨晚在浴室，当平野洗完身体正要冲头发而弯下腰时，突如其来觉得有股视线投射在肩膀上。原本心情愉快地哼歌洗澡，突然全身肌肉紧绷，为了保护身体本能地挺直背脊。

有人，有人正在注视，自己正受到注视。

视线由采光窗而来吗？

不，是从澡盆后面吗？

睁大眼睛注视我的是人？抑或妖怪？

注视者就在——那里吗？

其实根本没什么好怕的，只要猛然回头就会发现，背后根本没人。只是很不巧地，此时天花板上的水珠恰好滴在平野身上，吓得他大声尖叫。一旦出声喊叫后，恐惧也稍稍平缓了，他立刻从澡盆起身，连净身的温水都没冲就赶忙离开浴室。

平野跟川岛喜市说了这件事，川岛听完，大笑说："平野兄，真看不出来你竟然这么胆小。"

"没错，我胆子真的不大，可是也没你以为的那么胆小。"

"是吗？我看你真的很胆小啊。你说的这种体验任谁都曾遇过，但只有小时候才会吓得惊慌失措、疑神疑鬼的。你也老大不小了，竟然还会害怕这种事，这不算胆小算什么咧？平野兄，如果说你是个妙龄女郎，我还会帮你担心说不定当时真有歹徒、色狼；但是像你这种三十来岁的粗壮男子冲澡，我看兴趣再怎么特殊，也没有人想偷窥吧？"

川岛努了努尖下巴，将手中的酒杯斟满，一口气饮尽。

"啊，说不定是刚才那个房东女儿偷窥的哨，我看那女孩对你挺有意思的。"

"说什么傻话。"

妙子不可能偷窥平野洗澡。

妙子是住在斜对面的房东家的女儿。

她好像是西服还是和服的裁缝师，平野并不是很清楚，据说今年十九岁了。

平野在此赁屋已有一年多，这段期间妙子的确经常有意无意地对他多方照顾。但是平野认为这是她天性爱照顾人，对独居的鳏夫疏于整顿、简直快长出蛆来的脏乱生活看不下去而已。

年方十九的年轻女孩对自己顶多是同情，不可能抱有好感。但川岛打趣地说："人各有所好，说不定她就爱你这味啊。"

"你刚才不是还说没人有这种特殊癖好？"

"我是说过，但我要收回前言。我说平野兄呀，你实在太迟钝了。你想想，平时会想去照顾房客的只有爱管闲事的老太婆吧？一个年轻姑娘若没有好感，怎么可能这么服务到家？"

或许此言不虚。

但是，对平野而言其实都无所谓。管她爱上了自己还是一时想不开，平野老早就厌倦这类男女情爱之事。比起妙子，现在更重要的是……

——视线的问题。

平野一说出口，川岛立刻露出一副**不耐烦**的样子。

"这种鸡毛蒜皮小事才真的是一点也不重要，就算真的被看到又不会死，根本不痛不痒吧？"

"一点也不好。比方说我们遇到风吹雨打时有所感觉，至少原因很明确，所以无妨；可是明明不合理却感觉有视线，教人怪不舒服的，难以忍受。"

"所以说你真的很胆小哪。"

川岛一副受不了的样子，又说了一遍。

"我们不是常形容人'眼神锐利'吗？说不定眼珠子跟探照灯一样会放出光线哪。只不过前提是真的有人偷窥你。"

"真有这种蠢事？"

"可是野兽的眼睛不是会发光吗？"

"那是因为光线反射，不是眼睛会发光啊。就算眼睛真的会发光好了，被光射中也没感觉吧？"

"可是以前不是有天下无双的武士光靠眼神就能射落飞鸟吗？"

"那是说书吧？"

"我倒是觉得聚精会神地凝视的话，说不定真能射下鸟儿。"

或许——真是如此吧。在茫茫景色之中，选择了特定的对象聚精会神地凝视，或许视线就是因此产生的，说不定川岛的想法是正确的。

但是平野终究无法相信观察者的心情会随着视线穿越空气传达到被看的对象，难道说注视者真的有可能透过视线将想法传达给被注视者吗？

平野不当回事地提出质疑。川岛回答，没错。

"因为视线之中灌注了全副精神啊，不是也有人说'热切的眼神'吗？我看经常在注视你的一定是那位姑娘啦。"

话题又转回到没兴趣的男女情爱上。

平野想。

这不是能用气这种不知是否存在、没有实体的东西说明的。

所谓的"迹象"，追根究底，指的是空气中细微的动态或轻微的气味、微动的影子等难以察觉的线索，但这跟所谓的视线又有所不同。

再不然，姑且假设这两者相同好了，

——注视者又是谁？

结果，不管川岛如何拉扯，平野都表现出没兴趣的样子，川岛终于也莫可奈何。最后他虽然没说出口，脸上却明白地表现出"你这不懂女人心的木头人，自己吓自己去吧"的态度。

"平野兄，我看你是平时都闷在房间里做细活，才会变得那么胆小。虽说为了讨生活不得已，但偶尔也得休息休息，我看我们改天找个时间去玉井[1]逛逛好了。"

川岛说完，准备起身道别。平野伸手制止。

"欸，你先别急着走嘛，虽然下酒菜吃完了，酒倒还很多。你明天休假吧？轻松一点，想待多久就待多久，没必要赶着离开，反正你也孤家寡人，没人等你回家。"

平野不想自己独处。

也想找人发发牢骚。

于是川岛又盘起腿坐下。

平野是个制作饰品的工匠。

简单说，就是以制作如女儿节人偶的头冠、中国扇的装饰、发簪之类细腻的金属工艺品维生。这类职业即使完全不跟人交往，也不会影响日常生活作息。因此，虽然平野并非讨厌与人来往，却自然没什么其他朋友。

川岛是在这附近的印刷工厂工作的青年。除了住家很近以外，他跟平野几乎没有关联。就连平野自己也不知道当初怎么跟他结识的。

川岛说："你这样很不好，太死板了。如果我说话太直害你不舒服我先道歉。只不过啊，你该不会还一直念着死掉的妻子吧？这样不行喔。守贞会被称赞的只有寡妇而已哪。"

"没这回事，我早就忘记她了。嗯，已经忘记了。"

"真的吗？"川岛一脸怀疑。

平野最近才跟这个年轻工人相识，对川岛的身世几乎一无所知；反之，川岛对平野亦是如此。

只不过，平野自己在几天前——向川岛透露过一点亡妻之事。

不知当时是怎样的心态，竟然多嘴说出这件没必要说的事情。应该是川岛擅长问话，习于跟人闲扯，才会害他说溜嘴的吧。

——阿宫。

想起妻子的名字。

平野的妻子在四年多前去世了。

两人于开战前一年成亲，加上战争期间约有八年的婚姻关系。不过当中有两年平野被征调上战场，实际上一起生活的时间只有六年。

妻子突然自杀了。

原因不明。

那天，平野出门送货回来后，发现妻子在屋梁上吊自杀了。妻子没留下遗书，平时也没听她说过有什么烦恼。因此她的死犹如晴天霹雳，令平野大受打击。

所以平野等到失去妻子非常久一段时间后，才感到悲伤和寂寞。而现在这种心情也早已淡薄，于很久以前就几乎完全磨灭。不知是幸或不幸，妻子并没有生下孩子，也没有其他亲戚，平野如今形单影只，孤单一人。

也因此，造就了他淡泊的个性。

"真可疑。"

川岛歪着嘴，露出轻薄的笑容。

"如果真的忘了，为什么不再续弦？"

"我没女人缘。"

"没这回事，那姑娘不是暗恋你吗？"

"跟那姑娘没关系。而且就算要娶她为妻，我跟十九、二十岁小姑娘的年龄差距也太大了。"

——话说回来，

在妻子生前平野的确一次也没感觉到视线的问题。

那么……

那么果然还是如川岛所言，这两者之间有所关联也说不定。

想到这里，平野望了佛坛一眼。眼尖的川岛注意到平野的目光，立刻说："看吧，你果然还念着你妻子。"并直接在榻榻米上拖着盘腿的下半身移动到佛坛前，双手合十拜了拜，然后仿佛在寻找什么似的看了一下后，说：

"唔，平野兄，你也太不虔诚了吧。"

满满的灰尘堆积在佛坛上。平野平时只把佛坛当做放神主牌的柜子，所以压根儿也没想过要打扫。

"没错，我不信这套的。"平野回答。川岛听了皱眉。

"没人要你早晚烧香祭拜，可是好歹也献杯清水吧。"

"我是想过，可就是懒。不过这刚好也证明了我对内人没有留恋。"

"是吗？放任到这么脏反而叫人可疑。由灰尘的厚度看来，我看至少半年没清扫过了。一般人至少在忌日总会摆点水果牲礼祭拜。你该不会连扫墓都没去吧？"

"嫌麻烦，早就忘记了。"

"既然如此，平野，我看你是明明就很在意，却故意不做的吧；明明一直放在心里，却装作视而不见。"

"我懒得做。"

"可是工作却很细心。唉，我看你继续这样放任不管的话，迟早有一天会出现喔。"

"出现？什么会出现？"

川岛说："当然是这个啊。"两手举至胸前，手掌下垂，做出回眸惨笑的样子。

"不会吧？"

——注视自己的是……

妻子吗——

"哪有什么幽灵！"

"我可没说幽灵喔。平野兄，你该不会对嫂子做出什么愧疚的事吧？"

"怎么可能——"

——应该没有吧？

"——怎么可能。"

"你就老实点比较轻松喔。"

"老实？"

"我的意思是，有那么年轻又漂亮的姑娘对你有好感，你自己也不是完全没兴趣；但是你觉得对不起死去的妻子，所以感到内疚，只是你自己没发现而已。因此才会变得这么别扭，不管是对妻子还是对妙子姑娘都刻意理不睬。"

——内疚之情。

刺痛。平野再度感觉到视线有如针刺投射在背脊。

"我看你找个时间该去扫扫墓，跟嫂子道歉一下比较好。这么一来，被注视的感觉应该就……"

川岛说到这里随即噤声。

因为他感觉到平野的状态似乎有些异常。

"平野兄，你现在难道又？……"

"嗯，又感觉到了，现在似乎——有人在看我。"

川岛伸直了身体，仔细观察平野背后的情况。

"背后的纸门——好像破了，是那里吗？"

"这——我也不知道。"

川岛站起身，走向纸门。

喀啦喀啦，他将之拉开，探视一番后说："没人在啊，平野兄，你自己瞧吧。"平野顺着他的话转头。在那瞬间……

平野发现了视线的来源。

隔壁房间的确没有半个人，但是……

纸门上的破洞后面，却有颗眼珠子正滴溜溜地注视着他。

3

有人在注视着。

随着日子一天天过去，平野感觉被注视的次数也愈来愈多了。

原本只要回头看，就能平复恐惧的心情。

因为大多时候都是自己疑神疑鬼，背后并没有人在窥视；只要对自己打气说"胆小鬼，没什么好怕的"，即可泯去恐惧。

但现在平野即使感到视线也不敢回头，他很害怕。

就算回头——注视他的多半是眼珠子。

那天，从纸门破洞中看着他的是……

眼珠子。

可是不回头，反而更觉得恐怖。

来自格窗的雕刻、纸门的空隙、墙壁角落的孔洞，视线无所不在。

视线的来源肯定是那个——眼珠子。

——这是幻觉。

毫无疑问。

但是平野觉得在川岛面前仍然看到幻觉的自己，在另一层意义上更令人害怕。

平野回忆前妻的事。

——那颗眼珠子。

或许真如川岛所说的，是妻子的——

妻子的眼珠。

竟会得到如此可笑的结论，平野觉得自己一点也不正常。

但是神经衰弱不堪的平野，相当乖顺地接受了这个结论。或许这也是一种愿望吧。为了逃离莫名所以的不安，抬出幽灵反而是个方便的解决之道。即便如此，这样的状态依然不怎么好，平野想。

因此，他决定去为妻子扫墓。

此外他也觉得与其一个人待在房间里，还不如出外比较放心。很不可思议地，平野在户外并不会感觉到视线。大道上人群熙熙攘攘，理应也有无数视线交错，若视线是种物理作用，平野这种视线恐惧症的家伙照道理反而上不了街。

但不论昼夜，平野在外从来没感觉到视线。顶多只有偶尔有人恰好注视他，不然就是自己遮蔽了他人视线的情况。总之没意义的问题多思无益。

妻子的家庙在小田原。

是她家族代代祖先安葬之处。

起初平野认为妻子孤零零地葬在东京不熟悉的墓地很寂寞，因此拜托寺方答应让妻子葬在小田原。可是由于妻子的家人早于战争中死光了，如今到了中元节或彼岸会[2]反而都没人扫墓；另一方面，平野在乡下老家的墓也因为亲戚相继死去，寺庙早已废弃，现在已无人管理，故亦不适合葬在该处。

不管哪边，去扫墓的只有平野，只要平野本人不去，不管葬在哪里都一样寂寞。

到达目的地一看，果然坟墓周边杂草丛生，仿佛在责备平野的无情。

花了半个小时才将杂草全部拔除，等到刮除干净墓石上的苔藓，供奉起鲜花与线香时，花儿似乎也逐渐干枯了。

平野双手合十，低头冥想，他并没什么话想对妻子说，也没有特别要向死者报告的事情。况且，一想到入了鬼籍的故人或许过得不错，实在也没有必要多说什么令她担心。总之平野先为自己很久没来扫墓之事诚心诚意向妻子道歉。

闭上眼睛的瞬间，背后又有——

在感到害怕之前，注视者先发言了。

"你似乎很疲累呢。"

平野怯生生地回头，朝发话方向一看，在墓碑与墓碑间有名个子矮小的和尚。

"有什么理由吗？如果觉得我多管闲事请别理我，要我滚开我就立刻走人。"

没见过的和尚。

只不过这个寺庙的和尚平野也只认识住持一个，除了住持以外这里有几个和尚他也不晓得。那名和尚与景色十分相合，完全融入景色之中，反而缺乏存在感。问和尚是否是这里的人，他摇手表示不是。

"我是住在箱根山上的破戒僧，跟这里的住持是老朋友，有点事来找他，结果不知不觉**眼睛就注意到了你**。"

"眼睛——注意到我……"

"没错，注意到你。"

"什么意思？"

"我不会帮人算命，所以你问我为什么，我也没办法回答你。只不过哪，总觉得你的背影——似乎在拒绝着世上所有的人。"

和尚脸的轮廓颇小，时间恰好又近黄昏，坟场一带变得很阴暗，看不清楚他的表情。虽然看起来难以捉摸，但并不像在作弄平野。平野认为不搭理对方似乎太过失礼，便自我介绍。和尚自称小坂。

平野说起关于视线的事情。

小坂不住地点头说："看来你被奇妙的东西缠上了，"接着又说，"只不过你因此事才来扫墓并不值得赞许哪。"

"说来惭愧，朋友说这或许是亡妻作祟，警告我说——这是幽灵的复仇。虽然我并不认同，但还是有点在意。我想我的确疏于祭拜亡妻，所以遭到报应了吧，于是远路迢迢前来扫墓。但我并非是想消灾避厄才来祭拜的。"

和尚笑着点头称是。平野问：

"所谓的视线——究竟是什么？是真的有人在看我吗？不，应该问，为何会感觉视线投射在我身上呢？"

"这个嘛，说来很简单。"

"很简单吗？"

"比方说，现在正在注视你的是谁？"

"和尚您啊。"

"你感觉到我的视线了吗？"

"不是感觉，您就在我眼前看着我不是？"

"那么，你闭上眼睛试试。"

平野顺从地闭上双眼。

"如何？你现在什么也看不见了，是否感觉到我的视线？"

双眉之间……鼻头……有如针锥的感觉爬上肌肤。和尚正在注视着的就是这一带吧。

平野如此确信。

"——是的。"

"是吗，果然如此吧。这就是所谓的视线。好，你现在张开眼——"

平野缓缓地张开眼睛——

和尚正背对着他呢。

"啊。"

"我在你一闭上眼睛的同时立刻转过身去，一直看着那棵柿子树哪。"

"那么——刚才的视线——是我的错觉吗？"

是误会？是妄想？

和尚又摇头否定。

"非也非也，刚刚你感觉到的那个就是视线哪。虽然我的眼睛朝向柿子树，但心情可就向着你了。"

"难道说——我感觉到的是师父您的心？"

"这也不对，心是感觉不到的，人本无心哪。"

"没有心？"

"当然没有。人的内在只有空虚，人只是副臭皮囊罢了。"

"空虚——吗？"

"你知道吗？我刚才虽然转身了，但在闭上眼睛时，对你而言我一直是朝向着你。即使在你闭上眼睛的同时我离开了，我也依然在看着你。"

"可是这与事实不符啊。"

"有什么不符？对你而言那就是真实，世界随着注视者而变化。"

"仅靠注视就能改变世界吗？"

平野依然无法理解和尚所言。

"没有注视者，就没有世界；视线并非注视者所发出，而是依着感受者存在。这与物理法则无关，与你所想的完全相反。"

和尚笑了。

接着他豪迈地说："抱歉抱歉，我还是不习惯说教，我看我喝点般若汤[3]就去睡觉好了。"和尚穿过坟旁的塔形木片[4]群，融入墓场的昏暗空气之中，终至消失。

乌鸦三度啼叫。

平野就这样茫然地侧眼看着妻子坟墓有好一阵子，不过亡妻的幽灵似乎并不打算现身，于是他提起水桶，准备离开。

——所以说问题都在自己身上。

没错，这一切都是自己的问题。

连妻子自杀也是——

——为何死了？

从来没思考过这个问题。

不对，应该说平野从来就不愿去思考这个问题。

——那是因为……

平野将水桶与勺子拿到寺院的厨房归还。

接着面对夕阳直行，来到寺务所。

愧疚感。

川岛说是愧疚感作祟。的确，平野一直以来刻意回避思考妻子自杀的问题。难以否认，他对于这个问题的确有所忌讳。

喀啦喀啦，一串串的绘马[5]被风吹动响了起来。

刺痛。

有人注视。

在成串绘马的间隙之中——

——眼珠子。

平野小跑步到前面，拨开绘马，喀啦喀啦作响。

在绘马背后。

一颗眼珠子，就在里面。

在绘马与绘马之间。

是那颗眼珠子。

——这是幻觉吧？

又长又浓密的睫毛之中，有一颗湿润明亮的眼珠子。

乌黑的瞳孔。

虹膜以及眼球上一根根血管是如此地清晰——

盯。

眼珠子看着平野的脸。

——唔，"唔啊！"

平野吓了一跳，慌乱地敲打绘马一通。

几片绘马翻转过来，还有好几片绘马散落地面。

等到粗暴的气息恢复平静，认识的住持慌忙跑过来，频频询问发生什么事，要平野冷静。

"抱歉——"

——没看过这么清晰的幻觉。

或许那个叫小坂的和尚说的话很有道理。

或许感觉到视线的是自己，与是否有人注视无关。即使没有人注视，依然能感觉到视线。

但是，不管如何，真的有东西在注视着。

——眼珠子。

4

有人注视着我。

平野如此说完，精神科医师平淡地回答："这样啊。"

"——这很常见。"

"不是什么稀奇的病症吗？"

"不稀奇啊。平野先生，社会上注视你一举一动的人其实并不如你所想像的多。像你这种在意他人目光的人十分普遍。这就是一般常说的自我意识过剩。放心吧，没有人——看着你。"

"不，我的情况与你说的并不一样。"

"不一样的。"平野再次强调。医师有点讶异地问：

"比如说，你在人群中会突然觉得周遭的人都在注意你而觉得恐慌吗？”

“完全不会。反而混在人群之中更加安心。一想到在人群之中**那个东西就不会注视我，反而很轻松。**”

“喔？”

这位头颅硕大、眼珠子骨碌碌地不停转动的医师，卷起白衣的袖子，面向桌子，干燥的直发随着他的动作不停摇摆。

“所以说你看到了——幻觉吗？”

“我觉得应该是——幻觉，可是却很真实，非常清晰地出现在我的眼前。”

“原来如此，请你再描述得更详细一点。”医生说。平野便将事情经过详细描述一遍，接着问：

“请问我疯了吗？”

“没这回事。幻觉没什么了不起的，就连我也看过，任谁都曾看过。基本上幻觉与现实的界线暧昧不明，当我们明确以为那是幻觉的时候，那就已经不是幻觉了。如果说仅因见过幻觉就是狂人，那么所有人可说都是异常。”

是吗？

医生拿起铅笔，以笔尖戳着桌面。

“只不过你感觉到视线，并且害怕它的话，应该是一般所谓的强迫性神经症吧——嗯……”

“请问那是？”

平野询问何谓强迫性神经症。

“比方说，有些人有洁癖，觉得身旁所有东西都不干净；有些人则是看到尖锐之物就感觉害怕；害怕高处、害怕广场等，这些都是很常见的恐惧症。细菌污秽，尖锐物让人受伤，高处跌落令人丧命。这些担忧都是很合理的恐惧。我们担心造成危害，所以对这些行动加以限制或禁止，这是理所当然的，不至于影响正常的社会生活。但如果说恐惧心态过强，演变成不用消毒水擦拭过的东西就不敢碰，不只不敢拿剪刀，连铅笔也害怕的话，这就超出爱好清洁跟小心谨慎的范围了。"

平野很佩服医师的能言善道。

"这些一般人常见的强迫观念若是超过限度，就会演变成强迫性神经症。例如说，把铅笔这样插入的话……"

医师反向拿起铅笔，轻轻做出要刺入眼球的动作。

"——就成了凶器。因为铅笔能刺穿眼球，造成失明。虽然我们平常不会这么做，但铅笔能对眼球造成伤害是事实；也就是说，若不幸发生意外，就可能会造成这种后果。"

平野表示同意。医师继续说：

"但是——我们平常并不考虑这种可能性，你知道为什么吗？"

"不知道。"

"因为铅笔是拿来写字的，而不是拿来刺穿眼球的。对大部分的人而言，铅笔是笔记用具，而非凶器。但是……"

"但是？"

"但是哪，当这种担忧过份强烈时——一看到铅笔就觉得会对眼睛造成伤害。于是为了保护眼睛，只好远离铅笔，不敢使用铅笔。对受到强迫观念所苦的人而言，铅笔与凶器已经划上了等号。如果恐惧感继续升高，连觉得筷子也很危险，所有尖锐物都有可能造成危险，担忧愈来愈强，就成了尖物恐惧症。到了这个地步，就会对社会生活产生影响。这全都是基于——尖锐物会刺伤人而来的恐惧。"

"我好像懂了。"

的确，这种情况不无可能。

"至于你的情况嘛——"

医师转动椅子，面向平野。

"基本上你有被注视——应该说，有被偷窥的强迫观念。任谁都不喜欢被窥视，任谁都厌恶个人隐私受到侵害。"

"你的意思是——我的情况是这种担心变得过度强烈的结果？"

"你过去——有被窥视的经验吗？"

"在感觉到视线之后——"

"我是指以前。更早以前也行。即使实际没有人偷窥都没关系。"

"即使只是——被偷窥的错觉也没关系吗？"

"是的。与其说被偷窥，例如秘密曝光了，**不想被知道的事情**却被某人知道了之类的也无妨。"

——不想被知道的事情。

"或者**不想被看到的时候**却被某人看到了。"

——不想被看到的时候。

"总之就是这类体验。不管是小时候还是战争时的都可以。"

"战争时——"

"你心里有底吗？"

"嗯——可是……"

——说不出口。

**不想被看到的时候被看到了——**

"啊，应该是那件事。"

——那个孩子，被那个孩子看到了。


一道封印解开了。

精神科医师观察平野的状态，一瞬露出果然不出所料的表情。

平野静静地说起他的体验。他在战场上杀了人，用刺刀刺入敌人的身体，埋下地雷，投掷手榴弹，发射高射炮。医师说："可是这些体验人人都有，只要上过战场谁都遇过，你并不特别，为何只有你会——"

那是因为……

"被注视了。那个孩子——注视着我。"

平野回想当时情况。

原本忌讳的记忆逐渐苏醒。

事情发生于南方的战线上。平野在搬运物资时遭遇敌方的小队。交战中地雷炸裂，不论敌我都被炸个粉碎。轰隆一声，眼前一片血红。

"敌人几乎全灭，同伴仍有好几个人活着，物资算是保全下来没受到什么损坏，所以我当时一心一意只想着将物资搬运回部队。长官命令我如果遭敌俘虏就自尽，可是我还不想死，所以拼了老命，说什么也要回到部队。但是不知为何就是走不了，也站不起来。仔细一看，原来有人抓着我的脚。是美军——"

美国士兵全身是血，平野拼了命挣脱。

"现在回想起来，他应该想求救吧，说不定早就死了，但那时根本管不了那么多，我害怕得不得了，拿起掉落在地的刺刀，不断刺呀刺，一股脑地刺在他身上，肉片四散，骨头也碎裂了，他的手总算放开我的脚。就在这个时候……"

——是的，就在此时。

刺痛。

平野感觉到锐利的视线，抬起头来一看。

一个未满十岁的当地小孩，躲在草丛之中。

——注视着平野的一举一动。

"原来如此，这个经验成了心理创伤。"医师平淡地说。

"复杂的事情我不懂，我只觉得当时的行为不是人所应为，可是却被看见了，而且——还是个非战斗人员的小孩子。一想起那个孩子，我就感到可怕。所以、所以我——"

所以——平野变得——

又一道新的封印解开了。

"所以你怎么了？"医师问。平野支吾其词，没有立刻回答。

"我——"

——原来是那个孩子害的。

"我在复员后——成了性无能者了。"

医师一副无法理解的表情说："我不懂你的意思。"接着又说，"是在战争中得病了？还是受伤了？"平野回答："不是得病也不是受伤。"

"因为我变得——不想要孩子了，变得讨厌孩子了。不对，我想是因为我害怕生小孩，所以才会性无能。"

"为什么你会害怕小孩到这种地步？"

"我一直——不知道原因。但刚刚我总算懂了。因为那个战争时的体验。没错。我害怕那个异国孩子的眼神。如果我生下的孩子，也被他用那样的眼神注视的话——一想到此我就没办法忍受。我没办法接受自己——身为人父，却是个无情的杀人魔。"

"啊，原来如此。"

精神科医师重新卷好袖子，硕大的眼睛看着平野。

平野有点自暴自弃，决心将想到的事情全部倾吐出来。

"总之，就是因为如此——我没办法有圆满的夫妻生活。起初还会找有的没的理由当借口，但毕竟不可能继续搪塞下去。虽然妻子嘴上什么也没说，应该也觉得很奇怪吧。她很可怜。她——"

阿宫她……

"我不会泄露出去的，都说出来吧。"精神科医师有如在耳边细语般温柔地说。

"我妻子——有情夫。"

平野早就知道这件事情。

但是平野并不想责备妻子，也不想揭发真相，因为他知道为什么会演变成这种事态。

战争刚结束时——

由于政府的疏失，战死公报寄到妻子手中。

妻子以为平野早就死了，所以才会对那个亲切的男人动了心。当时并不是一个女人家能独立过活的时代。不管是不是男人先诱惑她，平野并不想责备妻子。因为对妻子而言，丈夫已经战死了，她的行为既非不义也不是私通。

但是——平野从战场归来了。

平野到现在还记得妻子当时的表情。

仿佛以为自己被狐妖蒙骗了一般。

妻子嘴上什么也不说，但平野一看就知道她的内心十分混乱。

也许——妻子原本打算跟男人分手吧。既然平野生还了，一般而言不可能继续跟男人发生关系的。因此妻子对这件事情一句话也没说。可是男人似乎不想就此结束，于是两人的关系就这样继续下去——平野猜想。

平野决定默认妻子的私通行为。

"这样的想法算不算扭曲呢？"

"我说过，人的心理状况并不是能用'扭曲'一句话了结的，我想你一定有你的理由。"

"刚刚也说过了，因为我阳痿，无法跟内人发生关系，所以……"

"这就是——容忍偷腥的理由？"

"是的。"

"真的吗？"

"什么意思？"

"这没道理。你的行为背后—— 一定有更深刻的理由，肯定如此。"

医师如此断定。

"为什么你能肯定？"

"因为从你刚才所言，并无法明白说明你的视线恐惧症，你的妻子也没有理由自杀。你在战场上确实受了心理创伤，因而患了心因性阳痿，更因为这个性功能障碍，你默认了妻子的红杏出墙。我想你这些自我分析很正确，十分接近问题核心。但是如果事态只有这么简单应该什么事都不会发生。我想你现在早就不会害怕小孩了吧？而且你的妻子也没理由自杀。"

平野一时哑口无言。

没错，若仅如此，妻子没有理由自杀。

因为平野对妻子的不贞装作毫不知情。

医师继续说：

"我想你应该知道你妻子为何自我了结生命的理由。那个理由就是你病症的根源。你并非害怕儿童目击者的视线，也不是害怕自己非人道的行为遭到告发。那或许是契机，但不可能是病因。这种仿佛基督教徒的原罪意识般的美丽说辞，对你不过只是让自我正当化的幌子罢了。"

不知不觉，医师的语气变得暴躁起来。

"如果你不肯说，我就替你说出来吧。"

医生的语气愈来愈具压迫性。

"因为你的妻子——知道了。"

"知——知道什么？"

"知道你装作不知道的事。"

"咦——"

"我想，你妻子知道了你已经知道，所以才无法承受良心苛责——"

——是这样吗？

果真如此，那么杀死妻子的凶手等于是平野。

"是的，如果真是如此，你的妻子等于是被你杀死的。因此你一直不愿意深究妻子自杀的原因。你不想察觉妻子自杀的原因就在自己身上，所以你放弃了思考——"

"够了！"

——啊，所以说，那时真的……

**被看到了**。所以妻子在——羞耻与屈辱与贞操的狭缝中痛苦挣扎，最后终于……

医师仿佛在细细品味似的打量平野的脸，说：

"你——应该看过吧？"

"看、看过什么——"

"你偷窥过吧？"

"你到底想说什么——"

"看过你妻子与——情夫的偷情场面。"

"我——我才——"

"你看过吧？你偷窥了，看得一清二楚，对吧？"

窥视过。

"我——是的。"

——没错，平野的确窥视过。

一开始只是个偶然。

当他送货回来，伸手准备拉开房门时——

发觉房内有种不寻常的迹象。

平野已经忘了是听见细微的动静还是男欢女爱的声音，抑或是空气中的淫荡波动。他犹豫起要不要进去。最后他决定先绕到房子后面抽根烟，到别的地方打发时间再回来。

但是他家是间仅比大杂院好不了多少的简陋住宅，在后门反而听得更清晰。

房子背后……

——那个孔洞。

他发现房子背后的木板墙上有个孔洞。

平野——由那个孔洞窥视房内。

他见到红色的贴身衣物与妻子雪白的脚。

平野此时——

"其实——原本只是突发奇想。"

"对我说谎没有意义哪，平野先生，你无须自欺欺人。你当时**明显感觉到性冲动，是吧？**"

"这——"

"于是，你着迷了，对吧？接连又偷窥了好几次。"

"你说得——没错。"

没想到仅仅是透过孔洞窥视，妻子的肉体在平野眼里宛如成了画中美女般美丽、妖艳。随着活动春宫画的甜美气息，平野的情绪也跟着变得高扬。

医师说得没错——

平野对此着迷了。

男人每周会来家里一次，通常都是平野出外送货的日子——每周的星期四。

日子一天天过去，偷窥已然成为平野的猥亵习惯。

医师的眼中闪烁着些许胜利的光芒。

"你不愿意承认自己是个有偷窥妻子奸情兴趣的低级人类，我没说错吧？"

“没错……”平野承认。

“平野先生，你知道吗？所谓的性癖好其实因人而异，没什么好觉得羞耻的，就算你在偷窥中感到性冲动，也算不上极度异常的癖好。当然了，如果行为与法律抵触的话，自会遭到惩罚，但你没有必要哀怨自己是个品行低劣的人。不，甚至你如果不承认自己有这种癖好，你的病症将永远无法好转。”

或许——的确如此吧。

其实平野并不觉得自己污秽。的确，当时曾好几次觉得应该停止这种行为，但是平野终究无法战胜甜美而充满蛊惑的不道德引诱。

平野无数次以视线奸淫了与情夫陶醉在性爱之中的妻子。他借由偷窥达成了在正常形式下无法达成的对妻子的扭曲情感。

只不过，这当然是——个人秘密。

不能被妻子得知的事实。

平野虽然怀抱着扭曲情感，但他仍然深爱着妻子，也不愿意破坏与妻子的正常生活。

就算妻子可能内心烦闷不堪，只要她打算隐瞒下去，平野就继续装作完全不知情；同时，他偷窥妻子偷情场面之事——也绝对不能被发现。

某一天，平野透过孔洞偷窥的视线。

与妻子不经意的视线相交。

不该被看见的时候被看见了。

不想被知道的事情也……

——阿宫。

"不对，你说的并不对。即便内人发现有人偷窥，也不可能知道偷窥者是我。那个孔洞只有这么点大啊——"

"可是你妻子自杀了。"

"这、这是没错——"

"你妻子自杀的……"

"咦？"

"你妻子自杀的时间，不就是这个事件刚发生后没多久？"

"这——不……"

"我说得没错吧？"

隔周的星期四，妻子死了。

平野一如既往地从孔洞偷窥，但见到的却是吊在梁上的妻子尸体。

男人不在。

"但是——内人在这一个星期里，完全没有异常状况。不，她甚至比平时更开朗，更有活力……"

"可是你自己不也一样？"医师露出略为严肃的口吻，"担心偷窥被发现，令你表现得更老实，所以那一个星期，你表现得比平时更温柔、更谨慎。你的妻子也是如此。"

"但是……"

"事到如今，已经没有任何方法确认你妻子是否知道偷窥者是你，就算知道也没有意义。重点是你自己**是不是如此认为**的。"

"我——不知道……"

"你刻意回避思考这件事情吧？你一直尽可能地不去想前因后果。现在你更应该仔细去理解。我问你，在那之后，在你妻子自杀之后，你还继续偷窥吗？"

"我——失去了偷窥对象，怎么还可能偷窥呢？"

"难道一点也不想偷窥吗？"

"我——不曾想要偷窥过。"

"老实承认吧，平野先生。你是有偷窥癖好的人。不管是不是孔洞都好，你必须透过某种滤镜才能跟这个社会接触。"

"我只对我妻子——"

"不。你不管是谁，只要能偷窥都好。即便现在，你也一直有想偷窥的冲动。"

"没这回事。我——不是性变态。"

"你这种说法并不是那么适切。我再重申一次，性癖好并没有是非对错。你只是有偷窥这种非正常的性欲望。这实在没办法。"

或许——是如此吧。

"听好，平野先生。你感觉到的视线，其实来自于你的潜意识。你刻意压抑着想偷窥的冲动，但是潜在欲望仍然从强力的压抑下渗透出来。这种欲望不是说压抑就能压抑得住。当潜在的强烈欲望浮上意识层面时，会扭曲变形成为一种恐惧。其实，**无时无刻注视着你的是你自己**。"

精神科医师瞪了平野一眼。

"你看到的幻觉之眼，并不是你妻子的。你仔细想想，那难道不是**你自己的眼睛**吗？"

医生的话语里充满了自信。

"不——并非如此。"

平野坚决地否定了。

医师讶异地询问原因。他对于自己的分析似乎没有一丝一毫的疑问。

"真的——是如此吗？你敢确定吗？那只是你不这么认为而已吧？那就是你自己的眼睛——"

"不对。那不是我的眼睛。"

"是吗？"

"因为——一点也不像啊。"

完全不同。

"平野先生，人的记忆非常不可靠，且会配合自己的欲望变化。你再想想，那真的不是你自己的……"

"可是这并**不是记忆**呀，医生。"

平野语气坚决地打断医生的发言。

接着突然说："医生，请容许我问一个无聊的问题，请问这个房间在几楼？"医师冷不防地被问了意想不到的问题，不明所以地回答：

"四楼——"

"是吗？那么……"

平野站起身。

"那么，从你背后的窗户……"

他缓缓地抬起手，指着窗户。

"凝视着我们的那只眼睛……"

"眼睛？"

"那只眼睛又是谁的眼睛呢？"

"凝视——什么意思？"

"你没感觉到吗？视线正投射在你的背后哪。"

"你、你胡说什么——"

"我没有胡说。看啊，那只眼睛不是正在窗边一眨一眨的吗？这根本不是什么记忆，我是看着**实体**说的。"

"那、那是你的脸倒映在玻璃窗上。这、这里是四楼，怎么可能——"

"不对。窗户上面没有我的倒影，我只看见眼睛。跟我的眼睛毫不相似的一只大眼睛。医生你也感觉到了吧？就是那种感觉。这就是我所说的视线——"

眨。

"医生，我相信你的分析——应该都是正确的。我有想偷窥的冲动，我有可耻的性癖好，内人死了也是我害的。但是这些道理——"

这些道理——

"——都没办法说明**存在于我眼前的那只眼睛**！"

"眼、没有什么眼睛啊！"

"你真的这么想的话回头不就得了？医生你不断否定眼睛的存在，但是从刚才就不敢回头，只敢盯着我瞧。眼睛就在背后呀，在医生你的背后。为什么不敢回头看呢？只要你不敢看，它就存在于该处。我想你一定也感觉到视线的存在吧。而我……"

平野看着窗户旁的眼睛。

眼睛啪嚓地眨了一下。

5

有人在注视着。

从电线杆后面、建筑物的窗口、电车置物架的角落。从远方，由近处。锐利的视线，刺痛，刺痛。

如今即使走在路上，视线也毫不留情地投射向平野。全身暴露在视线之中，他觉得快被视线灼伤了。

川岛一个人站在车站旁等候。

川岛一看见平野，立刻露出迫不及待的表情走向他。"唉，平野兄，你变得好憔悴啊，真不忍卒睹哪。"他怜悯地说。

"你去看神经科，结果医生怎么说？"

川岛问。平野忧郁地回答，"呃，他说我有点异常。"

"但是川岛，那位医生自己也挺有问题的，看他那样子，真不知道谁才是病患呢。"

"是喔？他是一位有名的医生介绍给我的。说是他的得意门生。看来徒弟本领还是不够。"

川岛努着下巴，不满地踢着地上的小石子出气。平野想，他大概期待会有什么奇特的诊断结果吧。

"学者基本上还不都那个样子。"

"真是。"

结果什么收获也没有，徒然回忆起许多讨厌的事情罢了。平野打一开始就不抱期待，倒也不怎么失落。只不过一想起妻子，肺部下方仍会有一阵锥刺般的痛楚。

而且他打从心底觉得——想见妻子。

怀念的感觉或多或少抚慰了平野。

刺痛。

啊。

从车站旁两人约见的地方，又有视线投射而来了。

"川岛，我想休息一下。抱歉，今天我就自己回去了。让你担心真不好意思，先告辞了。"

平野说完，朝自己家的方向走去。

没人在的家里安静极了。

平野从玄关笔直地朝一年到头铺在榻榻米上的床铺前进，坐了下来。好暗。黑暗令人恐怖。

肩胛骨下方的肌肉、左边的肩膀、右大腿、脚底——刺痛、刺痛……暴露在无数的视线之下，黑暗中全身都是死角。

平野连忙打开电灯，房间正中间在电灯光芒照射下逐渐明亮起来。一只飞虫撞上电灯，沙沙沙地在灯泡上爬动。

眨、眨、眨。

眨眼的声音。

平野缓缓地抬起头。

在污黑的土墙、在脏污的天花板、在角落。

一只眼睛注视着他。

——这不是妻子的眼睛。

——也不是那孩子的眼睛。

——更不是我的眼睛。

眨。

这次从纸门的破洞传来。

眨。

眨、眨、眨。

眨眼的声音。眨、眨。

眨眨眨眨眨眨眨眨眨。

眨眨眨眨眨眨眨眨眨。

啊啊整个房间都是眼睛。

"看什么看！"

平野大声吼叫。

全部的眼睛都闭起来，视线暂时被遮蔽住了。

心脏的跳动有如鼓声咚咚作响，太阳穴上的脉搏砰砰跳个不停。不知为何，平野觉得非常**不安**。

平野把头埋进棉被里。他现在害怕视线，更害怕自己肉体表面与自己以外的世界直接接触。

——人的内在只有空虚，人只是副臭皮囊罢了。

所以眼睛所见世界都是虚妄，人靠着皮肤触感认识世界，皮肤是区别内外的惟一界线，但这个界线却是如此脆弱，所以不能让它暴露在危险之中。平野用棉被覆盖皮肤，密不通风地覆盖起来，弓起身子，把脸埋进枕头之中。

这样就不会被注视。这样就能安心了。只有像这样分隔自己与世界，平野才能获得安定。

只要露出一点点空隙，外在的世界立刻就会入侵。平野紧密地包裹自己，把自己跟视线、跟世界隔离开来。

——只有自己一个人的话，就不会被注视了。

只有棉被的防护罩里是平野的宇宙。

不知过了多久，平野在棉被的温暖之中感觉到妻子的温暖，轻轻地打起盹来。

如同处于母亲的胎内般，平野安心了。

枕头刺痛了脸颊。

好硬。仿佛针一般的奇妙触感。

——怎么回事——这是什么？

眨。

紧贴着脸颊的那个东西张开了。

黏膜般的湿濡触感。

——呜。

脸离开枕头。

在枕头表面，一颗巨大的眼睛看着平野。

"呜、呜哇啊啊啊啊！"

平野吼叫。

翻开棉被。

——是眼睛。

眼睛眼睛眼睛眼睛。

眼睛眼睛眼睛眼睛眼睛眼睛。

眼睛眼睛眼睛眼睛眼睛眼睛眼睛眼睛。

不只天花板和墙壁，纸门上，柱上梁上门槛上，连榻榻米的缝线上，整个房间都是眼睛。全世界睁大眼睛盯着平野瞧。平野再次大声吼叫。

枕头上的眼睛眨呀眨地开阖。

"——不要看！"

纸门的眼睛，墙壁的眼睛……

"不要看不要看，别看我！"

他吓得站不直，正想用手支撑身体时，手掌碰到了榻榻米上的眼睛。瞳孔黏膜的湿润感触。睫毛的刺痛感。

讨厌，后退，双手朝后摸索。

讨厌讨厌，手指碰到枕头旁的工具箱。

被碰倒的箱子发出喀啦喀啦的声音倒下，凿子锥子槌子等工具四散八落。

——可以当做凶器，可以把眼睛凿烂。

可以把眼睛凿烂。

平野握着制作工艺品专用的二厘凿。

反手紧紧握住，手心冒汗。他撑起身体，房间内所有的眼睛对自己的举手投足都有反应，想看就看吧。

平野把枕头拉近自己，枕头上的眼睛更睁得老大，瞪着平野的脸。他将尖端慢慢地、一点一滴地靠近黑色瞳孔。湿润、绽放怪异光芒的虹膜陡然缩小，尖锐的金属接触到黏膜。

用力——插下。

陷入。

凿子深深地插进眼球之中，眼球溃烂。

"不要看，不要看不要看。"

平野又将凿子戳向隔壁的眼睛，一个接一个将榻榻米上的眼睛凿烂。

凿子陷入眼球里，一个、一个、又一个。

"不要看！别看我！"

将世界与自己的界限一一破坏，平野的内部扩散至外部。不要看，不要看。

他站起来，朝墙上的眼睛凿去，一股劲地乱凿一通。

吼叫，发出声音的话恐惧感也会跟着平复。不，平野已经失去了恐惧或害怕等正常的感觉。

他像一名工匠，仔细地将眼睛一个一个凿烂。

这是最确实的方法。

接下来轮到纸门的眼睛，这太容易了。

凿子沾满了黏液，变得滑润。

或许是自己的汗水吧。

不知经过了多久，平野总算将房间内的所有眼睛都凿烂了。等到结束的时候，已经不知道自己在干什么了。

柔和的阳光从坑坑洞洞的纸门中射入房间，照在脸颊上，皮肤感觉到温暖，平野总算恢复自我。

总算——能放心了。

平野有如心中魔物被驱走一般，浑身失去了力气，孤单地坐在坑坑疤疤的房间中央。

房间完全被破坏了，平野觉得破烂的房间跟残破的自己非常相配，竟也觉得此时心情愉快。

——真是愚蠢。

自己真的疯了，怎么可能有眼睛存在？

就在这时候，颈子两侧至肩胛骨一带的肌肉因紧张变得僵硬。

"是谁？"

转身回望，矢野妙子就站在眼前。

她睁大了乌黑明亮的大眼——

"不要看我！"

握着沾满血污的凿子，脸色苍白憔悴的平野佑吉逃出信浓町的租屋。

此乃昭和二十七年五月清晨之事。

1　玉井：位于东京墨田区（当时为向岛区）的私娼街，始于战前，迄于公元一九五八年《卖春防止法》实行。

2　彼岸会：于春分、秋分举行的法会。为期七天，于这段期间行礼佛、扫墓等法事。

3　般若汤：出家人的黑话，指酒。

4　塔形木片：原文作"卒塔婆"，原指供奉舍利子的塔，在日本多用来指插在坟旁、用以供养死者的塔形木板，上头记载经文、死者的谥号、去世日期等。

5　绘马：为了祈求愿望实现或还愿，进奉给寺庙的屋形木片。上头绘有马代替真马作为供品，并写上祈求的愿望。

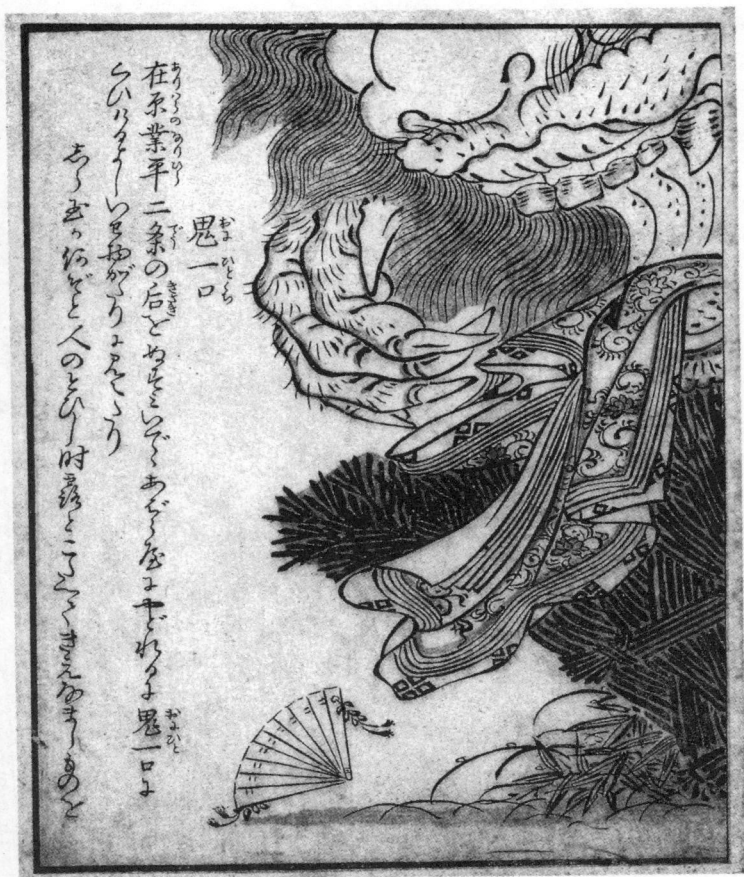

鬼一口

在原業平拐走二条后，
于破屋暂歇。
鬼至，一口吞下二条后。
此事载于《伊势物语》，歌曰：
"佳人曾轻问，
白玉为何物？
答曰为白露，
盼与君同逝。"
——《今昔百鬼拾遗》/ 中之卷·雾

【第肆夜】

鬼一口₁

# 1

鬼来了——

做坏事的话——

做坏事的话鬼就要来了——

鬼会把你从头一口吞下——

孩提时代。

年纪很小的时代。

仍旧幸福的时代。

铃木敬太郎依然清楚记得，孩提时代经常被人用这类话语吓唬。这种骗小孩的话顶多在四五岁以前管用吧。忘了吓唬我的是父亲还是母亲，大概两者都有。

——多半是这个缘故。

铃木想。

铃木莫名地对鬼感兴趣，并不是想研究这个题材，亦不是想彻底追查其来龙去脉，单纯只是兴趣而已。

铃木在一家地方报社担任铅字排版的工作。他不是学者也不是学生，顶多读读一般人也懂的民俗学相关书籍，充其量——就只有一知半解的知识罢了。

铃木自我分析之所以到了这把年纪，却仍对鬼怪之事有兴趣，乃从小被灌输吓唬的话语老在脑中萦绕不去之故。

应该没错。

理由很简单，铃木认为——自出生至四五岁的这段时光，是他一生中最幸福的时期。

双亲在他六岁生日前离了婚，之后不知为何，辗转由叔父抚养长大，之后再也没见过父母。听说父亲于十年前去世，母亲在第二年亦离开人世，而抚养他长大的叔父后来也死于战争中。

等到复员回来，铃木已是形单影只，孤独一人。

因此，铃木敬太郎除了鬼以外，对家庭也很执着。

只是举目无亲的铃木本来就没有家庭，充其量只能看着别人的家庭投以羡慕的目光。所谓的"执着"其实就只是这种程度而已，或许称为"憧憬"更为恰当吧。

铃木对家庭十分憧憬。

做坏事鬼就会把你从头一口吞下——

这是父亲说的？

还是母亲说的？

那时的记忆是如此深刻，却似遥远。

铃木始终无法忘却，却又不能清楚地回想起来。

印象中一家人似乎曾经——齐聚一堂和乐融融地合照过。自己在母亲怀抱中，父亲站在背后，叔叔则站在父亲旁边，铃木在蒙眬之中依稀记得这个情景，但是现在却怎么也找不到这张照片了。

记忆中——照片好像被撕破了。但是否真是如此，铃木也不知道。只不过从老成世故的成年人的感性来看，就算被撕破也不足为奇。在那个年代闹到离婚想必是件大事，这类照片也应早早就被处理掉了。

大家都这么做，不必在意——

来，吃吧——

吃吧？

吃什么？这是什么时候的记忆？在回想童年往事的过程中，掺杂了毫无关联的记忆。是因为**那名男子**的关系吗？

一个月前，铃木在街上看到了鬼。

虽没有角，却给人很不可思议、很不祥的感觉。

鬼想要毁坏即将破灭的家庭。

做坏事的话鬼就要来了——

鬼会把你从头一口吞下——

原来我——是个坏孩子？

所以才——

2

所谓的鬼……

"所谓的鬼——究竟是怎样的怪物？"

铃木问。熏紫亭的店主一如平常满脸笑容地答道："铃木先生，鬼就是那种穿着虎皮兜裆布，脸红通通的……"他讲到一半停了下来，又立刻反问："不不，您问这个问题应该不是想听这么普通的答案吧？这些认识您早就知道了吧？"

店主的声音轻柔高亢又彬彬有礼，说起话来习惯比手划脚，所以即使在闲谈，也像大费周章说明半天。铃木每次跟他聊天总有错觉自己在课堂上听讲。店主就是这么个古道热肠的人。

"不，其实我想问的真的就是这么普通的问题。一般所谓的'鬼'，就是那种头上长了角，在节分（立春前一天）时被打得落荒而逃的那种怪物吗？"

"这个嘛，我不是专家，所以也不是很清楚……"店主笑得更灿烂了。

"不过基本上，鬼都是有角的，不，应该说有角所以才算鬼——"

"对对，就是这点，我想问的就是这种问题——"

铃木语气夸张地强调。他将原本抓在手上的飞车[2]摆回棋盘边缘。反正这局棋再下两步，铃木的败北就决定了。

"——例如，所谓的鬼是否必须有角吗？即使具有其他应有特征，但没有角的话，是否还能称鬼呢？"

"这个嘛——"

熏紫亭早早察觉铃木已无心下棋，便将手上把玩的几颗棋子放回棋盘。他说："既然有'隐角'[3]这种说法，可见没有角就难以判别是否为鬼哪。"接着他又笑了笑，半打趣地说："您该不会是因为角行被我吃了才问这问题吧？"接着店主又说：

"秋田县有种妖怪叫生剥，据说那其实不是鬼呢。"

"啊！我记得那是一种大人带着大面具假扮妖怪吓小孩的民俗活动。好像在除夕夜举行的。扮妖怪的人挨家挨户拜访。不过我记得这好像是'春访鬼'[4]那类的妖怪吧？我在相关书籍上看过，跟火斑剥或胫皮怪同样是在春天来访的鬼——"

"话说，我记得您似乎很喜欢看折口[5]的书？"熏紫亭点点头，将棋盘挪到一旁，表现出洗耳恭听的态度。

铃木则由原本正座的姿势改为轻松坐姿，将原本放在旁边的茶移到自己面前。

熏紫亭一边收拾棋子，一边问铃木："不过生剥并不算坏妖怪吧？"

"嗯，并不会做坏事呢。"

"是呀，甚至富有教育意味呢。外表像个鬼，面容凶恶，拿着菜刀恫吓小孩，质问小孩是否爱哭，是否做坏事——"

做坏事的话鬼就要来了——

鬼会把你从头一口吞下——

"——所以说，这么恐怖的怪物恐怕还是一种鬼吧。况且别的不说，生剥也有角呢。那张凶恶的面相，完全是副鬼的模样哪。"

熏紫亭破颜微笑，语气沉稳地接着说："若要论好坏，反倒小孩子才坏。"

"心里若无愧，就算被威胁也不会觉得恐怖吧？"店主最后如此作结。

"可是店主啊，我认为没有心中无愧的小孩哪。小孩子当然知道坏事不应为，做了坏事会受到责骂。但是他们缺乏知识与经验，无从判断何谓好事坏事。所以我想——每个孩子总是担心是否在不知不觉中做了坏事呢。"

"原来如此。所以说愈认真的好孩子，愈可能在无意识中恐惧啰？"

"我认为小孩子其实无好坏。若是有不管自己行为是否合乎模范，都坚决认为自身是清廉洁白的达观孩子，反教人觉得不舒服，您说是吧。生剥去吓唬的都是幼小的孩子，被那张脸一吓就哭出来了。我看即便是大人，被这么恐怖的脸拿菜刀抵住身体也会吓得半死吧。"

"的确很可怕哪。活到了这把岁数，我要是被那么可怕的怪物吓唬，说不定也会哭出来。"和善可亲的店主挥舞着双手夸张地附和。接着他又说：

"但是有人认为**生剥就是生剥**，并不是鬼。嗯……我也说不上来，让我想想……对了，那张脸的确恐怖，但也很有效果；那张脸一看就知道正在生气，就知道它不是人类，头上长了角，又赤面獠牙——"

"的确如此哪。"铃木点头，"怎么看都觉得那是典型的鬼脸呢。"

"不，与其说是鬼，更重要的是**不是人**。"

"不是——人？"

"嗯，所以生剥才会长成那样子。其实换成别张脸也成，只要让人一看就知道那不是人就行啦。"

"让人知道不是人——？"

"是的。如您所言，没有心中无愧的孩子。但是孩子——其实不只孩子，每个人都会撒谎。一旦心怀愧疚，便想掩饰，如果是人，还能蒙骗，可是怪物的话就蒙骗不了。生剥的脸部其实隐含着'我不是人，骗我没用，老实招来吧'之讯息。"

"原来如此，所以说——"

"披着蓑衣，遮掩脸部挨家挨户上门的怪物——这些春天来访的怪物虽然恐怖，仍算是一种神明。它的确不是人，倒也不见得是鬼。那张脸之所以如此可怕，单单只是为了要吓唬人——为了让人畏惧啊。"

"因此才用鬼脸吗？"

"与其说鬼脸，倒不如说是用那些角、獠牙来吓人的。"

"喔喔，原来如此。"

熏紫亭拉拉和服袖子，整理仪容，说："所以一些原本不是鬼的妖怪只因长了角，却也被当成鬼了。"

"所以啊——"店主接着说。

"嗯？"

"长角的并非全都是鬼呢。"

"您的意思是——也有相反的情况啰？"

"应该有。若问童话故事里的鬼是否都有角，大部分的人都会回答既然是鬼，肯定有吧，但那只是一种偏见，其实并非如此。例如《宇治拾遗物语》中取瘤爷[6]的故事里出现了许多鬼，却没提到有角——"

熏紫亭是专卖日本古书的旧书店，店主对古典文学自是很熟悉。

"——总之，传统对鬼的印象——头长牛角，身穿虎皮兜裆布——是狩野元信[7]发明的。俗称丑寅方向是鬼门，我看应该也是配合这个形象，取其谐意而来的。"

"那么，古代的鬼没有角啰？"

"应该说，有没有角都无所谓。角只是用来表现鬼很恐怖、很邪恶的象征。"熏紫亭说。

"鬼非得象征邪恶吗？"

"毕竟是鬼嘛。"店主搔搔头。

"虽然您说对此不精，却是十分了解呢，您真是太谦虚了。"铃木很佩服地说。

"不不，我的专业是黄表纸跟洒落本[8]啊。"店主惶恐地摇摇手，连忙表示，"为免让您误会，我先招了，这其实是我现学现卖来的知识。我在中野有个朋友对妖怪神佛之事非常了解，他跟我一样都是开旧书店的，这些知识全是他灌输给我的。您对此领域已经十分专业了，但那位朋友更是异常熟悉。以前曾听他谈过这个话题，所以才略懂一些。在本国，神与鬼并不是绝对对立的两种观念——记得那时谈论的是这个话题。神明并非全然善类，当中亦有祸津日神这种恶神。只不过他说，荒神[9]虽会带来灾祸，但他们终究是神而非鬼。于是我就问，鬼是否跟神一样也分善恶？他回答我鬼无善鬼，若善即非鬼，而是形似鬼的别种妖怪，我听完恍然大悟。"

在这间整齐清洁、仿佛茶馆别室的客厅里，只摆了插着枝的花瓶与年代久远的将棋棋盘。夕阳射在纸门上，榻榻米形成两种颜色。

熏紫亭的外观年龄貌似三十又似五十，十分奇妙。他面朝纸门说："喔，已经傍晚了吗？"

黄昏即将来临。

"所谓的鬼——肯定就是邪恶之物吗？"

"似乎是如此。据说鬼（oni）是从隐（on）的发音转化而来；所谓的隐，乃是隐藏、不可视之意。意味着鬼平常不见踪影，总是躲藏起来。"

"躲藏起来吗？"

"是的。欸，这也是现学现卖。所谓的鬼，其实是一种流传于都市的怪物。与都市对立的异人、山人、盗贼、化外之民都被当成鬼。若非基于中央、政权或正道这类高高在上的观点，这种歧视便无以成立。此外，都市的知识阶级对佛教有深刻的理解，这也促进了鬼的诞生。"

"嗯，的确如此。"

"相反地，若是以村落与深山的关系为主轴的村落文化，恐怕就无法生出'鬼'的概念了。不管任何社会群体，即便以村落为主体的社群都存在着恐惧的象征，但是这些怪物并不会被叫做鬼，而是叫做山神或妖怪。"

"可是我记得中央以外的地方也有鬼吧？虽说都城的确是鬼的大本营，但一般的村落社群也有鬼呀。比如牛鬼、山鬼，或者那个有名的鬼岛之鬼[10]——

那是冈山县的传说。"

"即便如此，这些地方之鬼仍旧与都市息息相关哪。虽然用都市文化与地方文化来概括二分这两者略嫌草率，为求方便容我姑且为之，毕竟这样较容易理解。关于这都市文化与地方文化之间有何差异，请您想成是信息量的差别——或者说，信息处理能力的差别好了。"

"您的意思是都市人的处理能力比较强？"

"应该说，两者的方式不一样，是截然不同的处理规则。我所谓的村落与都市是在这层意义下作区隔。了解了这点之后，再来思考背后的结构便会发现——传说，是会循环的。"

"循环？您的意思是……"

"都市里聚集了来自各地的人是吧？就跟东京现在也聚集了许多外地人相同道理。人会带来信息，都市则有许多种能将信息传递至远方的媒体，如瓦版、读本[11]等。这种媒体能将讯息传递至远处，也能长期保存；也就是说，乡下的故事传播到都市，经由媒体又回到乡下，原始的故事受都市风格洗礼，成为新的当地古老传说，然后经过一段时间又传到都市，周而复始。"

"原来如此。"铃木理解了。

"发讯地成为收讯地，收讯地成为发讯地，日子久了，也不知道哪个才是原型了。所以啊，假设有人在某深山中的村落里发现一则自古流传的故事，恐怕没人敢保证那个故事完全没受过影响、原创于该地吧。信息交换变得频繁，区域特性就显得暧昧不明哪。"

熏紫亭略略歪着头。

"店主，所以您认为都城之鬼基本上还是各地鬼传说的原型吗？那么——鬼的概念是受到佛教强烈的影响吗？以地狱图中的凶恶狱卒为蓝本，并与各地传说中的各种妖异的造型统合在一起，产生了各式各样的鬼，这样吗？"

"您说得没错，寺庙在当时毕竟势力很大的。"熏紫亭说完，稍事停顿，视线望向遥远的远方。接着又以有些怀念的语气说：

"还有，说到鬼，就不得不提一下阴阳道。小孩子的捉迷藏游戏其实是阴阳道遗留下来的习俗呢。"

捉迷藏。

接下来——

接下来换小敬当鬼了——

铃木讨厌捉迷藏。

"这样啊？"铃木语气平淡。店主微眯细眼，说："应该没错。"

"因为捉迷藏的游戏规则是鬼来抓人，被抓到的孩子就得当下一个鬼。鬼是会传染的。因此这个游戏中的鬼其实更接近'秽'[12]

的概念。"

"'秽'吗——"

接下来换小敬当鬼了——

不。铃木没玩过捉迷藏。

理由非常简单明了，因为他害怕。

假如，被鬼追上的话——

——会被一口吃掉。

坏孩子——会被鬼吃掉。

但是实际上捉迷藏似乎并非如此，被抓到的话——**鬼会传染**；不是被吃了，而是自己成为鬼。这个游戏的规则就是如此。

熏紫亭自然无法察觉铃木心中在想些什么，他继续说："所以说鬼跟阴阳道的流行与散播也是息息相关。"

原本细长的眼睛眯得更细了。

"此外，大概就是传统演艺的发展了吧——"

"演艺吗？"

"嗯。下面只是我一个外行人的见解，您听听就好。我认为情感的表现在演艺之中，必须明显易辨才成。这是一种迫切的需求，不管是戏剧还是舞蹈都是如此。——说明只会扫观众的兴，又不适合挂着牌子演出。于是面具与人偶应运而生，与刚才提到的生剥是相同道理。"

"您指情感的可视化？"

"是的。演艺必须将情感明确地表现出来，让人一看就知道是在生气、怨恨或悲伤。因此，最好的方法就是将情感转化为任谁都能一眼便知的符码。例如说，在能剧《葵之上》[13]中登场的般若面具可说就是一种鬼的基本造型。"

"的确如此。"

"这个面具也有角，所以说角其实是一种符号。"

"是鬼的象征？"

"不，应该说是一种表现愤怒、怨恨或憎恨等强烈负面情绪的记号。《葵之上》中，六条御息所在生灵的状态时戴的是'泥眼'，这种面具还没有角，后来才变成了'般若'。如果负面情绪继续酝酿下去，就会变成更恐怖的妖怪，到时不管有没有角都无所谓了。"

"怎么说？"

"您知道有出戏叫做《道成寺》[14]吧？就是安珍清姬的故事。清姬因嫉妒而发狂，最后不是变成蛇了吗？"

熏紫亭把手扭来扭去，做出蛇的样子。

"啊，对对，我好像看过一张图，长角的人面蛇缠在吊钟上——图画中清姬的身体完全化成一条蛇了。但能剧中应该没办法这么演吧？"

"演出时是用面具与蛇纹衣服来表现，要装出蛇身毕竟还是有困难呢。此时清姬配戴的面具叫真蛇，这个面具长了又尖又长的角，相当可怕。般若经常被视为一种鬼，真蛇反倒不会，这也不奇怪，毕竟是蛇妖嘛——真蛇的话，与其说是鬼更接近怪，虽有角却非鬼，是成精之怪。"

"成精——妖怪吗？"

"顺便一提，那个丑时参拜的《铁轮》[15]中，桥姬的面具叫做生成。生成的额头上有个像瘤一般的小角；而《葵之上》中，六条御息所的面具叫做中成，其实就是一般俗称的般若面具；《道成寺》的则叫做本成。主角清姬戴的是蛇面具——真蛇。"

"这些面具名称中的'成'代表着什么意思？"

"这个嘛，'成'指变化，变化成蛇的意思——正确而言，是变成妖怪。妖怪化的程度愈高，角就愈明显。但是真蛇面具终究是蛇，并不是鬼。反而中成面具的般若比较接近一般的鬼——"

"原来如此。"

"另一方面，生成也与鬼不大相同。有名的鬼女桥姬在剧中戴的是生成面具，表示她那时仍算是人。也就是说——鬼既是人也是魔物，可说是位于人魔交界上的怪物。"

"您是指鬼并不完全算是魔物吗？"

"是的。鬼除了有角与肤色不同以外，其余在外型上与人类几乎无异。所以我说角很重要就是这个道理。因为如果没有角的话，鬼与人几乎没有区别——啊，这也是从朋友那里听来的，像是河童、天狗之类的妖怪在计算的时候是用'只'来数，可是鬼的话却是用'个'来计算。鬼可说是非人之人。"

"鬼——是人吗？"

"是人哪，却又不全然是人。"熏紫亭一副好好先生的和善表情，接着说，"另外，'鬼'用汉字发音念作'ki'，在中国代表灵魂、死者魂魄的意思。"

"所以说，鬼是幽灵吗？"

"当然不是幽灵呀。中国的'鬼'的概念本来就跟日本不同，日本的鬼可不会在柳树下一脸怨恨地冒出来吓人吧。这个归这个——"

熏紫亭做出幽灵吓人的手势。

"——而且日本的鬼不见得死后才能变鬼，回到刚才能剧的话题，剧中出现的鬼都是在活着的状态由人变成鬼，而具代表性的鬼像酒吞童子、茨木童子[16] 也都活得好好的，是生物呢。所以我们都说'击退'鬼，要砍头颅，而非让鬼了却烦恼，成佛升天。"

"说得也是——"

铃木觉得有些混乱，原本只是随口问问的问题，似乎一点也不简单。只不过，仅管只是随口问问，疑问本身倒是已存在于铃木心中许久。

"——我似乎更不懂了。"

铃木陷入沉思。虽然这只是个无关紧要的疑惑，他却无法不去思考。

"——鬼究竟是什么？跟有没有角应该没有关系吧？"

"是的，至少我如此认为。"

"也就是说，店主，角虽然是表示此物非比寻常的记号，但不见得是鬼的注册商标。您也说过，除了鬼以外，亦有许多有角的神魔。"

熏紫亭不断地点头，说："没错，鬼也有没长角的，所以说仅仅有角并不能跟鬼划上等号。"

"所以角只是用来表现异于常人的记号。这么说来也没错。若以角的成长程度作为指标——蛇妖之类的妖怪的角长得很雄伟，意味着远超乎人类，而鬼则比神或魔物接近人类——店主您刚才是这个意思吧？但是鬼绝对不是人——"

"当然不是人，因为是鬼啊。"

"虽为人却非人，符合这个条件的只有死者了。可是若问鬼是否为幽灵——您却又说不是。鬼并不一定是死的，传说故事中有太多例子可资证明。故鬼也不是幽灵。可我实在不懂，无法理解啊。"

"在我们的文化里鬼和幽灵完全不同呢。"

"这样看来，鬼的属性非常分散，又是神明又是妖怪又是幽灵，几乎可以归类到每种类别嘛。鬼没有实体，与基督教的恶魔不同，不一定是与神敌对者，也不是单纯的邪恶，那么鬼究竟是什么？单纯只是如漫画或商标之类的恐怖怪物吗？"

"这个嘛——"店主露出有点哭笑不得的表情。不久，他啪地一声击掌说："我们不是常说——'化作鬼心肠'吗？这句话指要人变得冷酷，贯彻意志。"

"的确有这种说法。意思要人舍弃慈悲之心，变成像鬼一样残忍。抹煞情感，有如铁石——"

"不，我认为不是。"

"咦？有什么不同吗？"

"你想，'化作鬼心肠'之后做的是什么？通常都是好事吧，很少人用'化作鬼心肠'来形容坏事啊。"

这么说来倒是如此。

"因为做坏事的人本来就跟鬼差不多了。"

"所以没有必要变成鬼……那么，这句话究竟——"

"这句话通常用在形容为了成就某种大义而割舍个人执着，或者为了贯彻正道而断绝情谊等等。'化作鬼心肠'并非形容冷酷、残忍或毒辣的心情，而是破除迷惘，实行平常办不到的事情之意。"

铃木点头同意。

熏紫亭接着说：

"所以啊，不管是死是活，有角没角，这些其实都不重要。"

"那么？……"

"所谓的鬼，追根究底，就是能做出**常人难为之事**的超人，难道不是？"

"常人——难为之事？例如什么事？"

"我所说的并非神通力、天眼通或飞天之术等有如魔法般的能力。这些事一般人的确办不到，而且不管怎么痛下决心也绝对办不到、不可能达成。我所指的是——全心全意去做能完成，但平常绝对不会做的事；实际上办得到，但一般人无法达成的事。而鬼，就是能够轻松自在地、毫无所惧地办到这些事情的怪物。"

"所以重点就是——有志竟成？"

"没错，这很重要。"店主说。

"能行人类绝对办不到的奇迹、祥瑞的是神佛；透过修行获得法力、魔力的是仙人或修行者；至于超乎人类理解范围、能精怪幻化的，就是妖怪。只要是器物、禽兽变化而成的都是妖怪，而不是鬼。鬼——我们所熟知的鬼，跟这些都不相同。鬼能达成人**类能实行却难以办到的事情**。只要能毫不犹豫地达成这种事情的状态就可称为鬼。例如幽灵，只是喊着'我好恨……'的话仅是普通的幽灵，若会作祟的那就是鬼了。这在——"

"这在活人身上，也是相同道理——是吗？"

"是的。即使在活人身上，也是相同道理。而角就是为了清楚明白地表现这种状态的记号。有时我们将江洋大盗、十恶不赦的坏蛋叫做鬼，因为他们行径残忍，违反法律打破戒律，做出世人难容之事。"熏紫亭说。

"这些事并非不可能办到，只要有心，就办得到。"他作出如此结论。

——虽办得到。

——却非常人所能为。

"那么罪犯都是鬼啰？"

"不对不对，并非如此。"店主大大地挥着手。

"不能将所有的罪犯混为一谈哪。犯罪者指的是违反现行法律的人，但状况可说是形形色色。有人苦恼许久才痛下决心犯罪，也有人因过失而犯下罪行。比如杀人，若能毫不犹豫地杀人，那就真的是鬼了。但假如有一丝丝迷惘，或杀了人之后才后悔的，这仍然是人。只有毫无所感地杀人者才是鬼呢。"

"啊，原来如此。"

——毫不犹豫地……

——毫无所感地……

"故事中的鬼不都会吃人吗？"

——会被吃了。

"吃人并非是办不到的行为。即便是人，肉身说穿了跟牛马亦无不同。不像河豚肉有毒吃不得，也不像木石铜铁无法下咽，总之当做食材是没问题的。只是古今东西的文明国度里几乎没有人吃人肉，吃人肉被视为一种禁忌而遭到禁止，一般人绝不可能去吃人肉的。"店主说：

"综观世界各国，有些地区依然保有吃人习俗。不过这些习俗多半是一种宗教性的仪式，绝对不是随随便便抓个人就吃了。某些三流的报刊杂志还会加油添醋地报道这些吃人习俗，将当地居民形容得仿佛吃人恶鬼一般。但他们毕竟不是安达原的鬼婆[17]呀，哪有可能随便就抓个旅行者来吃啊。要吃也不是当做食物来吃，而是为了对死者表示敬意才吃的。我国不是有些地区还留有吃骨头的习俗吗？这两者在精神意义上是相通的。再者，不是因宗教而吃人的地方，多半也存有许多禁忌，例如不能吃同族人，等等。"

"吃人习俗——吗？"

坏孩子——

会被鬼吃了——

"如果是鬼的话就能毫不犹豫地吃人吧？"

鬼要来了——

做坏事的话——

做坏事的话鬼就要来了——

鬼会把你从头一口吞下——

"您说——鬼会吃人的，是吧？"

"是的。怨灵杀人靠的是作祟引起灾祸；幽灵的话就只会怨恨，让人生病，但不会将人从头一口吞下；至于妖怪就是吓人与恶作剧。可是从来就没听过牢骚满腹或只会吓人的鬼，鬼啊，都是直接对人造成物理性的伤害。从我国最早有关鬼的记载——《出云国风土记》中，大原郡阿用乡的一目鬼早就在吃人了。而《伊势物语》的二条皇后高子与业平私奔，碰上了鬼也是被一口吞掉。所以啊……"

"原来如此，我懂了——"

总算了解了。

不管角或兜裆布，还是神或妖怪，其实这些条件都无所谓。

"鬼——是会吃人的。"

铃木强调地说。

也就是说，鬼是暴力。

鬼——是会吃人的怪物。

会吃人，所以才成了鬼。

熏紫亭似乎松了口气。

"总之，不管是歌谣中的鬼或文献上的鬼、口传文学中的鬼、观念上的鬼或通俗的鬼，总之形形色色，若将之全部混为一谈，视为同一物的话也实在不妥。刚才临时想到的这些观点仅是我这个外行人的一己之见，请勿当成定论。只不过我还颇为满意这个说法，迫不及待想跟我那个朋友聊聊呢——"

但铃木已心不在焉了。

夕阳剩下最后的余晖。

熏紫亭店主依旧说个不停，他的脸孔在黑暗之中已然模糊难辨。

铃木觉得不安。

说话者不管声音、语气、手势或体格，都与熏紫亭店主别无二致，更何况铃木从刚才就一直与他对话，根本毋庸置疑。

但是——

凭什么能断定他不是鬼呢？

鬼之形同人之形。

不对，鬼就是人。

人活着也能化作鬼。

——所以需要角。

无角，无以辨人鬼。

无角，人鬼无区别。

"鬼——会吃人的。"

做坏事的话——

鬼就会从头——

鬼就会——

3

事情发生于缅甸战线。

铃木想起来了。

那个在梦中出现过好几次的光景。

部队遭到轰炸。

铃木被热风压倒，眼前一片血红——

铃木濒临死亡。

但是铃木发觉自己处于濒临死亡的状态——亦即，还活着——是在意识恢复又过了一段时间之后。意识恢复时，肉体几乎完全不得动弹，说理所当然倒也是理所当然。

过了很长的时间，铃木的手脚等肉体的原有感觉才总算恢复。在这段期间里，他连眼皮也睁不开，感觉就像——失去了肉体，只有意识飘浮在黑暗之中。

但铃木终归是活下来了。

痛觉逐渐从末梢苏醒，疼痛让处于混沌之中的自我轮廓明显起来。不久，眼睛张开，铃木在蒙眬之中慢慢掌握了现在的状况。

状况真是凄惨无比，部队全灭了。

先前，只觉得战场生活很漫长，既辛酸又痛苦，令人难以忍耐。然而，结束却只需一瞬，一切都没了。

——真的只有一瞬间。

令人厌烦的长官跟讨人厌的军官全死了。

——真的只有一瞬间。

但是，铃木还活着。

等铃木拨开瓦砾与尸骸的小山，站起身子的时候，已是第二天晚上。

身体竟然还能动，自己也觉得不可思议。

铃木记得他的动作钝重而缓慢，出血、撞伤、空腹，加上疲劳与骨折，动作迟缓也无可奈何。

他下意识地走进森林，躲入大树洞里。铃木想，自己应当死在这里。

帝国军人没有败逃这个选项，一旦败北，宁可玉碎不为瓦全。

抛下死去的同胞苟活，这种行径是不被允许的。

铃木深深感到罪恶感。

自己的行为不正是敌前逃亡吗？与其忍辱苟活，还不如毫不留恋地自尽，这是身为大日本帝国军人的铃木所应走的惟一道路——此时的铃木一心向死。不只理智上判断应当如此，情感上更觉得——就这样活着太对不起为国牺牲的同伴了。

铃木的心脏迄今持续跳动的原因，绝非他拥有旺盛的斗志或过人的见识。

仅仅是偶然。

他是个胆小、既无体力亦无技术、欠缺战斗意志的新兵，率先阵亡的应该是他，但现在居然还活着。苟且偷生的愧疚感，迫使铃木寻死自尽。

但是——铃木最后还是没死。

首先，就算想死，他也缺乏器具自杀。

不管从崇高的天皇陛下手中拜领的刺刀、手榴弹，还是自尽用的毒药或上吊用的绳索，全部都没了。

铃木的身上空无一物。

没有办法自杀，于是他真心期望着自己能在被敌军发现前衰竭而死。

这时铃木发现了，自己根本无须做些什么——

只要保持现状即可。

躲在这里只要小心一点就不会被发现，只要继续静静地待在这个树洞里——终将难逃饿死的命运。虽然是个称不上自尽的可耻方式，铃木觉得倒也颇适合胆小的自己。

反正铃木现在全身力气用尽，连站都站不起来的他必定会饿死在这里。

一旦决定这么做，意识立刻变得蒙眬。铃木昏厥过去了。

他做了个梦。

梦见被人责骂。责骂他的人不知是父亲、母亲，还是叔叔。

坏孩子——

你是个卑鄙的孩子——

卑鄙！你知不知耻啊！——

做坏事的话鬼就要来了——

鬼会把你从头一口吞下——

你这样还算日本国民吗——

闭上眼睛！咬紧牙关！——

这是队长说的话吗？也可能是长官或老兵。

是鬼，鬼就要来了——

抓住你了。

不，是被抓住了。

接下来换小敬当鬼了——

"别动，保持你的体力。"

"咦——"

"战争很快就要结束，所以你要活下去，活下去就有希望得救。"

"结——结束……"

睁开眼睛一看，眼前是熟识的军官。铃木虽然想对肌肉下达姿势端正的指令，但身体仍不听使唤，不仅无法站起，肌肉还不停地抽搐。军官制止铃木，要他别动。

"长、长官，可是——"

"你要活下去，别死在这里。像我，老早就抛下部队逃亡了。唔，你先别激动，我知道你可能很愤慨，但我可没有理由受你指责。你看看你，不也仍羞耻地活着？我们的部队在官方记录上已经全灭了，事到如今也没办法到野战医院接受治疗。所以在结束前尽可能躲藏起来。活下去，就有希望得救的。"

"结——结束？"

"要不了几天，战争很快就要结束了。这种战争拖得愈久对国家来说损失就愈大。横竖会输的话，不早点投降搞不好会赔上整个国家，军方再怎么愚昧，至少也懂这个道理。他们开口闭口都是玉碎，可是总不可能举国上下一起牺牲吧？因为真正的玉可还在啊。"军官说。

铃木用判断力变得非常迟钝的头脑，反复思索着他不敬话语中的真正意义。

"这个森林里到处都是日本兵的尸体，大家都奋战到底，全死了。我看到这些顽固不知变通的士兵尸体，不知为何就满腹怒火。一想到这些人的下场竟是在这里腐朽、干枯，我就觉得不甘心。因此我从这些尸体身上——"

军官拿出一个万宝袋，从中取出用破布包裹的东西。

"——切下了指头。"

他说。

"——我想至少让他们的指头能回到母国的大地上，能确认身份的家伙就写上姓名，打算回到日本本土后交给家属。当中也有些人还活着，像你一样混在尸体之中。我趁着黑夜检查一具具尸体，确认是否尚且生存，因为只有我没有受伤，也不虚弱。但即使知道对方还活着，却什么忙也帮不上。不管我如何鼓励他们，给他们水与食物，等到隔天再去看时还是死了。"

"你是我发现的生还者中最有精神的一个。"军官说。

他用水壶喂铃木喝水，给了他几颗水果，说：

"别急着吃，慢慢地吃，我明天还会过来。"

说完便离开了。

铃木已不记得那些异国的水果是什么东西，滋味是甜是苦。反而清楚记得当时因为手发抖，以致水果掉了好几次。

明明只是吃水果，却令他精神异常兴奋。

吃完后不久，更感到饥肠辘辘。他想，原来饥饿在填过肚子后才有感觉啊。他饿着肚子，近乎昏厥地入睡了。大概没做梦。只知道天气很热，好几次差点热醒，皮肤感受冷暖的触觉似乎恢复了。

白天热得像烤炉。

手脚的伤口长了蛆，但也没有力气将之抖落。

到了晚上，军官果然遵守约定回来了。

"喔！还活着呀。"

"我、我……"

"别想要自杀哪，那是笨蛋才会做的事。"

铃木——感到困惑。

"别一脸疑惑哪。为了国家去死，为了天皇陛下去死，轰轰烈烈地去死，去死去死去死，天天被人命令去死，结果你真的想死吗？我问你，今天如果在这里死了，日本就能战胜吗？没办法吧？日本根本不可能战胜啊。"军官不屑地说。

"你今天在这里自尽，对战局一点帮助也没有，所以赶快放弃无聊的想法吧。不只是你，在这里死去的每一个人对日本的利益一点贡献也没有。包括我，军队全都是蝼蚁，不管是死是活，都无法在历史上留名。那么又为何要死？为了什么而死——"

军官直视着铃木，铃木仿佛被蛇盯上的青蛙般吓得直发抖。

"——少了一只蝼蚁也没有人会因此而高兴。一亿人民全都是蝼蚁。说什么一亿火球，全员玉碎，以为国民上下一心，必定能上达天听，达成悲愿——这不过是精神主义的妄想罢了。蝼蚁不管多少只都只是蝼蚁。懂了吗？所以我们蝼蚁能做的，就是活下去，就算觉得耻辱也要活下去，这没什么不对的。"

军官两手捧着铃木的脸。

"懂了吗？好歹——我也是你的长官，你要听从我的命令，你要活下去。"

铃木哭了。但不是欣喜或悲伤或后悔的泪水，就只是没来由地流个不停。

军官检视铃木伤口的痊愈状况。

"伤口看来没问题。你要抱着伤口长蛆就一口吞下的气魄，否则没办法活着踏上祖国土地。化脓的地方我会想办法帮你治疗。来，把这个吃了。"

递给铃木的破烂饭盒里放了细碎的肉片。

"只要我还活着我就每天来看你。来，吃吧。肉很新鲜，不必担心。"

铃木已经记不得肉的味道了。

只记得吃起来黏糊糊的。

第三口开始大口大口地吃。

虽然还不至于填饱肚子，至少满足了。还没来得及道谢，铃木就陷入了昏睡之中。

次日白天铃木又被热醒了。他感到很不舒服。

至此，铃木心中总算萌发想活下去的欲望。欲望愈来愈膨胀，此刻他才觉得无法动弹的四肢是多么令人怨恨。

慢慢地，铃木感受到孤独与恐怖了，他担心会被敌人发现。被发现的话运气好则被俘虏，不好则可能被杀。既然都恢复到这种地步，铃木强烈地期望能活着回家。

军官每天规律地来探望他。

铃木则每天吃着他带来的肉。

铃木向军官道谢，感谢他带来如此宝贵的食物，心怀感激地吃下。

——好吃。

什么味道早就忘了，只明确地记得，真的很好吃。

**"大家都这么做，不必在意。"**

军官说。

4

"又在——殴打父母了。"

铃木停下脚步。

夕阳西下，黑暗笼罩周遭一带。

黄昏——看不清楚错身而过的行人是谁的时刻，又称逢魔刻，意义或许是——不知来者何人，而碰上魔物之时刻吧。

铃木告别熏紫亭，踏上回家的路上。

铃木还蛮喜欢从目前的住处前往熏紫亭路上的街景。铃木之所以频繁拜访熏紫亭，一方面当然他非常欣赏店主人品，另一方面或许也是为了——欣赏路上带点寂寥的景色吧。

与熏紫亭店主下棋、闲扯自然很有趣，但在前往的路上随性闲晃也十分愉快。

低矮的瓦片屋顶、长期受阳光照射而褪色的招牌广告牌、黑色板墙与受虫蛀的电线杆、铺上磁砖的理发店、只做咸煎饼的煎饼店、石墙上长了青苔的照相馆——

铃木来到照相馆前时，见到了这副光景。

一个母亲蹲趴在地面。

揍她的是女儿吧，一个脸上仍留有稚气的年轻女孩。

母亲哀求女儿别再卖淫，女儿嫌烦便出拳打人。

铃木不知看过多少次类似的光景了。

第一次是三个月前的事。

铃木以前很喜欢放在照相馆店头的全家福照片，每次经过时总会驻足欣赏一番。

那天——他听见怒吼，橱窗的玻璃破了，喜爱的照片倒了，玻璃碎了一地。虽然很惊讶，但那时以为只是普通的父女吵架。

但事实并非如此。

之后铃木每次经过这里，总看见他们在吵架。每次见到，女儿都变得愈来愈坏，衣服愈来愈花俏，烫起头发，浓妆艳抹，像个娼妇一般。铃木曾经在附近看过她与战后派[18]的男朋友搂在一起卿卿我我，也看过她娇滴滴地依偎在驻日美军的臂膀下走路。

另一方面，照相馆仅短短三个月就变得破旧无比，昔日的幸福光景早就不知到哪去了，客人也不再上门。只是经过店门口就能明白照相馆有多么破旧，破掉的玻璃也不修补，全家福的照片也倒在橱窗里没有再放好。

看到这种情况，铃木总觉得心有不舍。

此外……

铃木发现那名男子的存在，则是在一个月前。

**那名男子站在照相馆斜对面的邮筒背后，静静地注视大吵大**

闹的女儿与哭喊的夫妇，仔细观察这一家人的不幸。

同样是在黄昏时刻。

男人的脸孔洁白干净，隔着夕阳的薄膜，显得模糊难辨，仅看得出他的打扮整洁入时，在老旧的街景中显得格格不入。或许是因为如此，男子所在的景象——不知为何给铃木一种不祥之感。

——这个景象。

那时总觉得似乎在哪里看过。这种既视感并不是错觉，铃木立刻想起来了。

——这么说来，**那名男子**总是看着这一家人。

他一直以来都注视着这个不幸家庭的不幸争吵。铃木大约每三天经过一次照相馆，每两次就会遇上一次争吵。

有时闷不吭声地直接经过，有时则会停下脚步围观。但是，**那名男子**每一次都出现在附近。

——他一直都在观察。

——他……**那名男子**……

——他——是鬼。

铃木莫名地如此认为。

虽然他没有角，外形也与正常人无异，但铃木仍然直觉如此。

——为这个家庭带来不幸的是那名男子。

他——是鬼。

没有理由，只是突如其来的想法，但是铃木却非常强烈地确定，因此今天才会向熏紫亭的店主询问关于鬼的问题。但是……

——今天——不在吗？

果然只是偶然吗？不，应该是错觉吧。就算他真的是鬼，跟这个事件又有何关系？

反过来说，认真想这类奇怪问题的铃木才是奇怪呢。如果这世间真的有鬼，那应该是——

又听见被殴打的母亲的哀嚎。

铃木躲在围墙背后观察情况。

——那女孩——

"那女孩叫做柿崎芳美，是个坏女孩。"

不知不觉间，**那名男子**就站在铃木身边。

"你看，现在不幸正笼罩着那个家庭。真的是非常不幸呢。这家照相馆即将倒闭，房子也要转手卖给他人，一切都结束了。"

男子淡淡地阐述事实，话音中不夹带一丝情感。

"你——究竟是……"

男子很年轻。声音听起来很年轻，但看不清楚他的脸，光线太昏暗了，只看得出他是个打扮得体的绅士，一抹发油的芬芳掠过鼻头。

"你看，母亲不管怎么被女儿殴打都不抵抗，可见心里有鬼；而父亲看见这个情况也不敢出来制止，多半是害怕那些讨债的就躲在附近吧。"

"请问你是——"

铃木正想开口问他是否为债主时，男子抢在他把话说完之前，说：

"那个被踢的女人叫阿贞，不是女孩子的真正母亲，是个愚蠢的女人。芳美的亲生母亲死于空袭。阿贞是后母，所以对女儿一直很客气，没有自信扮演好母亲的角色，但女儿就是讨厌她这点。"

男子语气冷淡地继续说：

"哎呀，女人被推倒了，额头好像割伤了哪，真污秽。"

男子冷笑。

昏暗之中看不清楚。

母亲的额头似乎流出黑色的液体。

——流血了吗？

男子站在铃木旁边仅约三十公分的距离，以更冷酷的语气说：

"这个家庭以为自己的不幸是贫穷害的，但是他们在经济层面上碰到的困境与其他家庭其实无甚差异。在这个时代，这不过是司空见惯的情况，没几个人能过经济富足的日子。要说贫穷，大家都很贫穷。战争刚结束，表面上人人虽因解放而欣喜，但内心的一角总有股失落。为了掩饰这种感觉，大家都自欺欺人，装成幸福的样子，尽可能很有活力地生活。所以跟那些自我欺瞒的家伙相比，反而这一家人的行为才是正常的。他们很丑陋，毫不隐瞒本性。看，又踢了，看来这个暴躁易怒的女孩对继母真的很不满呢。"

"你——你究竟是——"

"不幸的源头并非贫穷，而是愚昧哪。"

男子再次打断铃木的发言。

"你、你说愚昧——"

"是的，就是愚昧。那个叫做阿贞的女人因为生活太痛苦，转而向宗教寻求慰藉。每个星期一次，浪费钱去听莫名其妙的讲道，真是无聊。女儿总是劝阻她不要迷信。那女孩对可笑的宗教没有兴趣，所以才会学坏来作为抵抗。可惜哪，靠那种东西根本无法抚慰人心，靠着那种东西根本无法弥补空荡荡的裂痕。"

这名男子——或许是照相馆一家的亲戚吧，铃木突然想到。因为他非常了解这家人的状况。

"事情的起端在女儿的行为上——"

男子见铃木保持沉默，便又残酷地述说这家人的故事。

"——在今年春天以前，女儿一直是这个家的骄傲。她的确是个好孩子，但这只是表面上的假象，内心并非如此。爱耍小聪明、个性狡猾的孩子表面上大部分都是好孩子。"

他说的——没错。

小孩子都会撒谎，只要谎言没被拆穿，大家都会以为他是个好孩子。

但是一旦谎言被拆穿了——

"这可瞒骗不了我的眼睛。"男子说。

"这个家庭的大人不知反省自己的愚昧，只知将幸福寄托在孩子身上，所以才会陷入此般窘境。即便是家人，也不可能彼此没任何嫌隙地紧密团结在一起，总会由裂痕之中生出愚蠢可笑的问题；就算是亲子，也无法彼此互补身上欠缺的部分。女儿学坏，做出近乎卖淫的行为而受到辅导，父亲不去了解真正理由，只知胡乱责骂一通，而母亲就如你现在所见，就只能唉声叹气不敢抵抗，难怪女儿的行为一天比一天恶劣。"

"难怪？这是什么意思？"

"女儿与死去的妻子容貌非常相像，父亲在女儿身上追求已逝妻子的美貌，但女儿敏感察觉了父亲龌龊的想法。真是可笑，父亲的确爱着女儿，但这种爱法对女儿只是困扰。"

铃木感觉心情像是吞下铅块般难受。

男子又以嘲笑口吻说：

"而继母则打从心底嫉妒女儿，看到她的脸就会想起前妻，表面上却慈爱以待。这种虚假的对待方式终将失败，因为女儿个人的人格在家庭里没受到尊重。喔——父亲出来了。"

照相馆老板的身影出现了。

大家都成了漆黑的暗影。

"哼哼，闹剧的第二幕即将开始。那个父亲——叫国治的男人，是个胆小又狡猾的家伙，但天生就不是做生意的料。他根本不敢对女儿表示意见。虽然现在好像很生气地骂人，但你很快就会知道那只是演戏。看哪，他举起手来，却迟迟不敢一巴掌打下去。"

"够——够了！请你别再说了！"

铃木侧过头，不想再看到这个家庭的悲剧。

"从刚才到现在，只听到你不知节制的放肆言论，你……你这家伙究竟为什么要说这些给我听？揭发亲戚的耻辱究竟有什么有趣的——"

"哼，我才不是他们的亲戚。"

"那、那你是——"

"我只是个搜集者。"

"搜集者？"

男子缓缓地将他那张有如能剧面具般的脸转向铃木。天色依然昏暗，无法看清脸部细节。

"我只是个不幸搜集者，专门搜集——充满于这世上的一切不幸、一切悲伤、一切苦闷。"

"可——可是你，你的行为未免也太——"

"我可没有理由受你指责。"

我可没有理由受你指责——

"咦？"

"你自己不也只是袖手旁观吗？你每次不也很愉快地观赏这一家人的不幸，难道不是吗？"

"我才没有——"

"所以我才会告诉你这些哪。这一家人已经陷入了无可救药的不幸泥沼之中。"

"我才没有愉快地观赏，我——"

"别说谎了。就算你不是在说谎，只要你不出手相助，不出言忠告，只是袖手旁观的话，跟我就没什么差别。你一次也没有向他们伸出援助之手，你总是事不关己地享受着这副不幸的光景。他人的不幸就是自己的幸福哪，你的表情充满了满足。"

"不、不对，我——"

那女孩是个坏孩子——

坏孩子就该从头一口——

鬼——

男子嗤笑地说：

**"大家都这么做，无须在意。"**

大家都这么做，不必在意——

铃木一时不知该如何回答。

——我为何一直看着这一家人？

为何会一直注意着照相馆一家的不幸呢？真的是因为事不关己所以愉悦地享受着他人的不幸？

"那个——那个女孩子——"

"就是你所想的那样。"男子说。

"她是个坏女孩。那个家庭的不幸虽然部分来自父母的愚昧，不过最主要还是那个女孩的缘故。只要那女孩不存在，这对夫妇就能和平共处了；但是话又说回来，只要那女孩不见了，这个家的中心便会产生巨大的裂痕。裂痕是愚昧的象征，有缺陷的东西全部都是劣等品。"

男子的眼睛捕捉着女儿的身影。

初秋的晚风掠过铃木的领口。

有几分寒意。

——这名男子——

在纷杂的黑暗之中，一家三口的争吵持续着。彼此尖声叫喊着对方绝对无法理解的话语，永远没办法达成共识的议论依然持续着。

——那就是家庭。

倒在橱窗中的那张照片看起来是多么的幸福美满呀，结果还不都是一样？只是装作看不见、听不到，回避着存在于背后的现实罢了。

你是个卑鄙的孩子——

像你这么可恶的孩子——

滚开，不要回来了——

坏孩子坏孩子坏孩子——

坏孩子就该被鬼从头一口吞下——

**"那个坏女孩就由我带走了。"**

"咦？"

转过头，已经不见男子身影。

——啊。

接下来换小敬当鬼了——

"不对！"

铃木短促地叫喊起来。不对不对，一头雾水，飘忽不定的目光扫过照相馆面前。父亲抱起倒地的母亲，两道黑影变成一个黑色团块静止不动。

坏女孩也——消失了。

"不对，不该是这样！"

铃木出声叫喊，冲向黑色团块。

不对不对，自己并非——

——并非是存心如此做的。

那时。

对父亲诉说叔叔与母亲的事，只是因为他很高兴，而非刻意告状。真的不是刻意告状的。而且母亲不是总是教他不可以说谎，不能隐瞒事实吗？人一旦有所隐瞒，就会产生愧疚。父亲不是也教育他，只要心中没有阴影，就不会说谎吗？

所以……

那一天。

在玩捉迷藏的游戏时。

当铃木为了寻找藏身处，而走进置物小屋时，发现母亲与叔叔在小屋里面。母亲瞠目结舌地瞪着铃木。

叔叔则显得狼狈万分。

但是……

——铃木觉得很高兴。

母亲很温柔，很温暖，铃木最喜欢母亲了。

住在一起的叔叔很喜欢小孩，每天都陪铃木玩耍，所以铃木也很喜欢叔叔。当他发现两人竟然一起出现在置物小屋时，虽然有点吃惊——但还是——非常高兴。

绝对不能告诉爸爸这件事喔——

爸爸生气起来很恐怖——

这是秘密——

母亲与叔叔异口同声地告诉他。

但是铃木毕竟只是个小孩子。

但是铃木实在太高兴了。

父亲是个很严肃的人。

但是……

因为自己是乖巧的好孩子，没什么好担心的，所以铃木并不害怕。小孩子尊敬很有威严、很伟大的人。虽然父亲生起气来很恐怖，铃木知道他不会没来由就发脾气。况且……

做坏事的话鬼就要来了——

鬼会把你从头一口吞下——

隐瞒是坏事吧？

撒谎是坏事吧？

如果撒谎的话，

如果隐瞒的话，

鬼就会……

所以……

——所以，铃木将这件事情告诉父亲了。

家庭也就此分崩离析了。

在此之前，铃木的家庭就像那张照片般幸福美满。

父亲气得满脸通红，破口大骂；母亲则一脸苍白地哭个不停，两个人都像鬼一般可怕。铃木不明白情况为何会变成这样，他哭着辩解。

母亲还是如鬼一般可怕，说道：

我明明就要你保守秘密。反复强调，要你遵守约定。你是个卑鄙的孩子。都是你害的，一切都被你破坏了。像你这么卑鄙的孩子给我滚开——

父亲也同样如鬼一般可怕。

你这个愚蠢的孩子。你是我的孩子，我为你感到可怜。明知事情与你无关，但我还是没办法克制自己的情感。我不想看到你这个下贱荡妇生的孩子的脸。你滚开，去被鬼被蛇给吃了吧——

——被鬼吃了。

被鬼……

找到你了，小敬——

接下来换小敬当鬼了——

"你们没事吧！"

铃木出声询问。两名憔悴的男女，动作生硬地抬起困惑的脸。头发零乱的女人额头受了伤，血淌流到鼻翼附近。神色莫名胆怯的男子看到铃木突然急着将脸遮掩起来。

"不，我不是讨债的。你们的女儿——女儿到哪儿去了！"

"芳美？芳美……"

男人摇摇晃晃地站起来。

"芳、芳美——你在哪——"

薄暮悄然渗透到市町的各个角落，滑稽又可怜的父母在淡蓝的暮色之中，仿佛游泳般来来去去，但终归寻觅不着女儿的踪影。

"芳美——消失不见了！"

从头……

一口……

坏孩子从头一口吞下。

5

事件发生不久，柿崎照相馆就关门歇业了。但铃木自那天起再也没经过那条路，所以并不知道何时关门的。

那天之后他也不再去熏紫亭了。

传闻柿崎芳美从此不见踪影。如同那名男子的预言，女儿的失踪真的成了这个不幸家庭的休止符。

那名男子究竟是什么人。

——应该是……

应该什么也不是吧。

一定只是个爱凑热闹的旁观者。

铃木想，搞不好在那名男子眼里，铃木的行迹更可疑呢。事件发生于黄昏时刻，如同铃木觉得那名男子的脸融入黑暗之中，模糊难辨，男子一定也看不清楚铃木的脸，彼此的条件是相同的。

芳美殴打父母，趁着铃木情绪混乱而转头的瞬间离开，然后离家出走了。绝对不是消失不见。

现在大概成了美军的专属情妇，过着优雅的生活吧，铃木想。

——才没有什么鬼呢。

真可笑。仅过一晚，铃木的恐怖妄想立刻褪了色。在这之后，他再也没思考过关于鬼或柿崎家或那名男子的事情。包含自己的过去，铃木忘记了一切，再度回到了日常生活。只要认认真真地度过每一天，根本没有时间思考鬼的事。

铃木非常勤勉地工作。

天天、天天埋首于排版的工作之中。

在

在田

在田无

在田无发现

在田无发现的右腕

在田无发现的右腕根据指纹比对的结果，几乎可断定是住在川崎的柿崎芳美（十五岁）之手。亦发现疑似被害人的左腕与双脚。胴体与头部则至今仍未发现。此外，其他被害……

从头——

从头一口吞下——

坏孩子被鬼吞了——

啊啊，那些肉是……

接下来换小敬当鬼了——

铃木敬太郎突然由职场消失了。

此乃昭和二十七年九月中旬之事。

1　鬼一口：典出《伊势物语》当中的第六段"芥河"。

2　飞车：日本将棋中的棋子之一，类似象棋中的"车"，能走纵横方向，一次的步数不限。之后提到的"角行"则类似西洋棋中的主教，能走斜线方向，亦是一次的步数不限。

3　隐角：日本传统婚礼服饰中，覆盖在新娘发上的白色冠状物。名称由来众说纷纭，其中一种认为头上长角为愤怒的象征，用白冠将新娘头部遮起来，表示顺从。

4　春访鬼：在日本东北各县的传说中，普遍存在的一种妖怪的总称。生剥（なまはげ）、火斑剥（アマメハギ）、胫皮怪（スネカ）等均是。传说这些妖怪会在春天来临时挨家挨户上门去，如果有人懒惰不想工作，窝在火炉前太久，结果皮肤遭到低温烫伤（当地叫做アマメ或ナモミ），这些妖怪就会惩罚懒人，剥掉他们身上烫伤的皮肤。

5　折口：折口信夫（一八八七～一九五三），日本民俗学家、文学家、诗人，学者柳田国男之徒，在民俗学上有重大成就。对春访鬼亦有诸多研究。

6　取瘤爷：日本童话故事。大意如下：有两个老公公比邻而居，两人脸上都长了一颗大瘤，一个清心寡欲，一个贪得无厌。有一天，清心寡欲的老公公晚上碰上了鬼开宴会，在宴会上表演舞蹈而大受欢迎，鬼要他明天再来，便将他脸上的瘤拔下当做抵押。隔壁贪婪的老公公听了很羡慕，也去参加了鬼的宴会，但由于他的表演很差劲，鬼很生气，于是将另一个老公公的瘤装回他脸上，要他别再来了。就这样，寡欲的老公公脸上没瘤，贪婪的老公公却多了一颗瘤，变得更加痛苦了。

7　狩野元信：一四七六～一五五九，日本江户时期的狩野派画家。

8　黄表纸、洒落本：皆是江户时期流行于民间的一种刊物。前者由内容较为幼稚的草双纸（一种图画故事书）演变而来，以说笑与讽刺的故事为主。因封面为黄色而得名。后者以描写胭脂巷内妓女与游客间的言行为主。

9　荒神：指会带来灾厄的恶神。

10 鬼岛之鬼：即童话桃太郎传说中的鬼，住在鬼岛，后被桃太郎所讨伐征服。

11 瓦版、读本：前者为江户时代用来传达天灾、火灾、自杀事件等重大时事的印刷品，讯息印在木板上，贩卖者边念边卖，所以又称读卖。后者类似小说，相对于图画为主的草双纸，读本以阅读文字为主，故名之。

12 秽：原文"ケガレ"，是一种宗教概念。相对于脏污（ヨゴレ）只是一时的、只限于外在的、容易清净的状态，秽则是一种永久性的、内在的不净，必须透过宗教仪式才能去除。

13 《葵之上》：取材于《源氏物语》的能剧，原作者不详，由世阿弥改作而成。主角为《源氏物语》主人翁光源氏早年的情人六条御息所。她嫉妒光源氏的第一任妻子葵之上，其强烈的恨意化成了生灵（活人的强烈情感转化成的怨灵），生灵对葵之上作祟，葵之上因而重病，药石难治。后来请来法师驱走生灵，生灵更为愤怒，因而化作般若（能面的一种，表示因嫉妒与愤怒而化作鬼的女性，因能面制作者之名为般若坊而得名），最后受到高僧的法力净化才消失。

14 《道成寺》：源于"安珍、清姬传说"。主要叙述少女清姬爱上僧侣安珍，安珍不愿回应她的爱而屡屡欺骗她，借机逃离。一路追寻的清姬最后在愤怒之下变成了蛇，杀死安珍。

15 《铁轮》：源于"宇治桥姬传说"。原本的桥姬传说中，桥姬是个善妒的女性，她向神祈求，请神让她活着变成鬼来杀死她怨恨的女性。神可怜她，说如果她能改变样子并浸在宇治川二十一天就能如愿，于是桥姬头戴铁环，环上插了三根火炬，嘴又含着两端有火的火炬，半夜走到宇治川里。最后终于如愿成为鬼。能剧则将桥姬改为被抢走丈夫而愤怒不已的女性，她头戴铁环，插上火炬，夜半丑时将钉子插入草人中，欲诅咒丈夫与他的继室。此即日本传统咒术"丑时参拜"的由来。

16 酒吞童子、茨木童子：前者又称酒颠童子，传说为京都附近大江山（一说为滋贺县附近的伊吹山）结党抢劫的盗贼头目，亦说是鬼。后者则为酒吞童子的部下。

17 安达原的鬼婆：流传于日本福岛县的民间故事，故事中吃人的妖怪，貌似老妇，每有旅行者来家中借宿，便会吃了他们。

18 战后派：由法文"après-guerre"而来，原指法国于第一次世界大战后勃兴之在文学艺术层面上不受旧有规范拘束的创作风潮。在日本特指第二次世界大战后无视旧有社会道德，成群结党犯罪的年轻人。

屋静，而蚊香熏恼。
烟如绫罗，随风飘摇，
其形变化万千，
故名"烟烟罗"。

——《今昔百鬼拾遗》/ 上之卷·云

〔第伍夜〕

烟烟罗

# 1

白烟喷涌。

拨开表面如鳞片凹凸不平的漆黑团块。

烟仍冒个不停。

底下显露火红的木炭。

脸部觉得燥热。

热气获得释放,掀起旋风。

继续暴露在热气下眼睛会受伤。

他闭上眼,转过头。

烧成黑炭的柱子倒下。

煤灰在空中飞舞。

——看来不是这里。

慎重跨过仍不断喷发瓦斯的余烬。

地面的状态很不稳定,刚烧完的残灰随时可能崩塌,而瓦片或金属温度仍高,可能造成灼伤,更危险。

——只不过……

烧得真是一干二净。

大火肆虐过后,这一带成了荒凉的焦土。这里没有任何一件东西不可燃,几乎烧得一片精光,除了几根柱子没烧尽,建筑物可说完全消灭了,仿佛身处陌生的异国风景画之中。

几道白烟升向晴朗无云的冬日天空。

——应该就在附近。

警方的鉴识人员快要到达了,可是步履依然缓慢。

——要比他们更快。

跨过瓦砾。

名义上虽是搜索失踪人员，怎么看都是在寻找遗体，也难怪警察们提不起劲了。

——那是……

在瓦砾与灰烬堆成的小山背后隐藏着一个巨大的物体。

大概是烧毁的佛像。

小心脚步，一步步攀登而上。

烟雾冉冉上升。

发现融化的金箔。

——很接近了，应该就在这附近。

重新戴上工作用手套。

这么巨大的佛堂崩塌，说不定——不，肯定——得深入挖掘才找得到。算了，这样也好。

——因为……

埋深一点烟才不会溜掉。

拿起鹤嘴锄向下锄。

挖掘、拨走。

翻开。

汗水从额上滑落。

颚杯松脱，取下帽子，用袖口擦拭汗水，重新戴好。

顺便卷起袖子。

山上寒冷，这里却十分灼热。

地面冒出蒸气。

——啊。

在黑炭与余烬之间——

发现了一个几近纯黑的物体。

——是头颅，这——

完全化成骷髅了。放下鹤嘴锄，双手拨开瓦砾。

将成堆的瓦砾拨除。

真的是骷髅，烧黑的骷髅。这就是那个——

一道烟雾缓缓升起。

有如薄纱布帛似的轻妙升起。

从怀中取出罐子，打开盖子。

——不会再让你逃了。

2

"我真没想到你们竟然离婚了，之前完全没这种迹象啊。"崛越牧藏语中略带惊讶，他打开茶罐盖子，目光朝向这里。

"对不起。"棚桥佑介不知该回应些什么，总之先向牧藏道歉。

"没必要道歉吧？就算要道歉，对象也不该是我哪。"

牧藏说完，接着问佑介要不要喝茶。看得出来，他十分注意佑介的感受。

"好，天气很冷呢。"佑介的声音听起来没什么精神。

"快打起精神来。"牧藏说。

牧藏是年近七十的老人，虽是个乡下人，说起话来却十分有威严，心态上还很年轻，不会暮气沉沉。看到佑介支支吾吾地不知如何回答，便嘟囔着："算了，这也无可奈何。"他拿起茶匙将茶叶舀入茶壶，动作熟稔。牧藏的妻子去世已近五年，早就习惯了鳏居生活。

但是他的手指严重皲裂，惨不忍睹。

佑介刻意不看老人的手指。

墙壁上挂着污黑的半缠[1]。

牧藏的眼前就是这件有点年代的装饰品，他弯着腰，拿烧水壶注水入茶壶，突然皱起眉头，也不瞧佑介地开口道："前阵子的出团式可真热闹哪。"

他在避开话题。

果然很在意佑介的感受。

"毕竟是连同庆祝老爷子退休的出团式嘛，大家都很用心参与。"

听佑介说完，牧藏故意装出无趣的表情道："真无聊。"接着将冲泡好的茶递给佑介后又说："我看是总算送走我这个没用的老头子，所以很开心吧。"

"话说回来，你来几年了？"牧藏问。

"什么几年？"

"你进消防团的时间哪。"

"喔——"

佑介回答："十三年了。"牧藏原本蹙着的眉头逐渐舒展，很感慨地说："原来过那么久啦……"

佑介进入箱根消防团底仓分团已过了十三年，在团上是数一数二的老手。

另一方面，牧藏则从消防团还叫做温泉村消防组的时代开始，辛勤工作三十五载，于去年年底退休，如今隐居家中，不问世事。

如同牧藏所言，今年的出团式比起往年还要盛大。一部分是为了慰劳牧藏多年来的辛劳，另一部分则庆祝争取已久的小型搬运卡车总算配备下来了。

出团式上，牧藏穿着十几年来挂在墙上装饰的半缠，老泪纵横感慨地说："老人将去，新车又到，加之正月贺喜，福寿三倍哪。"

"我跟老爷子比只是个小毛头而已。"佑介不卑不亢地说。

"哪里是小毛头，你这个老前辈不振作一点，怎么带领新人啊！"牧藏叱责道。

"现在的年轻人连手压式唧筒都没看过。"

"对啊，会用的人只剩我跟甲太。TOHATSU 唧筒[2]来了之后也过了六七年，团员有八成是战后入团的年轻人。"

"说得也是。"

牧藏抬头望着半缠。

他看得入神，接着难得地吐露老迈之言："老人经验虽丰富，很多事还是得靠年轻人哪。"

佑介也望向半缠。

大板车载着手压式唧筒在崎岖不平的路上奔驰——佑介入团时仍是这种时代。当时法披[3]加上缠腰布的帅气打扮，与其被叫做消防人员，还是觉得叫做打火弟兄更适合。

牧藏正是一副打火弟兄的风貌，比起拿喷水头，更适合拿传统的消防队旗，即使在古装剧中登场也毫不突兀。佑介对牧藏的印象就是一副标准江户人的气质，或许正是来自于他当年活跃于团上的英勇表现吧。

如今洒脱的老人摇身变成好好先生，面露笑容问：

"卡车来了后应该轻松很多啊？"

"呃，好不好用还不知道。"

"喂喂，为什么还不知道啊？"

"没火灾，还没用过啊。"

佑介简洁答道。牧藏听了笑说：

"说得也是，最近都没听到警钟响。这样也好，没火灾最好。"

牧藏笑得更灿烂了，不久表情恢复严肃，问道：

"对了——理由是什么？"

"什么理由？"

"离婚的理由哪。"

"喔。"

"喔什么喔，你专程来不就是为了这档子事？"牧藏尽可能语气淡定、面不改色地说。然而不管是表情、语气都表现出牧藏不知从何开口的心情。佑介敏锐地察觉他的想法，略感惶恐，但也觉得可能是自己想太多。

不知为何，佑介想不起牧藏平时的态度。

"没有理由啊。"

"没有理由？说啥鬼话。"

"真的没有嘛。"

"真搞不懂你。"牧藏说完，一口气将热茶饮尽。佑介喝了口茶润润喉，将茶杯放回茶托，并悄悄地将带来的包袱挪到背后。

——还不能拿出来。

"我自己也——不知道。她说我——太认真了。"

"这不是很好吗？"

"一点也不好啊。"

佑介又端起茶杯，凑向鼻子。热汽蒸腾的茶香扑鼻，弄得鼻头有点湿润。

"她不喜欢我全心全意投入消防工作。"

"要你多用点心思在家里的工作上？"

"也不是。消防本来就不是天天有，我也很用心做工艺，可是她就是不满意。"

"不满意？你人老实，不懂玩乐，这我最清楚了。这十年来没听说过你在外头玩女人，就连喝酒也是我教坏你的。"

"嗯……"佑介阴沉地回答。

水蒸气从茶杯中冉冉而升。

轻柔，飘摇。

很快就消失了。

轻柔，飘摇。

佑介，你怎么了？

飘摇。

"喂，你在发啥呆啊。"

"这个……"

"什么？"

"这个水蒸气，原本应该是水珠子吧？"

"还以为——你想说啥咧。"

"嗯……"

水蒸气与烟不同，很快就消逝无踪了。

佑介正思考着这问题。

透过蒸汽看牧藏的圆脸，老人一脸讶异表情，原本细长的眼睛眯得更细了。

佑介也学牧藏眯起眼，老人的脸随着蒸汽摇晃地变形，在歪曲的脸上嘴巴扭动起来，说："我看你是太累了。"但佑介似乎没听清楚。

"喂，振作一点啊！"

牧藏大声一喝，站起身，拿烧水壶注水入水壶里，又放回火盆上。

"真是的，没用的家伙，我都快看不下去了哪。你在火灾现场的气力都到哪去了？你现在是附近各消防团的小组长，别因为老婆跑了就一副失魂落魄的样子，太丢脸了。"

"嗯……"佑介有气无力地回应。蒸汽飘散了。

"老爷子。"

"干啥？"

"老爷子，你还记得我家那口子——流产时的事吗？"

佑介问。

"还记得哪。"牧藏小声回答。

"记得是停战来年，有五年了。那天好像是大平台的那个……对了，五金行的垃圾箱失火了。"

"对。"

那是一场严重的火灾。

佑介一接获通知，放着临盆的妻子一个人在家，立刻气喘吁吁地奔跑到现场。四周环境很糟糕，灭火工作非常不顺利。该处地势高，附近的建筑物也多，最糟的是距离水源遥远，总共花了五小时才将火完全扑灭。加上善后工作，消防团费了十四小时才总算撤离现场，非常辛苦。

当时佑介全副精神都投入消防工作，抱着小孩，背着老人，勇敢地深入烈焰之中救火。

或许是他的努力奏效了，那场火灾中没有人员死亡。等到东方发白之际，疲惫的佑介浑身瘫软地回到家一看——

妻子正在哭泣。

妻子流产了。

产婆生气地瞪着佑介。

枕旁插了一炷香。

一缕白烟袅袅升起，摇摇晃晃地在空中飘荡，消失了。

佑介想不出有什么话可说。现在不管说什么都会成了辩解，不管说什么都无法安慰、无法平复妻子受伤的心。因此佑介只能茫茫然地、像个笨蛋似的看着飘渺的烟。

这时佑介心中所想的，就只是——原来这种情况也烧香啊……

轻妙地，轻妙地。

飘摇。

"那时的事情——"

"还怀恨在心吗？"

"她到现在还是会提——"

水壶口又冒出蒸汽。

轻柔。

"——尔后只要发生口角，她就会诘问我：'你重视别人的命甚于自己孩子的命吧？'"

"这件事不该怪你啊。"牧藏说，"又不是你人在现场孩子就能得救。当老爸的顶多就只能像头熊般在产房面前晃来晃去，不管平安产下还是胎死腹中，生产本来就不是人能决定的。就算男人在场，还不是只会碍手碍脚？"

"是没错。"

"更何况你背负的是人命关天的重责大任，怪罪你太没道理了吧？"

"这也没错。不过她说这是心情上的问题。"

"算了，这也不是不能理解，毕竟不能用道理解释得通的。但那次只要我们组里少了一个人手，火势恐怕就控制不了，悲剧也就会发生，如此一来不知道会死多少人哪。"

"这也没错。"

"怎么了？说话怎么吞吞吐吐的。"

牧藏又端起空茶杯啜饮了一口。

"我想问题其实不在于此——而是她觉得太寂寞了吧。"佑介说。

应该——就是如此。

"唉。"牧藏面露苦涩表情。

"你老婆悲伤、难过的心情我能体会，也很同情你们的遭遇，只不过事情都已经过去了，何必到现在还在翻旧账？"

佑介什么话也没回答。

牧藏一脸老大不高兴。

"算了，甭说了。总之你可别因此觉得责任都在你身上喔，这不是你的错。要说心情，你的心情又该怎办？老婆流产，悲伤的可不是只有她自己吧？你不也一样悲伤？我记得你那一阵子整个人两眼呆滞无神，我都不敢出声向你搭话了哪。"

"嗯，那时真的很痛苦呢。"

"所以说，你们夫妇应该互不相欠了吧？已经结束的事情就别再东想西想了，要乐观积极一点。你们第一胎流产后就没生过小孩了吗？"

"或许就是因为——所以更……"

"唉。"牧藏歪着嘴，叹了一口气。

"所以说，离婚的原因就是这个？"

"也不是这么说。"佑介回答。他只能如此回答。

"从那次后——她就很不喜欢我参与消防工作；不仅如此，即便不是消防，只要我去工作就很不高兴。她也知道不工作就没饭吃，但知道归知道，就是不高兴。我愈认真工作，她就愈生气。但是，我真的不工作了，她也不高兴。"

"真难搞啊。"

"是啊，真的很难搞。所以我总是满怀愧疚地工作。不论我怎么拼命工作她也不会夸奖我，实在没有成就感。可是不做就没办法过生活。"

"所以你才——"

"她其实也懂的。"佑介有点自暴自弃地说，"其实她不是不懂道理，也知道自己很无理取闹。"

"她的要求实在很不合理哪。"

"可是问题就是，并不是合不合理的问题。我——倒也不是不能理解她的心情。"

水壶中的水开了，发出哗哗声，水蒸气不断冒出。

"怎么说？"

"我想，她应该就是太寂寞了吧，也没别的理由了。"

"我可没办法理解哪。"老人取下水壶，倒进别的壶里冷却。

热汽蒸腾冒出。

轻柔。

飘摇。

"你们不是结婚六年了？还是七年了？你现在仍不到四十岁，你老婆也才快三十而已，没必要这么早就放弃生孩子吧？俗话说四十岁以后生的孩子叫做耻子，可见四十以后也还是能生的。"

牧藏将稍微冷却过的开水注入茶壶。

——孩子吗。

跟孩子并没有关系。

佑介没回答，他将稍微放凉的茶喝进喉里，接着伸手向后抓住包袱，拉到身边来。

"老爷子。"

"干什么？"

"老爷子为什么想当消防员？"

"干吗问这个？"

"只是想问问。"

老人哼的一声，盘起脚，缩起脖子，皱起眉头，毫不犹豫地回答："这有什么好问的，当然是为了救人啊。我是爱好诚实与正义的人，嘿嘿。"说完，顶着一张恐怖的脸笑了。

"——这么讲是好听，其实是我没有学问，手也不灵巧，有的只是胆识跟腕力——"

老人卷起袖子，拍拍黝黑的上臂。

"——会当消防员，是因为没别的好当了。当兵跟我的个性不合，问我为什么我也只能跟你说就是不合。对我来说，与其杀人宁可救人哪。"

"原来——如此。"

早知道就不问了，佑介很后悔。这个理由太正当了，正当过头了。

——跟自己相比，实在太……

"就——只有这样而已吗？"

佑介又问了一次。牧藏努起下唇，说："怎么？不服气吗？"

"也不是——不服气……"

"哼，我想也是。"牧藏抬头朝上，看了天花板一会，从手边的烟灰缸上拿起烟斗，抽了一口。

一脸享受。

——烟。

呼，吐出一口烟。

紫烟飘摇升起。

佑介盯着烟瞧。

——啊，烟……

"这附近经常有地震吧？"

"嗯。"

"所以也发生不少二次灾害。"

"真的不少。"

"我的祖母也是死于火灾。"

"所以才会——当上消防员？"

"算是有关系吧。"牧藏说。

"人的心思其实很复杂，不会只因一个理由就生出一种结果。理由总是有好几个，产生的结果也是好几种。任谁都有某种执着，只不过大部分都是偶然形成的。即便你的离婚也一样。"

"偶然——吗？"

"偶然，此外就是执着。"

"执着……"

——没错，就是执着。

"那你呢？你又是为啥来当消防员？"牧藏没好气地问。

"我没跟您说过吗？"

"我又没问过这种无聊问题。"

烟。

牧藏又吐出烟雾。

烟雾弥漫，朦朦胧胧。

烟雾充斥于密闭的房间里。

飘摇。

"烟——"

"烟怎么了？呛到你啦？"

"不是，就是烟啊。"

"你到底——想说啥？"

"我当上消防员的理由，就是烟啊——"

3

十三年前，发生了一场大火。

记得是母亲去世的第二年，也就是昭和十五年。相信没有记错。

倒数回去，佑介当时应是二十五六岁前后。只不过佑介对自己的年龄一向不怎么在意，或许是他独居惯了吧。对普天之下孑然一身的佑介而言，年龄大小根本无须在意。当时的佑介早就失去了会惦记他年龄的家人与亲戚。

那年冬天下大雪。

印象中那天是正月初三。佑介由小涌谷朝向一个更偏僻的小村落前进。

他受人请托，准备将东西送到该村落，谢礼只是一杯屠苏酒[4]。送达之后，果然如同出发前所言——主人端出屠苏酒与煮豆款待。佑介自嘲地想："这简直跟小孩子跑腿没两样嘛。"

当年物资十分缺乏，恰巧佑介的肚子也饿了，所以他还是心怀感激接受谢礼。

就在回家的路上。

踏雪而行。

不经意地抬起头。

划破晚霞的，是一道……

烟——

黑烟、白烟、煤灰、火星……各式各样的烟。

滚滚浓烟直冲天际。

原来那并不是晚霞。

突如其来一阵寒意。

或许是——预感吧。

几个村民奔跑赶过佑介。

不久，围绕佑介的紧张气氛化作喧嚣由四面八方传来，声音愈来愈近，最后一堆人涌入，充斥佑介身边。

松宫家的宅邸烧起来了——

这可不得了啊，事情严重了——

——火灾——吗？

前方染成一片橘色。

佑介避开村民向前奔跑。

——啊啊。

燃烧着，赤红地燃烧着。

比起——比起那时的**火焰**还要强烈上数十倍、数百倍；**与那时相同**，不，远比那时更激烈地、轰轰作响地燃烧着。

佑介看得出神。

眼睛被火焰染成了赤红。

四处传来"水啊！快拿水来！"的吆喝声。

佑介觉得他们很愚蠢。

杯水车薪，一看便知这场大火已经没救了。即使屋顶穿洞，天公作美下起大雨也无法消解猛火。

人……里面还有人吗——

消防组！快叫消防组来啊——

燃烧的木头劈里啪啦地发出爆裂声。

面向火灾现场，额头、脸颊烤得快焦了，但还是无法不看。突然轰地一声，房内似乎有巨物倒下。隐约传出尖叫与哭泣声等人声。

听起来像痛苦的哀鸣。

——啊啊，有人身上着火了。

佑介确信如此。

接着下一秒背后立刻有人大喊——有人在里面！仿佛受人驱迫，佑介踉跄地向前奔跑。

——有人、有人烧起来了。

佑介如同扑火飞蛾，慢慢地、缓缓地向地狱业火迈进。

抬头一看，大量的烟雾掩盖了天空。

"原来你那时候——在现场啊……"

牧藏很惊讶，旋即变得悲伤，他凝视佑介眉间。

"嗯……"佑介阴沉地回答，"记得那次——死了五个人？"

"没错。"牧藏也阴沉地回应。

"松宫家的那场大火是我三十五年消防生涯中最大的污点。那天我真的很不甘心，眼泪流个不停。要是我们到达的时间能再快个一刻钟，说不定至少就能再救出一个人了。因为——牺牲者当中，有三个人因无路可退而烧死，若能帮他们开出一条逃脱路径——"

"您说得没错。"

"没错？——什么意思？"

"在老爷子到达前，村民拼命用桶子、脸盆舀水灭火——但火势实在太凶猛，终究没人能靠近宅邸——"

"这是当然的。"牧藏露出疲惫至极、老态龙钟的表情。佑介脸朝下，踌躇了一会儿，说：

"老爷子，我当时绕到建筑物的背面……"

"背面？可是要绕到背面不是有困难吗？你自己也不是说火势之猛，外行人连接近都有困难，背面的火势想必也相当大吧？"

燃烧着，熊熊烈火燃烧着。

"我那时往熊熊燃烧的屋子走去，不知不觉间——已经穿过了凶猛的火势。此时，在经过宅邸时，我从窗户看到了……"

"看到什么？"

"有人——趴在窗前，手贴着玻璃。"

哀泣。

"像这样，样子很痛苦。"

牧藏感到惊讶。

"是那个外国佣人……唉，果然——再早一点就好了。"

"他痛苦地挣扎着，或许身体着火了。没过多久你们就到达现场，我到现在还记得老爷子你把门破坏后，全身淋水进屋救人的勇姿，但是我那时真的无能为力。"

"废话。现在的你我不敢说，那场大火根本就不是外行人能奈何得了的，一个不小心就会葬身火窟，多一具尸体罢了。"

"但是……"

"但是啥？"

"我觉得如果我那时打破窗户，或许能救出那个佣人，不，一定能救出来。"

"所以你后来才——"

牧藏在此沉默了。

佑介畏畏缩缩地抬起头。

牧藏表情茫然地望着佑介。

"——所以，这就是你当消防员——的原因？"

"这也算——原因之一吧——"佑介语带含糊地回答。

"或许这是影响我的原因之一。不过我跟老爷子不一样，个性没那么正面，我一直不把正义感、责任感这些当一回事。但是——嗯……或许就跟老爷子说的一样，人并不是那么单纯的——"

佑介脸侧向一旁，不敢直视牧藏茫然的脸。他望了一眼背后的包袱。

"——因为理由有好几种，造成的结果也有好几种啊。"

牧藏刚才吐出的烟仍残留在狭小的房间，呈漩涡状盘旋于空中。

烟。

"是烟。"

"烟……你又说烟——烟到底是什么意思？"

"烟就是烟。"佑介轻轻地吹散漩涡。

"烟是我当上消防员的理由，同时也是老婆跑了的理由。"

"——我不懂。"

——当然不懂。

"基本上，那场松宫家的火灾的确是我当上消防员的契机，但是——"

烟……

那时……

"见到有人着火却无能为力的我，在屋子后面看着老爷子你们灭火。不久，屋子烧毁一半，炽热的空气扑向我的所在位置，我立刻逃向山上。然后——就在小山丘上观看，直到火完全熄灭为止。"

"到火完全熄灭为止——吗？"

"正确来说，是看到烟完全消失为止。"

"烟？"

"我被烟迷住了。我一直看呀看的，看了一整天。"

"你是怎么回事？"牧藏讶异地问。"我就是无法不看。"佑介说了不成借口的借口。

因为，这是事实。

"我的目光无法离开烟雾，好几道烟不断涌现，轻妙飞快地升上天空，从烧毁的柱子上……从仍在燃烧的梁上……从烧焦的地面上……即使是在焦黑的尸体被搬运出去、警察到达现场之后，烟仍未止息。就算是尸体身上，也仍然不断冒出烟来。"

"你……"

牧藏感到困惑。

"你究竟……"

"烟。烟烟烟。到处都是烟。那时，如果警察没来现场，我肯定会奔向火灾现场，**沐浴在烟雾之中。**"

"沐浴在——烟雾之中？"

"老爷子。"佑介身体前倾，说，"你说烟到底是什么？我没多少学问，什么也不懂。若说烟是气体，跟瓦斯又有所不同，跟水蒸气也不同，跟暮霭、晚霞都不同。"

"烟就是烟嘛。"

"对，烟就是烟。烟生于物体，只要是物体就能燃烧，燃烧就会产生烟。即便是人，燃烧就会产生烟，所以烟是灵魂。烟不是都升到天上吗？物体本身的污秽烧净后变成了烟，剩余的残渣就只是渣。烟才是一切物体的真实姿态。"

"你、你在说什么梦话！烟不过是极细微的煤炭，细小的煤炭被热空气带上天空便成了烟，如此罢了。要说残渣是渣，烟不也是渣？"

"老爷子，您说得并不正确。煤是煤，跟纯白清净的烟不同。而且烟虽然会扩散，却不会消失。烟只会飘走，绝不会消失不见。烟才是物体的真正姿态。"

"佑介，你——"

烟——是永远。

牧藏身体僵直，他僵硬地向后退，眼神透露出不信任感。在牧藏眼里，佑介或许，不，肯定与疯子无异。牧藏以看狂人的眼神瞪着佑介。

——太异常了。

"没错——我很异常。就算有种种理由足以说明我为何加入消防团……实际上——多半也是烟的……"

4

女人烧死了。

那是佑介十岁左右的事情。

佑介憧憬那个女人，爱恋那个女人，但心情上并不感到悲伤、寂寞，因为这份恋情打一开始就不可能实现。女人是哥哥的未婚妻。

——和田初。

阿初烧死了。

是自杀。死于大正结束，昭和来临之际。

死因不明。

事后调查才知道，那天恰巧是陛下驾崩的隔日。

虽说如此，阿初的死应该不是——过于悲伤而追随陛下自杀。但理由又是什么，佑介也不知道。没有人告诉他原因，他也从来没向别人问过。

总之，佑介早就接受了这个事实。之后二十几年来，佑介一次也不曾思考过阿初自杀的理由。

——现在回想起来。

阿初或许是——宁可一死——也不愿意与哥哥结婚；或者恰好相反，想与哥哥结婚，但受到无法想像的反对——只好一死。可以想像——阿初应是受到难以跨越的阻碍，才被逼入死亡的深渊。

又或者根本与此毫无关系，阿初只是临时起意，突然萌生自杀念头。总之不管理由为何，现在早已无法确认，即使能确认也毫无意义了。

自杀者的心情，佑介无从了解。

别人的心情原本就无法了解，自以为了解也没有意义，因为根本无从确认。不管关系多么密切，别人永远是别人。即使是恋爱的对象，这道阻碍依然牢不可破。因此佑介对于阿初自杀的动机完全没有兴趣。

面对她的死亡，佑介既不悲伤，亦不寂寞。

只是……

阿初在佑介眼前自焚了。

对佑介而言，这个事实才是真正重要的。

阿初不是本地人。

她讲话的方式、语调与当地人不大相同。当时的佑介并不知道说起话来轻声细语的她来自何方。

反正不知道就不知道，他也不想多问。

因为他觉得刻意去打探阿初温柔的腔调与她的来历，只是一种不解风情的行为。

现在想来——记忆中的阿初语调很明显来自于关西，大概是京都的女性用语吧。但不论是否真确，其实也无关紧要。

不管如何，异地风情的言语、高雅的举动、总是打理得整洁净白的外表、轻柔曼妙的小动作——这些构成阿初的种种要素，在这个小山村中都显得格格不入。

她明显是个外地人，一举手一投足都突显出她与本地人的差别。

因此……

因此在不知世事的山村小孩眼里，阿初是多么地耀眼灿烂啊。十来岁小毛头的爱情，顶多就是如此程度。实在不愿意用恋爱、思慕等词语来形容如此程度的情感。只是小毛头的憧憬罢了，毫无意义。

是的。

这并不是恋爱。

佑介说不定还没对阿初开过口呢。他不知道阿初成为兄长的未婚妻之经过，也不知她为何在成亲之前便来佑介家。只知道她某一天突然来到家里，在箱根生活了三个月后，于即将举行婚礼的前夕——自焚身亡了。

佑介对阿初的认识就只有这么多。

此时的佑介仍只是个小孩，他没去上学，跟着父亲学习木工。

他不是块读书的料，个性内向，所以也不习惯城市的风雅生活。相反地，他并不排斥继承家业，每天只是默默地削着木片，从没表示过不满。笨拙归笨拙，也还是有样学样地做出了脸盆、勺子等器具。

兄长则与佑介不同，擅长与人交际，有做生意的才能，当时顶着采石场负责人兼业务员的头衔，收入还不错，总想着有一天要离开村子，闯出一番大事业。

或许年纪相差甚多也有影响，两人之间鲜少有对话。

佑介对这个兄长几乎没什么好印象。

父亲——似乎以这个无心继承家业的孩子为荣，反而与惟命是从、心甘情愿继承家业的佑介疏远。事实或许相反，但至少当时的佑介感觉如此。也许父亲是为了将佑介培养成独当一面的工匠才严苛以待，也许父亲是一番好意，期望佑介能早点独立。但这只是经过二十年后，总算能体会为人父母心情的佑介之揣测。不管父亲当时的本意如何，至少当时的佑介感到十分不满总是事实。

是故，佑介讨厌父亲，也讨厌兄长。他从来没有将不满表达出来。这并非憎恨或怨怼，就只是单纯的厌恶。就在这样的状况下……

阿初来了。

阿初来的那天——

佑介老是做不好工艺品，不知失败了多少次，在泥地板的房间角落拿着凿子不断努力练习。

此时，在一个身穿高贵华美、有点年代的服饰的妇人引领下，一名女人静静地走进房间。佑介想，她们一定是兄长的客人，所以对她们在隔壁房的交谈，佑介并没有兴趣。

佑介想，反正很快就会回去了。

她们是谁根本无所谓。

他斜瞟了女人一眼。

如此而已。

但是，阿初并没有回去。

母亲细声向他介绍："她是哥哥的媳妇。"之后阿初就在家里住了下来。

佑介不知该如何与阿初相处。

于是他更埋首于木工之中。

他从来没有与阿初说过话。

只是……

阿初在父亲或兄长面前并不常笑，反而在佑介面前露出几次笑脸。那应该只是客套的表现吧？不，说不定还是嘲笑呢。

反正怎样都好。

不论阿初对佑介是否有好感，或者瞧不起，或者生疏，对他而言都是相同的。佑介无从得知阿初的真正想法，只能凭借自己的感受作出判断。对佑介而言，事物的表象就是一切。不管内在是否另有深意，事实就是阿初对佑介笑了。

佑介逐渐喜欢上阿初。

那一天。

从自家后门出去，靠山处有一片略为倾斜的空地，积满了雪。佑介抱着一堆木屑走了过去，他正在打扫工作场地。

不知为何，阿初全身湿淋淋地站在空地正中间。

手上拿着蜡烛跟提桶。

佑介转头，移开视线。

那时，佑介总认为不该正眼瞧阿初。

"佑介弟弟……"记忆中，阿初似乎曾对他呼唤。

或许只是错觉。

闻声，抬起头来。

火……

啊。

阿初着火了。

原来泼在阿初身上的是油。

好美。转瞬之间……

鲜红的火焰包覆着阿初。

装点着阿初肢体的火焰，比起过去所见的一切服装还要更美丽。

艳丽的绯红火焰在纤白的肌肤上窜流、蔓延，与躯体交缠，女体的轮廓在晃动的热气中变得蒙眬模糊。女人的脸恰似陶醉，原本潮红的脸颊于疯狂的红色火焰中染成深红。

阿初小声地哀鸣。

接着，在地面上打滚。

滚滚黑烟升起，油脂噼里啪啦四散，女人痛苦不堪地滚来滚去。

火焰的形状随其动作变幻无穷，轰轰烈烈地赞颂女人之死。

在火焰之中映着形形色色的东西。

佑介只能茫然呆立观看这一切。

完全没想过要阻止或救助她。

虽说，他对全身着火的人也无力阻止、救助。

女人变得全身焦黑死了。

她已不再美丽。

佑介看着烟。

轻妙升起的烟。

大人赶到现场时火已完全熄灭。有人哭泣，有人大叫，现场一片骚动。女人已失去生命，只剩下一具有如燃烧不完全的木炭般的物体。众人将物体搬上板车，不知运到何处去了。

烟——

只有烟留下。

佑介在腥臭、充满刺激性烟味的呛鼻空气里，战战兢兢地……

吸了一口气。接着，他又再一次深深地……

吸了一口气。

不小心呛到，咳个不停。

佑介漫无边际地思考。

——烟，究竟是什么？

是气体吗？跟瓦斯又有所不同，跟水蒸气也不同，跟暮霭、晚霞都不同。烟由物体产生，物体燃烧就会产生烟，烟升往天空。

物体受到火焰净化，变成了烟，剩余的残渣就只是渣罢了。烟正是物体经粹炼后的真实姿态。烟会散去，却不会消失；顶多是到了某处，绝不会失于无形。烟是这世界上的一切物体的最终真实姿态。烟是——永远。

从那一天起。

佑介就迷上了烟。

烟。

几天后，阿初举行火葬。

大家都在哭泣。兄长嚎啕大哭，母亲啜泣，父亲呜咽，众人悲伤掉泪。

每个人都在哭泣。葬礼会场充满了哀戚，恸哭、哀切、感伤、怜悯与同情，泪水沾湿了每个人的脸。

但是——佑介的感想却只有："原来烧过一次的东西还要再烧啊……"他真的不知道大家为什么这么悲伤。

接着。

不久。

从像是怪物般耸立的烟囱顶端——

升起一缕白烟。

阿初化作白烟，轻妙地攀向天际。

微风吹打在烟上，烟的形状轻柔变化，形成漩涡，混合扭曲，或聚或散。

最后，变成了一张女性的脸。

可惜大家都低头哭泣，没人发现烟的变化。

多么愚蠢啊。

大家把骨头当宝，但烧剩的残渣有何可贵？骨头不过只是堆硬块，没有必要的部分罢了。

深深埋在地底，至多腐朽。

只知低头的家伙们永远也不会懂。

女人——阿初在空中笑了。

她逐渐变得稀薄。

稀薄之后又浮现。

浮现之后又模糊。

混于空气，女人无限扩展。

不是消失，而是扩散开来。

女人与天空合而为一。

——啊！

好想要这道烟啊。

若有翅膀，好想飞上烟囱的顶端，深深吸一口烟啊——佑介真心地想。

直到太阳西下，火葬场的灯火关闭，四周逐渐昏暗为止，佑介一直楞楞地看着天空。

"你很悲伤吗？你也为我悲伤呢。"兄长问。

"别开玩笑了！阿初或许属于你，但阿初的烟却是我的！"佑介想。

## 5

牧藏不知该说什么，只是以看狂人的眼神瞪着佑介。等到佑介完全说完后，他眯起眼，手指抵着眉间，仿佛若有所思，接着开口："这是事实，还是玩笑话？"

——岂是玩笑。

"绝非谎言。"佑介回答。

"嗯——这——少小之时目击自焚现场——如果你真的亲眼见到——毕竟会成为心理创伤吧。"

"创伤——吗？"

佑介并不认为。

"你觉得很可怕吧？"

"一点也不可怕啊。也不觉得悲伤。对我来说，这只是个单纯的事实。"

"你虽这么说——"

老人感到困惑。

"——不对，或许你自以为如此，但我认为，这个经验事实上成了创伤。换作是我——唉，这种事情若非亲身经历恐怕无法真正了解那种感觉吧，至少我就无法想像。对了——令兄呢？他怎么想？"

"兄长吗？他后来没娶其他女人，在阿初死后——大约两年后，早早去世了，是病死的。父亲也在同一年追随兄长逝去。只剩下我与年迈的母亲相依为命，度过一个个不怎么有趣也不怎么欢乐的日子。母亲后来也在我埋首工作时，没人陪伴下寂寞地过世了——"

佑介想起来了。

"——兄长、父亲与母亲都……"

轻柔。

轻妙地。

"——他们都化作美丽的白烟,从火葬场的烟囱缓缓升天了。只有我替他们的烟送别。最后只剩我留了下来。"

"唉……"牧藏发出叹息。

佑介自顾自地继续说:

"不管是原本讨厌的兄长、忌惮的父亲、衰弱的母亲,变成烟后都很美丽。讨厌之事尽付祝融了,无论此生的阻碍与丑陋俗世的污秽,皆烧得一干二净。净化后,由火葬场烟囱轻妙地——"

牧藏缓慢地张开细长的眼睛。

"你——很疲倦了吧?"

牧藏说,再次张开的那双细长的眼睛里,闪烁着些许的怜悯。

"你只是疲倦了。"牧藏又重复了一次。

"嗯,我是很累了。"

"一直以来我都是孤家寡人,虽然托老爷子的福娶了老婆,我想还是单身比较适合我。受您多方关照还这么说真是对不起。但是,跟老婆过的生活只让我觉得很疲惫,她应该也这么想吧。所以我觉得亏待她了——"

"说什么鬼话。"牧藏拿把玩在手上的烟管在烟灰缸上扣了几下。

"要说没爹没娘,我不也一样?我的爹娘在我还小的时候就走光了，可是我从来就不觉得自己一个人过较好。跟孩子的娘生活了五十年，现在她死了，我还是不觉得自己一个人过较好，因为我还有孩子、孙子。所以说——我不会要你改变想法，但……"

"已经太迟了。"

"会太迟吗？"

已经太迟了。

"我和她已是同床异梦，我似乎——没办法真心对待她了。"

"这是因为——"说完，牧藏楞了一会儿，接着又难以启齿地开口道："——因为那个叫做阿初的女人的关系吗？你现在还是——对那个女人——"

并非如此。

"不是的，我并没有愚昧到那种地步。"

"你说愚昧——可是你是真心爱上那个叫做阿初的女人吧？"

那不是爱。

"我再重复一次，我并不是真心喜欢她。我那时只是个十岁出头的孩童，只是个乳臭未干的小毛头啊。"

"跟年龄没有关系，不论你说是憧憬还是啥，跟喜欢有啥不同？最近不是有些软弱的家伙，明明就老大不小，还一副没断奶的模样吗？"

"我并不是那种人。"

"或许你不是那种人，但是爱上的女人在眼前死去——比被她不理不睬受到的打击更大得多。她这么一死，在你的记忆中只会愈来愈美化哪。"

"您说得是没错……"

"废话，当然没错。那女人到底有多美我不知道，在你年幼无知的眼里想必很美吧。你的老婆也算是十中选一的美女，但跟回忆中的美女一比……"

"我并不是这个意思。"

并不是这样的。佑介并不厌恶妻子，他讨厌的是无法响应妻子需求的自己。"反而应该是我被老婆讨厌吧。"佑介说。

"那是因为你缺乏诚意。你刚刚也说无法发自内心疼老婆，我看就是因为你还执着于那个死掉的女人的关系。这样一来我总算懂了。"

老人略显放心之情。

或许以为自己总算理解事态了吧。

"忘了那女人吧。因为你到现在还执迷不悟地想着那女人，你老婆才会反复重提死掉的孩子。我看你们一起忘记过去，重新来过吧，我会帮你说情的。"

牧藏大声地喊着"忘了吧！忘了吧！"，问佑介妻子现在在哪，要去帮他讲情。佑介满脸困惑。

并不是这样的。

"不对，不是这样的。我都快四十了，不至于到现在还被乳臭未干的回忆所束缚。事实上，这十几年来我几乎忘了那女人。"

"真的——是这样吗？"

"直到**最近**我才回忆起来，跟老婆处得不好则是更早之前。所以说——"

"那么……"

"您没办法理解吗？"

"我不懂啊。"

佑介拎着包袱上的结，放在膝盖上。牧藏一副难以理解的表情。问："那是？"

"是烟。"

"啥？"

"我的意思是——这就是我跟老婆离婚的原因。"

佑介抚着包袱。

牧藏屏息以待。

"你——里面——放了什么？"

"就说是烟啊。"

"别开玩笑了！"

"我不是开玩笑。这是——对，我本来很迷惘——原本不想拿出来就告辞的——唉，没办法。"

"告辞？去哪？"

牧藏冷汗直冒。

佑介觉得他有点可怜。

"老爷子。"

"什——什么？"

"之前那个——寺庙的大火。"

"寺庙——啊，山上那场大火吗？"

"对。那场火灾规模很大，箱根分团全部出动——不只如此，附近的消防团也都来了，连神奈川的警察也全体集合。火灾地点的环境很糟，没人想到那里竟然有庙，毕竟连条像样的道路也没哪。虽然庙最后还是烧毁了，但没酿成森林大火已是不幸中的大幸。"

"那又——怎样？说明白点。"

佑介笑了。

"最早到达现场的是我们分团。地理位置上我们最近，倒不意外。可惜卡车好不容易发配下来，山路崎岖派不上用场。没法子，只好又把大板车拖出来，载着 TOHATSU 唧筒上山去。"

"是——吗？"

"现场非常惊人。到目前为止，我从没看过那么大的火灾。空中染成一片红，而且是混浊乌黑的暗红色，仿佛——"

佑介闭起眼睛。

"——仿佛世界末日。"

"是、是吗？"

"比起阿初烧死的时候、比起松宫家的火灾还严重得多了，宛如整个世界都烧了起来。而且不同于大地震或空袭时的恐怖感，宁静至极。"

"宁静？"

"宁静、肃穆地燃烧。只不过——现场的警察说寺庙里还有三个人在，多半没救了。他们衣上着了火——"

"衣服上？"

佑介将包袱放在榻榻米上。

"于是——我就说要进去救人，大家都阻止我。当时山门已经烧毁，并逐渐延烧到附近的树林。比起灭火或救人，阻止森林火灾的发生更为重要。但是我一想到——有人……"

——有人着火的话。

"结果你还是进去了？"

"进去了。"

身上浇水。

披着湿透的法被。

冲进熊熊燃烧的寺庙里。

冲进世界末日的烈火里。

"我见到阿初了。"

"什么？"

"一个很像阿初的和尚，全身着火，在巨大佛像前燃烧着——"

牧藏站了起来。

"住口！"

接着大声地说：

"喂，佑介！我不想听你这些无聊故事。我本想闷不吭声，没想到你竟说起莫名其妙的鬼话。你到底想说啥？突然来我这儿，说你跟老婆离婚，我原想不是你外头有女人，就是老婆给你戴绿帽子，所以才捺着性子听你讲，你竟给我瞎诌起天方夜谭！"

"所以说……"

"从头到尾言不及义，不管问你啥你全都否定，回避问题。最后还说起啥鬼烟啊煤啊的——胡扯也该有个限度吧。"

"所以说，就是烟啊。"

"烟又怎么了！"

"那时已经太迟了，那和尚已全身着火，但他不做挣扎，似乎一点也不痛苦。我想，或许他那时早已往生。那个和尚在我面前着火，全身焦黑而死。我又眼睁睁地看着人烧死了。但是——"

佑介抓着包袱的结。

"这次——我等到火熄灭。"

"什么？"

"火势花了两天才完全结束，我在火熄之后，以失踪者搜索队身份率先进入现场。说失踪是好听，根本不可能还有生存者，所以大家都提不起劲。但是我不一样，我急着想找到呢。我直接走向大佛所在之处，那里还不断冒着烟哪。我在附近挖掘，果然被我挖到骨头，虽说已烧成黑炭，总算让我找到那个和尚了。于是我拿出这个罐子——"

佑介解开结。

四角朝四方摊开。

"——采集了那个烧死的和尚的烟。"

"你——你开什么玩笑。"

空无一物的透明药罐。

里面——一片白浊。

白雾茫茫。

"老爷子，你看，烟不会消失，只是会散去而已。所以只要像这样装在罐子里——将之封住，就会永远——留在里面——"

"你不要胡说八道！"

牧藏怒斥。

"一点也不是胡说八道啊。你看，在这里面轻柔飘摇、白雾茫茫的——你看啊老爷子，这就是阿初的脸哪。虽然有点小，因为多余的部分已经烧掉了嘛。这才是阿初的真正姿态，是封装在罐子里的灵魂呢。"

佑介温柔地将罐子拿在手上，递给牧藏。

"你自己看。她——我老婆说我疯了，然后就跑掉了。但是你看，真的有张脸吧？这么漂亮的脸——我怎么可能疯了？老爷子，你自己看个仔细吧。"

"你——你疯了。难怪老婆跑了，这、这种东西——"

轻柔。

佑介弟弟……

"愚蠢的家伙！"

牧藏用力拨掉罐子。

罐子从佑介的手中滑落，在榻榻米上滚动。

盖子松脱。

啊，烟会溜走……

唔哇啊啊啊啊！

牧藏大叫。

一道有如女人脸孔的烟从罐口升起，在房间里摇摇晃晃地飘荡，轻柔地形成漩涡——

"不行，不行，不可以啊！"

女人的脸愈来愈扩大，愈来愈稀薄、模糊。不久由窗户、纸门的缝隙逃离、扩散，终至消失。

最后之际，女人……

——笑了。

而棚桥佑介像失落了什么。

此乃昭和二十八年早春之事。

1 半缠：一种日式防寒短外套。分棉半缠跟印半缠等种类，印半缠背后印有家徽或小队标志等，消防人员穿的即为此类。

2 TOHATSU 唧筒：TOHATSU 株式会社是生产船外机、各式唧筒等设备的制造公司。在一九四九年首次生产可搬运式的消防唧筒，大受好评。

3 法披：一种日式短外衣。

4 屠苏酒：日本习俗里，过年会喝屠苏酒。据传是华佗创始的药方，在平安时代传入日本。

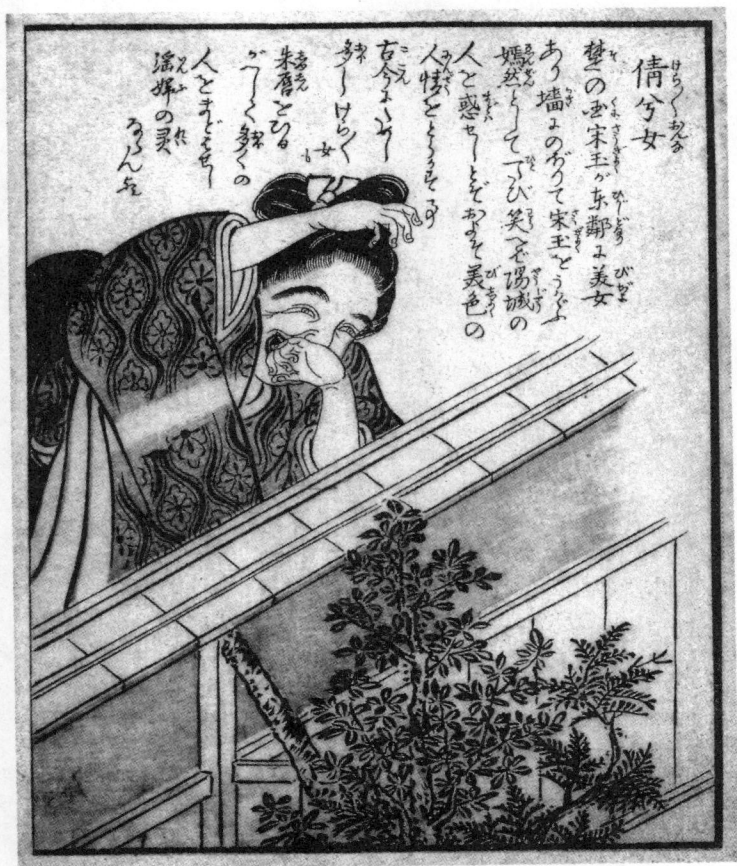

倩兮女

楚の王宋玉が東鄰に美女
あり墻よりのぞきて宋玉と云ふ
嫣然として笑ひ陽城の
人を惑せりとぞをよそ美色の
人懷をとろかすは
古えよりも新たも
新ーけらく女
朱唇とひ
がうつく多くの
人をまどはせし
淫媒の灵
ならん也

楚国宋玉东邻有美女，
登墙窥宋玉，
嫣然一笑，惑阳城。
美色惑人心，不分古今。
朱唇美女，巧笑倩兮，
或为淫媒之灵也。

——《今昔百鬼拾遗》／上之卷·云

倩兮女 1

## 1

不习惯笑。

不知该怎么笑。

试着扬起嘴角。

绷紧嘴边肌肉，想做出笑容却难以如愿。

——这样看起来像在笑吗？

镜中映照着一个把嘴抿成一字、看似心情不好的女性。愈用力嘴角就愈朝横向扩张，反而像是发窘，也像在胡闹，但就是称不上笑脸。

——是眼镜的缘故吗？

拿下眼镜。

世界变得模糊。

无所谓。

完全无所谓。

映于镜中的表情扭曲，变得更奇妙了。

究竟如何才能做出所谓天真无邪的笑容？不管怎么思考、怎么努力都不懂。

——是脸颊的问题吗？

脸颊用力。

让嘴巴朝横向扩展，全神贯注在颧骨上。

一张紧绷的奇妙笑容便完成了。

看起来一点也不愉快。

——必须舒缓一点。

眉间有皱纹，看起来就不像笑脸。

指抵眉间。

闭上眼帘，轻轻按摩。

——真愚蠢。

自己的行为多么滑稽啊。

滑稽归滑稽，却一点也不好笑。

年纪不小的女人在镜子前挤眉弄眼，认真烦恼笑脸的问题。

无聊。

明明这世界上有这么多紧迫的事情尚待思考与实行。

——但是，至少现在……

女人再次注视着镜子。

从来没化过妆。他说——只要略施薄妆，不失礼节即可。男人不需为了礼节化妆，只有女性必须取悦异性才能在社交上获得认同，她一向认为这是件可笑之事。

——笑。

记得柏拉图曾经宣称，绝大部分的笑都建立在牺牲他人之上。

笑是受制约的冲动突然获得满足时产生的心理状态——弗洛伊德如此分析。

追根究底，笑是恶意的扭曲表现，是迂回却直接了当的歧视。无须引用波德莱尔也能证明，笑是多么畸形而低级的行为啊。

但是……

身为人就不得不令脸颊的肌肉抽搐，机械式地做出丑陋表情。

笑吧笑吧笑吧。

矫饰矫饰矫饰。

山本纯子拼命牵动脸颊肌肉。

——不笑的话。

就会被笑。

嘻嘻嘻。

——被笑了。

吓了一跳，抬头一看。

窗外……

围墙上空——

一个巨大的女人正在笑着纯子。

## 2

被男人求婚后，她莫名其妙地在意起学生们的举动。

柱子背后，阶梯底下的阴影，校园的角落。

少女们聚在一起窃窃私语，如风声般的细语。

只要一与纯子眼神相交就逃离，听见脚步声也逃离。

——被笑了。

觉得自己一定被人嘲笑了。

但是——这倒也不是现在才有的情况。严格的教师、顽固不
知变通的舍监、魔鬼般的女教官——纯子在女孩们心目中向来如
此，不论何种场合，学生总是对她敬而远之。

一直以来，女孩们看到纯子就转头，一听见脚步声就逃走，
与如今状况无异。问心无愧便无须胆怯，这表示女孩们做了亏
心事。

纯子一直都这么认为。

——可是，为什么现在会如此在意？

纯子明明没做过什么亏心事。

纯子的生活方式从来就不怕受人检视，也没做过会被人嘲笑的事情，这点她很有自信。

纯子这三十年来，一直活得光明磊落、堂堂正正。

她的心中从来没有阴霾，就算有人背地里说她坏话，她也不会在意，因为在背后说坏话才是错误的行为。

传述错事之人乃是愚者。

倾听愚者的话语只是浪费时间。

多听无益，只会带来不愉快，不愉快就是一种损失，所以她从来不听这些杂音。

有想表达的意见，为何不敢堂堂正正对她说？无法当面说出的话语，就算是合理之言也无须倾听。

这就是纯子的信念。

——可是，最近却在意得不得了。

女孩子们都在说些什么？为什么遇见她就偷偷摸摸地逃走？是在说她坏话吗？是在轻蔑她、责骂她、嘲笑她吗？

——这种事。

不敢相信会发生这种事。

自己应该没在女孩面前示弱过，基本上纯子没有弱点。身为教育者、管理者，纯子的防御有如铜墙铁壁。

或许是对战前偏差教育的反弹，最近教育界的风潮是尽量对学生表现友善，亦师亦友的关系被认为是最理想的。但是，纯子认为这样的想法是错误的。

纯子当然不认为战前的教育方针正确，无论由任何层面检视，那种教育都是错误的。皇国、军国等妄语自然不值得一提，即使并非如此，无论在什么情况下，不带批判地将偏颇的意识形态强加于人都不适当，这种行径即所谓的洗脑。相信任谁都知道这个道理。但是，假如那是不具备政治意涵的思想，或不带主义的温和行径，纯子认为只要该种教育方针不保留学生思索、选择的空间，终究与战前的教育无异。管它是否主张和平，是否为民主主义——无疑地都是一种偏差的意识形态。

这个世上没有不偏颇的意识形态，但是如果教育者感到迷惘，受教者也只会感到疑惑。

不论是否多方顾虑，不论是否热心实行，教育终究只是一种洗脑——这是个难以撼动的事实。

因此纯子认为，教师必须立于随时受人批判的立场，这才是正确的。

与学生称兄道弟，便无法维持应有的紧张感，纯子觉得教师与学生应保持一定的距离；教师必须经常自我批判，而学生也不应该照单全收，全面接受教师的说法，无论是否未成年或仍是孩童，都不应该忘记批判的精神。

所以才需要教导啊——许多人主张如此。

但是如果连判断的基准也必须灌输，依然只是一种洗脑罢了。所谓的洗脑，就是使对方丧失自我判断的能力，判断应该完全由学生自己进行。

即使三四岁的小孩子，只要好好教育，也会自己学会判断；反之，如果到了十四五岁还不能判断事情善恶，问题恐怕出在学校教育之外。学校并不是培养判断力的场所。

人格的建构该由父母、家庭与小区，以及孩子本身负责。

——因此，她认为教师对学生的人格出言指导是一种越权行为。

教育者并不是神，即使能教导培育，也无法创造人类。若有此错误体认，方针就会产生偏差，态度也会变得傲慢。

学校并非圣域，教职亦非圣职，这里只是一个单位机关、一种装置，教师只应教导自己能教的事物。

应当了解自我的分际。

即便如此，纯子还是无法理解那些没办法把握应尽之责、只想与学生保持亲近关系的老师的想法。

此外，她也无法原谅以"算了，当老师**也好**"或"没别的职业好选择，只**好**当老师"等不像样的理由选择了教职的家伙。

不敢正面承受批判，便无法担当教师之责。所谓的教职，乃是与学生、与社会，以及与自己的斗争。

片刻也不得松懈。

所以，纯子从未笑过。

——是的，明明她从未笑过。

学生们为何又会笑她？

她非常在意。

待纯子回过神来，发现自己竟弓着背、抱着双肩，仿佛想保护自己般畏畏缩缩地走路。

——自我意识过强了。

绝对是。真愚蠢。

纯子挺起胸膛，挥舞手臂，阔步前进，似乎想赶走内心的愚昧，脚步声喀喀作响。

石砌的校舍之中，

脚步声由四面八方反弹回来，消失。

由巨大石柱背后，

一道阴影闪过。

嘻嘻。

——笑了。

纯子朝该处奔跑而去。

柱子背后站着姓神原的老教师，神原双眼所见之处，一群女学生笑嘻嘻地奔跑离开。

神原的视线追着女学生，直到不见影踪，接着她转头面向纯子，以仿佛百年前的宫廷女官的缓慢语气说："山本老师，你怎么了？"

"那些女孩——"

——在笑什么？

"刚才那些学生——"

"啊。"神原眯起眼睛，"她们在走廊上奔跑，真不应该呢。"

"这……"

并不是想说这件事——

"她们一看到我就立刻跑掉了，但其实我一直都站在这里。那些女孩子并没做什么坏事，只是边走边聊天而已。一定是冷不防地发现我在附近，觉得尴尬难为情吧。"

"她——们说了什么话？"

"哎呀，即使是教师也不应该偷听谈话内容啊。"

老教师和蔼地笑了。

"可是——"

"——既然逃跑，应该是在说些不该说的闲话吧？"纯子表示疑问。

神原表情诧异。

"所谓不该说的闲话是？"

"就是被人听到很不好的事情。"

"例如？"

"这——"

——例如，关于我的坏话。

纯子说不出口。

"本学院戒律严格，走廊上禁止私语，所以她们才会逃跑啊，我看她们只是在说一些无关紧要的小事吧。"

应是如此吧，一定没错。

——但是。

"但是——我好像听到她们笑？"

逃走时似乎嘻嘻地笑了。

听纯子说完，神原歪着头回想说：

"这——或许在聊天时有说有笑，不过她们一看到我的脸立刻缩起脖子逃走了——如果她们边跑边笑闹，我一定会立刻告诫她们的。"

是的，这间学院有条禁止笑闹的戒律，但没有人遵守，就连眼前的老教师，在刚才短暂的谈话时间里也微笑了好几次呢。

——不可能遵守的规定，干脆别制定。

纯子这么认为。

这间学院是一间强制住校的女子教会学校，因此这类戒律或禁忌皆从基督教义而来。

但是——虽然在此任职，纯子本身却完完全全是个无神论者。

学院表面上推崇基督教理念，但信仰本身早已成虚骸，于学院之中不具任何机能。只不过眼前这位神原老师倒是个虔诚的基督教徒。

即使是虔诚教徒的神原——也会笑。

纯子——从来没有笑过，总是一副苦瓜脸。

有时连纯子也受不了自己为何老是看起来心情不好。

即便现在亦是如此。

"山本老师，你——是否累了？"

神原问。

的确是累了。

夏天以来，纯子遇到了单凭自己难以处理的严重问题，不论她怎么苦思也找不出理想的解决之道，十分棘手。

而且问题还是两个。

一个是学生卖春。

另一个则是——

——结婚。

卖春与结婚，一般并不会将这两个问题相提并论，但对纯子而言，这两个问题却必须透过同一个关键词并列提起、并列而论，这个关键词即是……

女人。

纯子担任教职之余，还是个热心参与女权运动的斗士。站在女权运动的角度，不管卖春或结婚，皆是封建社会对女性不当压榨的腐败制度。

所以，纯子无法单纯将卖春视为违反善良社会风俗的不道德行为，或抵触法律的犯罪行为而加以挞伐。

相同地，她也无法将结婚视为人生最大的幸福而全心全意地接受。

如果不假思索便接受这类制式的泛泛之论，等于是放弃个人的判断，所以纯子日夜不分地拼命思考。

当然，纯子平时就会思索这类问题。只是，理论与现实往往无法完美画上等号，现实中的事件不可能依循道理思考、获得合理的结论后就得以了结。

卖春的是自己的学生，要结婚的则是自己，两者都是现实的事件，要判断、提出结论都必须经过充分的思考，轻举妄动只会留下祸根。

结婚终究只是一己之事，影响所及范围还不大，若无法下定决心还能先搁着。

但是卖春就不一样了。

仅依循社会规范对学生的不当行为作出惩罚很简单，但事情并不会单纯地就此了结，纯子的一举一动都可能影响学生的一生。纯子不愿意将自己的意见强加在学生身上，但是这种情况下，不管学生是基于什么信念才做出卖春行为，社会都不会原谅她。

纯子认为，事情的解决之策恐怕只有清楚地传达自己的看法，并充分尊重学生个人的意志下，让学生自己判断作出决定。

社会这种无可救药的愚蠢结构或许会迫害学生，但保护学生是教师应尽的职责。

她与学生讨论了无数次。

在学生作出决定之前，她都不打算向学院报告这件事。

因为大部分的教职员都是受到男性优势社会洗礼的性别歧视主义者。

显而易见地，与放弃思考的人对话是无法获得理想结果的。

总之，这件事情绝不能随便处理。

经过三个月抱头苦思的日子。

纯子已是疲惫不堪。

但是——即便如此，她并不认为她的烦恼影响了日常的职务，她自认善尽职责。

她向神原老师表示如此。

"你做事太认真了。"老教师说，"以致旁人看你也觉得疲累。如果你一直都这么紧绷，身体会承受不住，紧绷的情绪也会传染给学生啊。"

"请问——这样不好吗？"

"不是不好……"老教师踏出蹒跚的脚步。

"孩子们害怕你呢。"

"求之不得。"

"你不喜欢受学生爱戴吗？"

"我没打算讨好学生。我——就是我，想批判我，当面对我说即可，只要合乎道理，我自然服输；只要能驳倒我，我随时愿意改变自己的想法。"

"你太好战了。"老教师停下脚步，一脸受不了地看着纯子。

"我认为你参与的女性解放运动很有意义，也看过你在杂志上发表的文章。我认为女权运动的主张非常正当、合理，看到某些部分还觉得很畅快，日常的不满也得以抒发了呢。"

"谢谢您的称赞。"

"但是……"老教师话锋一转，改以教诲的语气，"你不觉得自己的论调有点过于严苛了吗？"

"是——吗？"

"你所写的内容虽正确，写法却非常男性化。"

"是——这样吗？"

"是的。"神原说，"你认为只要高声主张，就能改变这个世界吗？最近有许多妇人参政，我认为这是好现象——但是，在我眼里，这些女权斗士的行为举止几乎与男性无异，不知是否只有我如此认为呢。"

"我不同意您的想法。因为不这么做女性就无法获得认同，这个社会仍然以男性为中心啊。"

"我说的并不是这种问题。山本老师，你以及这些女性参政者使用的话语，都是以男性使用的文法拼排而成的啊。"

"您说——男性的文法？"

"是的。我们女性如果不能以女性的言语来争取，即使这个世界的主导权由女性掌握，终究只是短暂的光荣。同样是男性的行动方针，只不过换成女性来主导，等于换汤不换药啊。"

她说得没错。

"可是——"

"所以说呢——"老教师又在走廊迈开脚步。

"主张正当，是否就可以把不正当的对象打击得体无完肤？如果基本思考模式是'不正当者本来就该被打倒'，最后可能就是胜者为王败者为寇。那么获胜者不就永远是力强声壮者了？"

"正因为不正当者力强声壮，所以我们才需要高举双手，大声呼吁同志齐力对抗，现况是正当的一方受到蹂躏啊。"

"嗯——但是不管主张多么正确，过度激进的言论并不一定有效果呀。相反地，有些人虽然论点不怎么缜密合理，却能潜移默化地影响舆论。或许你认为这种做法狡狯卑鄙而无法认同，但有时候，能获得最终成果的才是最佳做法呢。"

"您的主张我并非无法理解，但是我恐怕没办法响应您的指教。"

纯子无法踏上正攻法以外的道路。

"唉，山本老师你还年轻，或许还无法体会这种道理吧。"神原说完又微微一笑，纯子觉得有些恼火。

——年轻。

早就不年轻了。

纯子今年三十岁，学生在背地里称呼她阿姨或老太婆，爱挖苦人的学生甚至叫她鬼婆。

纯子早就知道这件事，连眼前的这位神原，在学生之间的称呼也是"老妇人"。

——没错，"阿姨"。

知道自己被人如此称呼，恰好是在被人求婚的时候。

——这就是原因吗？

或许是如此吧。

你们知道吗？山本阿姨又——

可恶，那个死老太婆——

女孩们在背地里窃窃私语。

被叫做鬼倒无妨。所谓的鬼，乃是能为人所不能为者，那么鬼的称呼反而如己所愿。

但是被叫老太婆就很讨厌。

与性别歧视相同，纯子认为将年龄当做个人特性予以夸大讽刺是件难以原谅之事。年龄与性别虽会影响个人特性，却非其全部。

纯子认为，反而拿肉体特征——若论好坏，纯子当然认为这种行为很不恰当——当做讥讽个人的材料还更正当一点。

也就是说……

很明显地，"女人就该如何如何"、"都几岁了就该如何如何"等说法是一种歧视。因为，性别或年龄等条件个人无从选择，此与因出身或家世来歧视他人没有任何差别。

有些人一边说不该用出身、身份来衡量他人的美丽词藻，在口沫未干之前却又说起"女人就应遵守规范"、"女人不该强出头"——这类蠢货根本就是放弃了思考。

这与基于血型、星座等毫无根据且个人亦无从选择的事项来定位个人一样愚蠢。

这不是一句"开玩笑罢了"就能解决的。

战后人人嘴上挂着"民主主义"、"男女平等"等听来理想顺耳的词藻，但在颂扬这类美丽词句的同时，他们却无视于这世上如此多的歧视，而对于这些歧视的默认也直接影响了孩子。

小孩并非笨蛋，他们只是无法分别大人行为的善恶，囫囵吞枣地照单全收。

所以孩子才会有样学样地嘲笑别人"老头"或"老太婆"。

明明无须思考便知年龄不应是贬低个人的要素。

纯子认为，反而这么简单的道理也不懂的笨蛋才该被贬低；但这个社会似乎并非如此。

就连愚者也应该懂得女性原本就不应受到歧视，可是长期以来却没人察觉这个道理，更遑论其他歧视了。

忽视如此愚昧的社会状况，将一切培育人格的责任推给教育者，终究是无法改变现况的。因此……

——或许就是因为如此……

纯子责骂那位叫她老太婆的学生，很严厉地斥骂她了。她对学生彻底地表达她的意见，纯子认为自己并没有错。但是……

——反效果——吗？

的确，如同神原所言，不管立论多么正确，只要采取高压态度，就难以达到效果。或许对方在当下会向她道歉，表现出顺从的态度，但是那个学生真的正确理解了纯子所想表达的观点吗？而且在那之后——

——女学生们在嘲笑我的年龄吗？

正当她在思考这件事时……

嘻嘻嘻。

由背后传来轰然大笑。

回头一看，巨大的女人幻影遮蔽了整个天空。

3

孩提时代，邻居有个温柔的阿姨。

说阿姨，其实是以幼儿的观点为基准，她的年龄应该还不到中年。

凭借模糊的印象来推测，她当时应该只有二十七八岁，比现在的自己还小个两三岁呢。

当时前一句阿姨、后一句阿姨地叫着她。

——原来自己也叫人阿姨啊。

叫人老太婆无疑地是一种坏话，但阿姨这个称呼本身仔细想来似乎没什么贬意。

"阿姨"与"阿婆"原本应该指父母的兄弟姐妹及祖父母的词语，不是用来表示年龄的称呼，而是一种表现亲戚关系的言语。

——带着亲密之情。

曾几何时，却变成了一种歧视用语——纯子想。

古代或许曾有过一段幸福时代：个人的年龄、性别与在社会上扮演的角色没有冲突。在这种时代里，这形容性别或年龄的词语足以表达个人特性而不造成任何障碍。但是随着人不断进化，个体的形态细分化与多样化后，这些词语便失去了原有机能。

这些过去累积而成的对各阶层个体的刻板印象今日依然存在，可是实际上的个体与这类印象之间难免有所差异，这些差异便会成歧视的来源。

但是幼儿无法辨识这些差异，这类词语对他们而言并不具有歧视意义。

总而言之，纯子当时毫无恶意地称呼那位女性为阿姨。

纯子并不知道她的本名。

那名女子经常亲切地向她打招呼，给她糖果，唱歌给她听，似乎很喜欢小孩子。

阿姨总是穿着漂亮的衣服。

只不过现在回想起来，她总是浓妆艳抹，头发用梳子挽起，衣着打扮有些不拘小节，和服的花纹亦过分花俏抢眼——在孩子的眼里或许很漂亮吧——简言之，那名女子像是从事特种行业的小姐。

纯子的双亲都投身教育工作。

父亲有如父系制度的化身，正是为纯子所轻蔑的封建主义者；母亲则像是为了与这种父亲对抗才结婚的勇敢女性。

父亲总是大声怒吼，母亲则总在眉间刻划出深刻皱纹。

冥顽不灵的父亲与神经质的母亲，怒吼与静谧，恰好形成对比。长期以来，纯子以为所谓的父亲就是强加要求的人，母亲就是与之抗衡的人，她对此深信不疑。

不过，纯子并不认为自己成长的家庭环境异常，从来就没这么想过。因为她的家庭双亲健在，在经济层面也很稳定，是个标准的中产家庭。

她并不觉得缺乏亲情的滋润。父母亲或许不善于表达情感，思考也有点偏激，纯子还是充分感受到双亲的慈爱与关照。

只是，她的家庭里没有笑容。

严肃的父亲认定这个无常的世界没有任何乐趣，所以纯子从来就没看过他的脸颊抽动过一下。只在要压迫别人、攻击别人时，他的表情才有所变化。

崇尚高雅的母亲认为笑是一种低级行为，所以纯子也从没看过她的眉毛抖动过一次。只在感到十分苦恼或要威吓别人时，她的表情才有所变化。

所以，纯子也不习惯笑。

那女人——阿姨很喜欢笑。

真的很喜欢笑。

她在树篱围绕的自家庭院里种植了山茶花等多种植物，总是很愉快地照顾它们。明明是稀松平常的光景，但对于当时的纯子来说却很异常。

纯子记得起初以为阿姨疯了。对于不知笑容的孩子而言，在笑的女人看起来就像怪物。所以纯子当时只是愣愣地望着她，阿姨和善地对她微笑，对她开口说……

小妹妹，你是转角的老师家的孩子吗——

真让人羡慕——

你们家好气派啊——

爸爸妈妈对你一定很照顾吧——

说完，阿姨又笑了。

纯子觉得她很漂亮。

她的脸蛋肌肤雪白，嘴唇嫣红，眼睛闪亮动人，年幼的纯子没看过如此美丽的容貌。

阿姨用纸包了些糕饼送她。

这个给你吃，别跟别人说喔——

阿姨说。

后来纯子好几次隔着树篱与阿姨说话。

也曾经受邀进入阿姨家里。房子里有股香气，令她觉得轻飘飘的，心情很好。阿姨身上也有这种难以言喻的香味，现在回想起来，应该是便宜脂粉的气味吧。

这是她的秘密。

纯子对父母隐瞒事情，说来这是最初也是最后一次。不论在这之前或之后，她都不曾有过秘密。

在这之前她只是个不懂事的小孩，想藏也藏不住；在这之后她则坚信只要无愧于心，就没有必要隐瞒，所以也不需要秘密。

纯子当时并不认为自己做了坏事，只不过她有所自觉，知道这是必须保守的秘密。

阿姨——每一次纯子去找她，她都会温柔地对纯子微笑。虽然母亲认为笑是下流的行为，看到阿姨的笑容，纯子实在难以认同母亲的主张。

阿姨笑的时候绝对不会发出声音，与其说哈哈大笑，更接近嫣然一笑。纯子每次见到她，总尝试着模仿她微笑。

但是不论如何就是办不到，她就是不知道如何笑。不可爱的孩子只能挤眉弄眼做出怪异表情。

两人维持这样的关系，过了半年左右。

某一天，突然起了变化——

纯子与母亲一起经过阿姨家门前。阿姨隔着树篱，一如既往和蔼可亲地对纯子微笑，但没有出声打招呼。回头看她的纯子没有笑，反而用瞪人的表情望着阿姨。

就只是如此。

明明就只是如此而已，母亲却在双眉之间挤出了深深的纵纹。母亲对阿姨投以寒冰刺骨般的冷彻目光，阿姨似乎觉得有些困惑，仍然带着微笑，有点抱歉地向两人点头致意。

从那天起——纯子与阿姨的秘密关系结束了。

母亲洞悉了一切，次日立刻登门拜访阿姨。纯子没被斥责，母亲只对她说了一句："不要再去那家了。"短短的一句话，反而让纯子深刻地了解一件事。

那就是——再也无法跟阿姨见面了。

但她并不觉得悲伤。

那天之后，纯子真的再也没去过阿姨家。

之后又过了一个月。

那天是她最后一次见到阿姨。

事情始于突如其来的叫骂声。

大街上似乎发生骚动，纯子没作多想地出门一看，见到阿姨被人从家里拖到树篱前，趴倒在地上。阿姨的面前站着一名身穿昂贵的细碎花样和服的妇人，对她大肆谩骂，有许多看热闹的民众围观。

你这头母猪——

妇人口吐与昂贵衣物不相称的下流话语。

你这只不知羞耻、爱偷腥的猫——竟敢拿我家的钱住这么豪华的房子——你以为你是什么货色——还敢穿这么漂亮的衣服——

妇人抓住阿姨的领子。

给我脱掉——还我！还我！——

妇人伸手欲将阿姨身上的和服剥下来。

她满脸通红，怒不可遏。看来阿姨应是某个有身份地位的男人包养的情妇。正妻忍受不了嫉妒，找上门来大闹一番。

　　当然，当时的纯子自然不可能知道这些复杂内情。年幼的纯子眼里，就只见到一个咄咄逼人的女人，与不断低头忍耐的女人而已。

　　妇人自以为行为正当，认为正妻的地位绝对优于情妇，但这是错误的，这种高下之别只在重视嫡子的父系社会当中有效。

　　受男人包养的生活方式或许并不值得褒扬，但是真正该受到抨击的是包养女人的男人而非情妇。是否结婚登记，谁先谁后，就女人立场看来所做之事并没有差别。只要正妻不是自力更生，必须仰赖男人的话，可说与小妾亦无不同，因为两者都是处于被男性剥削的立场。这两种身份地位的差异由男人所赋予，在男人观点看来，男人分别剥夺了正妻与小妾的人格，令她们只能唯唯诺诺地仰其鼻息过活。

　　淫妇——

　　妓女——

　　妇人骂尽了各种脏话。

　　这些都是男人的语言。

　　纯子呆呆地看着这副光景。

　　母亲从纯子背后现身，以袖子遮住了她的眼睛，要她别看。

　　那个人是坏女人——

　　母亲说。

　　四周一阵哄笑，纯子从袖子的缝隙偷看，见到阿姨的衣服被人剥掉，躺在地上。

给我滚，滚得愈远愈好——

妇人叫喊。

阿姨静静地站起来，在众人嘲笑之中摇摇晃晃地走向纯子家的方向。

她似乎遭到妇人殴打，脸有点浮肿。

但是——

阿姨脸上还是浮现了淡淡的微笑。

经过纯子家时，阿姨瞄了纯子一眼。

一如既往地。

温柔地。

——笑了。

此时纯子了解了一个道理。

这个世上有两种人。

会笑的人与不会笑的人。

纯子在母亲怀里想，自己应该属于不会笑的人吧。

——因为，纯子到最后还是无法用笑容来响应阿姨。

——长久以来……

一直忘却的……

纯子试着回忆起埋藏于记忆深处的阿姨的笑脸。

她的脸部特征几乎完全消失，只剩下鲜明的红唇与近乎抽象画般的神秘笑容。

——笑。

女孩们的笑声。

是的——笑。

纯子之所以生气，并不是因为被学生嘲笑年龄，也不是因为被人在背后讲坏话。她们笑什么其实都无所谓。纯子对于被笑，不，对于笑本身有着深深的心理创伤，如此罢了。

为什么有人能如此天真无邪地笑？

究竟有什么好笑？

为什么笑？

"为什么笑！"

嘻嘻嘻。

嘻嘻嘻嘻。

就在纯子出声喊叫的同时，分不清是大笑还是嘲笑的下流笑声响彻于砖石砌成的坚固校舍之中。

4

"我觉得你似乎把结婚视为可耻之事——"

男子语带诚恳地说。

"——所以你才有所错觉，认为打算结婚的自己很可耻，这就是你变得很在意学生目光的原因。"

"我想——没这回事。"

"是吗？"男子语带疑问。

"——既然如此，你就没有必要在意学生的言行了。不管在谁眼里，你都是个好老师，没有任何可耻之处。"

"我——并不觉得可耻。"

"有自信是非常好的事——但是，果真如此，你又何须在意他人目光？除了部分亲戚以外，应该没人知道我向你求婚吧？其他教师也就罢了，学生根本无从得知啊。"

是的，不可能有人知道。

"而你明知如此，却仍在意学生们的眼光，不就表示这是你的心理问题吗？"

"这——的确有这种可能。"

"所以说——"男子说：

"——你还是——在内心深处厌恶着婚姻。表面上答应我的求婚，却还是十分迷惘。"

婚姻是种老旧因袭、形同虚设的制度，象征着束缚与倚赖，压榨与歧视。

纯子一直很鄙视婚姻制度，在这层意义下说没有迷惘是不可能的，但是这种事情她已经看开了。

"我并不——感到迷惘。"

"真的吗？我很重视你的意愿，如果你仍然有所迷惘，我们可以好好讨论过再作决定。妥协就不像你了。"

自己也认为如此。

但是纯子绝对不是因为妥协才接受求婚，而是——

——笑容。

男子一副认真的表情继续说：

"我也同意现行的婚姻制度并非完全没问题，许多部分都有必要重新检视。但制度是制度，而我们的婚姻却是我们之间的事，是缔结于你我之间的对等契约。只要我们两人对婚姻的认识正确，就能随心所欲地以我们自己的方式来实现婚姻生活，不是吗？——"

纯子想——男子所言根本是理所当然、人尽皆知的道理，但是纯子并没有开口。至少他是个很诚恳的人。

"——事实上，结不结婚根本就无关紧要，仅仅一张纸并不能改变什么。或许你会想：'我可不想受一张纸束缚。'我完全赞同这个意见；但反过来，结婚不也可说是——仅是在一张纸张上签名盖印，所以根本不构成束缚，不是吗？"

确实如此。

结婚，就只是签名、盖印、缔结婚姻契约的行为，什么也没改变。不管是冠父母的还是结婚对象的姓氏都一样，纯子就是纯子，不会变成别人。但是周遭的看法会改变，即使当事者不变，社会对自己的定位却会改变。

"的确，社会对我们的定位是会改变。"

男子仿佛看穿纯子的思考似的说：

"但这并不一定是坏事，至少对现在的你应该是好事。"

"什么意思？"

"如果你想在男性中心社会里进行改革，没有道理不利用我现在所处的地位吧——"

成为这名男子的伴侣，等于是进入了家族企业的核心。

纯子看着这男人的脸。

他是大财阀的当家之主。虽然纯子一点也不在意这点，但他的确有钱有势，拥有莫大资产。在世人的眼里，他是个无可挑剔的伴侣，而且除去这些，他也是个有魅力的人。他诚实，表里如一，宽容而有行动力，头脑也很聪明。

纯子并不讨厌他。

与其说不讨厌——毋宁说她喜欢他。

但是，不知为何在讨论这事时，男子的话语总是表面而空泛，从来没办法说到纯子的心坎里。

例如……

"我真的很尊敬你。"男子说。

尊敬与爱情并非同义，因为很尊敬所以想结婚，这个理由实在令人难以信服，所以男子求婚时纯子坦白地回绝了。

但男子却回答：

"我认为不管何种形式的爱情，不包含尊敬都是无法成立的。"

"如果无法尊敬对方，自然也无法打从心底爱上对方。"

"我尊敬你的人格、思考、生活方式。"

"我尊重你的个性，我是在这些体认下向你求婚的。"

这些话一点也不像爱的告白，仅是空泛言语的罗列。

但对于纯子这种个性的女人，这些话反而容易入耳。理性而淡泊的纯子一想到甜蜜话语与温柔嗫嚅就倒尽胃口，还是这种理性而淡泊的话语比较动听。

而且，普天之下除了这名男子，怎么找也找不出第二个人会对纯子这种女人甜言蜜语吧。这是事实。

因此，纯子反而庆幸男子没在这种时刻说出肉麻话来。

"至于姓氏的问题——"

男子继续说：

"——关于结婚登记时是否改姓，我认为改姓并非意味着某方隶属于某方，倒不如想成这是为了获得财产继承权所必须的职位名称或头衔即可。在这层意义下我也是如此。我是个养子，原本不是这个姓氏，但我并不在意。即使我已经改姓，也不代表我就隶属于这个家庭。"

"这——"

"我认为姓氏单纯只是一种记号。不管姓氏是否改变，你就是你，并不会有所变化——当然了，这是假定你并不执着于现有姓氏的情况。"

——这些小事，纯子一点也不在意。

男子求婚时纯子觉得惊讶万分，因为她还没做好心理准备，同时学校里又发生学生的偏差行为，所以迟迟未能下定决心。

然而，令她迟疑未决的并不是婚姻本身，但男子似乎就是无法理解这点。忽视家庭问题与婚姻制度，就不可能认真探讨女性如何参与社会的问题。

长期以来，纯子早就针对婚姻问题思考过千百回。

纯子——虽然没想到竟然有人向自己求婚——不分日夜地拼命思考调查关于婚姻制度的问题，亦曾撰专文探讨。对于这个问题纯子早有定见，不会轻易受他人影响，故也无法简单说明。就算男子在这种状况下表示他的意见，对她也起不了什么作用。

因此……

"我并没有——打算改姓。"

她决定简单回答。

"那就好。"男子笑了。

有什么好笑的？

"既然如此——这有点难以启齿——难道是因为你觉得自己的年龄与担任教职的立场会对我们的婚姻造成障碍吗？"

"这——不能说没有。"

是的，不能说没有关系。

仔细想来，纯子心中对年纪的确有着自卑情结。虽然她平时总断然主张年纪不应成为贬低个人的因素，也严辞厉色地斥责过学生，但说穿了，自己内心还是存着一丁点对年龄的歧视意识。

但是……

"但是——没有关系。"

纯子回答。

姑且不论现行婚姻制度的是非，认为年纪这么大才结婚很奇怪跟认为女人不会工作一样，都是没有根据的歪理。不应受到这种思想影响，愚蠢的想法必须排除。

"那么就没有问题了嘛。"

男子说。

"没——问题了吗……"

"我需要你，不论是人生还是工作上，我希望在所有场合都有你为伴——这么说或许不怎么恰当，我认为你的才能不应局限在这间小小的学校担任教师，你应该在社会上一展长才，大放异彩才对。我愿意全面协助你，包括你推行的妇女运动。"

是的，这名男子是少数——或者说，几乎是惟一的——愿意认真听纯子谈论女权运动的男性。不敢说他完全理解纯子的主张，但至少他愿意用心去理解，这是事实。

他是个——诚恳的人。

"你怎么了？"男子问，"——如果有什么疑问请尽管说。"

"没什么——大不了的。我愿意接受你的求婚，反正我的家族也不反对——"

但是……

——真的好吗？

男子高兴地笑了。

——为什么笑？

"那么——你愿意按照预定跟我的家人见面吗？"

"要见面当然没什么问题，可是我不保证他们会接受我。我就是我，我不会刻意讨好人，该主张的事我也一定会主张。"

"这哪有什么问题。"男子说，"你只要表现出平常的自己即可。即使我娶了那些平凡无趣的——啊，这么讲似乎有点失礼——总之就是不知世事的千金小姐，我的家人也不会认同。但你有才能，我有自信他们会认同你是个人才。"

真的——会这么顺利吗？

纯子要去见的人，与其说是亲戚，不如说更像是家族企业的核心干部。这些盘踞于男性社会中枢的人，真的能公允地评价女性吗？

纯子照实地表达了自己的疑问。

男子又微笑了。

"他们的确是群彻头彻尾男性中心主义又有蔑视女性陋习的人，但是他们也不是笨蛋。这就叫擒贼先擒王。因为你具备真正的实力，所以无须担心，一切——只需将你自己表现出来即可。"

"表现？"

"是的。"男子欢快地说：

"欸，别担心，很简单的。我再说一次，他们并不是笨蛋；说更直接一点，他们非常狡猾，而且头脑很好。"

"这么说是没错——"

"所以只要你的主张正当，信念正确，他们绝对会接受；如果不能跟他们站在同一个舞台，他们才懒得理你，他们就是这种人。因此——或许会让你有点为难，但我希望你当天留意一下穿着打扮，不要穿你平时穿的衣服。"

"这点常识——我还懂。"

"总之请你稍作打扮，上点薄妆。因为我认为你是——我先声明，这并非出自歧视女性的观点——"

"——你是个美丽的人。"男子说。

纯子觉得很困惑。

"然后——我们不是去战斗，所以请你尽量表现平和一点，最好能在脸上做出一点笑容——"

"笑容？"

要我笑吗？

——该怎么笑？

"是的。我猜你一定会说——又不有趣，怎么笑——"

——并非如此。

就算有趣……

就算有趣也笑不出来啊。

"很简单的。"男子再次强调，"表情是一种武器。"

"武器——吗？"

"是的。"

"用笑——攻击吗？"

"当然不是。"男子分外认真地说：

"并不是攻击——要形容的话，就是策略。笑能使人际关系更圆融，让人与人之间的沟通更顺畅，是一种有效的武器。这个武器有很多运用方式，例如想让对手吃瘪，就别一开始向他正面挑战，这是一种战术。"

"笑是——战术吗？"

"是的。说战术或武器似乎过于夸张，不太恰当，应该说工具比较适宜吧。在商业的世界里，男性大多不觉得有趣也会笑，因为笑表示恭顺，表示服从，表现出自己没有敌意——露出笑脸是一种等同于愿意在契约书上签名的信息。当然，肚子里怀着什么鬼胎则另当别论。就算打算给对方好看，也会先表示友好态度，除非原本就想打上一架，否则从一开始就表露敌意，谈判也不可能顺利啊。笑脸是一种表现绅士风度、愿与对方掏心掏肺的信息，是一种约定。笑是文明人的象征。"

"可是——"

可是自己办不到。

"你看，那些进驻的美军不是经常拍击膝盖大笑吗？虽然我认为笑话再怎么好笑也没好笑到那种程度，他们的反应太夸张了——反之，欧美人却认为亚洲人几乎没什么表情。这是一种歧视，因为禽兽不会笑，他们或许想暗讽亚洲人与禽兽相近吧。"

"禽兽不会笑吗？"

"听说不会笑。"男子说。

"动物之中，只有人类的脸部肌肉特别发达。关于禽兽是否有喜怒哀乐等情感，每位学者见解不同，但可以肯定的是，至少动物无法做出'笑'这种脸部动作，在解剖学的角度上来看不可能办到。会笑的只有人类，不是有人说——笑是文化吗？"

"嗯——"

"但是，虽说是文化，若以解剖学上的观点来看，笑反而是天生的，而非后天学习而来的，因为就连婴儿也会笑呢。只不过婴儿是不是觉得有趣才笑我们就无从得知了。"

"婴儿——会笑？"

嘻嘻地笑？

"会笑啊。很可爱呢。"男子说完又露出微笑，"这么说来——我听过一个有趣的事情。虽然欧美人嘲笑我们面无表情，但是他们的笑却也只有两种。那就是'laugh'与'smile'。就是开口大笑与闭口微笑，只有这两种差别。"

"开口——与闭口。"

"是的。"男子愉快地说。

"据说——开口笑起源于威吓的表情。回溯到动物时期，我们做出笑容使用的肌肉与动物进行威吓时使用的肌肉相同。"

"威吓——吗？"

"是的。例如老虎、猴子，甚至猫也一样，当这些动物要威吓敌人时，会将嘴巴张得开开的。当演化到人类时，这种威吓行为就成了大笑。"

表示威吓的——笑？

"相反地，闭口笑则起源于处于劣势时举白旗求饶的表情。当野兽被逼上绝境、无路可逃时，不是会垂下耳朵，缩起尾巴，呜呜地哀求对手饶命吗？那就是微笑的本义，表示'别杀我，我不会抵抗了'——"

——不会抵抗了。

表示恭顺的——笑。

"你怎么了？"男子问。

"没什么。"纯子回答。

"因此啊，西洋人的笑恰好完全继承了威吓与投降这两种类型。日本人的笑则更为复杂，更为进化。我国关于笑的词语有微笑、大笑、苦笑、哄笑、艳笑、爆笑等好几种呢——"

说完，男子又笑了。

"因此啊，我看反而他们更接近野兽吧。唉，虽然只是说笑，这种话也算是种歧视了，请忘了吧——"

是的，笑就是一种歧视，用来表现威胁或谄媚的行为。没有所谓慈悲的笑，也没有所谓幸福的笑。

父母用威吓来代替大笑。

阿姨用微笑来代替谄媚。

没有优越感或自卑心，就无以为笑。

只有在赋予高下之别，带着恶意对劣等者加以蔑视时，人们才能打从心底发出笑来。"杀了你"、"别杀我"，由原始斗争升华而来的就是笑。所以不笑的话——只会被笑。

讨厌被笑。

嘻嘻嘻。

嘻嘻嘻嘻。

纯子仿佛又听见巨女的笑声。

## 5

就这样，纯子决定结婚了。

既然心意已决，她必须学会笑。

所以她现在看着镜子，努力学笑。

滑稽。

太滑稽了。

一点尊严也没有。

但纯子依然努力装出笑脸。

可是歪曲的表情仍旧不会变成笑脸。

有如坏掉的文乐人偶[2]，表情滑稽。

或许化个妆会好一点，试着在脸上涂上脂粉与口红。以为会变得如小丑般愉快的脸，结果却是如小丑一般可悲。

嘻嘻嘻嘻。

听说笑是天生的，如果这是事实，不会笑的人难道就不是人吗？的确，不论学生、老教师还是他，他们都能自然地笑出来。没人必须付出努力才能笑，他们就只是无意义地笑，无意义地歧视。纵使笑之中不具任何思想主张，他们还是会笑。

——为什么我就不会笑？

纯子凝视镜子。

嘻嘻嘻嘻。

——被笑了。

吓了一跳，抬起头来。

窗外，围墙上方——

一个巨大的女人遮蔽了天空，正在嘲笑纯子。

——阿姨。

嘴唇鲜红，是阿姨。

纯子打开窗户。

嘻嘻嘻嘻。

不对不对，完全不对。

阿姨出声大笑。

她的巨大身体遮蔽了整个天空，低头看着滑稽又矮小的纯子，捧腹大笑。

啊，原来如此，真的很可笑呀——纯子看着她的模样，打从出生以来第一次笑了。

哇哈哈哈哈，哇哈哈哈哈。

好好笑，好好笑好好笑。

但是……

没看镜子的纯子并没有发觉自己正在笑。

就这样看不见了。

山本纯子遭到暴徒袭击，带着笑容而死。

此乃昭和二十七年师走[3]将尽之事。

---

1　倩兮女：典出宋玉《登徒子好色赋》。

2　文乐人偶：文乐为一种日本传统人偶戏，又称人形（人偶之意）净琉璃。由口白描述故事状况，操偶师操作人偶，配合三味线的伴奏演出。

3　师走：传统为阴历十二月的别名，今阳历十二月亦称之。

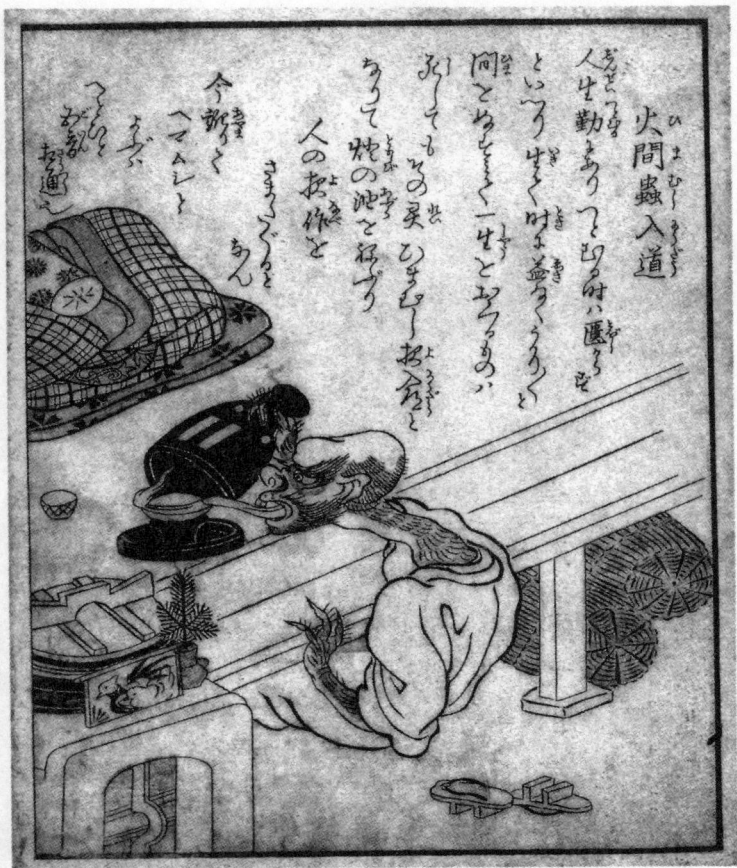

火間蟲入道

人生勤あうつて即ち匪るぞ
人生勤あうつて即ち匪るぞ
といふせく暮ち善うるく
同ともよとく一生とおつるの八
われてもその奚
てろてもその奚
ひとして状の池を拾ずず
人のおゆを
今新く
今新く
くマムシ〜
とぞ
てんぐらつ
みあよび
揺通

人生勤有益而嬉无功。
勤则无匮。
庸庸碌碌，懒散一生而死者，
其灵化作火间虫夜入道，
舔灯油熄火，妨人夜作。
今转音，称"ヘマムシ"。
"ひ"与"ヘ"，五音相通也。
——《今昔百鬼拾遗》/ 中之卷·雾

火间虫入道 *1*

1

有虫。

听见沙沙作响的虫爬声。

这虫好讨厌，湿黏黏的，

还黑不溜丢的。

大概是蟑螂吧。

想必没错。

而且，还长了一张老头子脸。

岩川真司被虫窸窸窣窣的爬行声吵醒。

他在一间完全黑暗的客厅里，在只有四叠半[2]大小的狭窄客厅正中间。

不知这里是何处，不知现在是白天还是黑夜，气温不冷也不热。

只觉得天花板异常的高。

房间异常的宽敞。

分明只有四叠半的狭窄空间，墙壁看来却很遥远，伸手难及；一伸手，手臂却像麦芽糖似的伸长，指尖离自己愈来愈远。

闻到发霉的味道，还有尘埃的味道。

听见声音，哭泣的声音与愤怒的声音，安慰的声音，怒吼声、啜泣声、大口喘气声、心脏跳动声、皮肤发颤声……啊，全都听得一清二楚。

但是，也混入了沙沙的杂音。

是虫。

有虫。

虫——在岩川的脑髓里蠢动。

令人作呕，从来没经历过如此不愉快的感受。塞了过多东西的脑袋里，在如此狭窄、充满髓液血肉的地方竟有蟑螂，实在难以置信。

听见少年的声音。

——是他。

是那个恶魔，那个把岩川的人生搞得一团糟的孩子，现在应该就在身边。

岩川爬起身。

天花板陡然降低，仿佛随时会顶到，好低的天花板啊。

啊啊，虫好吵。

吵死了，什么也听不见。

岩川摇摇头，世界咕噜咕噜地天旋地转起来。

原来如此，是世界在摇动，自己一动也没动。岩川觉得就是如此。但是——

父亲是个可怜的人。

母亲是个不幸的人。

老婆还活着吗？

岳父死了吗？

好想再见儿子一面。

唉，好想再画图啊。

岩川手握画笔。

但是画笔的笔杆好粗，笔尖锐利得像刀片，简直像菜刀一般。岩川想，这支画笔没办法画出细腻的图吧，但是还是得画。

岩川拿着菜刀在榻榻米上涂鸦，刻上"火间虫"[3]的字样。

慢着，住手——

虫，像老头子的虫在脑中说道：

别做这种事情——没有意义——

住口，少罗嗦，别想阻挠我，我受够了。

我必须杀了那孩子。

岩川手握菜刀。

那个少年悄悄潜入岩川的脑髓缝隙，夺走了岩川的一切。工作、家庭，以及岩川自己，都被那个家伙破坏了。被那个恶魔少年给——

那家伙究竟是——


2

与那个恶魔般的少年在何时相遇的？

记得在逆光之中。

少年站在逆光之中。

背上闪耀着光之粒子，恶魔站立于大地之上。或许因为如此，岩川对他的印象只剩下黑影般的轮廓与笑起来洁白闪亮的牙齿。

您很不幸吗？——记得他对自己说了这句话。不对，应该是——您没受到上天眷顾吗？

应该也不对。

您有什么伤心事吗？——

他说的应该是这句吧？

别说对话，光是季节——

那是在春天还是秋天，

是暑，

是寒，

岩川都不记得了。

印象中沿着川面吹来、打在脸颊的风很冷，可那又似乎是因为岩川满身汗水。

皮肤的感觉不可靠。

岩川又摇了摇头。

不对，不是这样。

那是——

是夕阳。

对了，是黄昏时分。

那个少年背对夕阳，凝视岩川。但是——在那个小恶魔背后闪烁摇晃着的，是——芒草吗？还是油菜花呢？岩川终究无法回忆起来。

绵绵不绝的记忆于仍未僵化固定时，还能不断地回想重现，想从软绵绵的棉花糖般的记忆堆中找出蛛丝马迹并不困难。但是，想俯瞰记忆整体却难以办到。

只能从跳跃的片段中找出线索。

例如当下的心情、细微的声响与气味，回忆永远只是片段，端靠想像力将这些片段拼凑创造成模糊的整体形象，但现在的岩川严重缺乏想像力。

纵使如此，岩川还是由错综的记忆中抽丝剥茧，拼命回想。

虽然早就无关紧要，但这样继续下去的话——

照这样继续下去的话，恐怕连暧昧不明的记忆也会跟着完全风化。

可是——

当绵绵不绝的记忆僵化固定的瞬间，便不再重现，无法保持完整。无论怎么拼命回想，不管怎么收集拼凑记忆深处的画面、皮肤的感觉、声音、气味，都无法拼成完整的形状，永远是模模糊糊、暧昧不明的。

但岩川还是努力地回想着。

确认记忆是岩川确认自我的仪式。

总之——

总之，那个时候少年站在河岸旁的空地，满面笑容地看着他。

河岸——

对了，是河岸——岩川与少年相遇的地方是河岸。在河岸做什么？

湿润的触感，土与草的气息。

夕阳，夕阳映照川面。

岩川那时正看着河川。他坐在堤防上，就只是心无所思地——

为什么？——

自己在河岸干什么？——岩川觉得不可思议。

岩川刚转调到目黑署时，已经确定晋升警部补。虽是辖区警署，刑事课的职务依然十分繁重，特别是岩川身为中层管理，照理说没那种空闲时间。

那天应该是早班吧。工作刚结束，在回家的途中，为了转换心情到河岸欣赏风景——

不，并非如此——

岩川当时是偷溜出去的。

没错，不管跟踪也好，调查也罢，总之岩川随便找了个理由，在夕阳尚未西落前早早溜出警署。他翘班了。

这么说来——那一阵子好像天天都是如此。不，总是如此。

来到目黑署后，有好一阵子岩川总会溜出警署，到河岸或公园徘徊游荡，消磨时间。他讨厌待在警署，更讨厌回到家里。

为什么——

为什么讨厌？

明明是自己做的事，现在的岩川却无法理解当时的心情。工作的确很无趣，觉得没有意义，也感受不到成就感。

但是——

还是不懂。

那时……

那个少年最初对岩川说的话——虽然岩川已经不太记得了——似乎是怜悯、安慰的话。

岩川那时的表情应该相当悲怆。除非是受伤或跌倒在地，否则再怎么不怕生的孩子，总不至于与素昧平生的陌生人亲密攀谈吧。

您碰上了什么痛苦的事吗？——

他应该是这么说的吧。

岩川愈想愈觉得自己那时的表情应该非常痛苦，令人不忍卒睹。

可是——

究竟那时候在烦恼什么呢——岩川苦思不得其解。

抛下工作与家庭不管，懊恼到连毫无关联的路人，而且还是个小孩子都前来关心——到底是为什么？记忆中似乎并没有碰上如此悲惨的境遇。但是——

这么说来，好像有段时期觉得生活痛苦不堪。

岩川的身体仍然记得曾叹过数不清的气。

觉得很讨厌，很讨厌。

可是究竟是什么令他那么讨厌？

唉，记忆依然模糊不明——

可是即便如此，当时仍旧比现在好上太多了吧。

反正早就结束了，想不起来也无所谓了。一旦觉得无所谓，脑中立刻被更无谓的记忆所盘踞。

不行——

意识开始蒙眬。

瘾头似乎发作了。

在还没想起之前就睡着的话，会失去记忆的。

下次醒来或许岩川就不再是岩川了。

讨厌这样，但是——

但是这样也好。

这样就好——腹中的老头子说。

3

少年亲密地向他搭讪。

是梦。

听到语带怜悯的问候，（梦中的）岩川迟钝地回过头。长满堤防的杂草在余晖中随风摇摆。

好亮。因为太刺眼了，（梦中的）岩川眯起了眼。射入瞳孔的光量减少，说话者的轮廓浮现。

眼前站着一个黑色、瘦小的影子。

影子对他微笑。

"觉得■■吗？"

似乎在说什么。

影子露出洁白的牙齿。

听不清楚。

"您很怕■■吧？"

不对，并非听不清楚，而是听得见但意思不通。不，岩川应该也懂他话中含义，但（做梦的）岩川没办法辨识这句话。证据就是面对少年的问题（梦中的）岩川有所回应。岩川在不知不觉间响应起听不清楚的问题。

——没这回事，绝对没这回事，我只是有点疲累，工作太忙了。

为什么要对不认识的孩子说明？

（做梦的）岩川不懂理由何在，但是（梦中的）岩川似乎不觉得奇怪。孩子笑得更灿烂了，在（梦中的）岩川身旁坐下。

孩子说：

"但是我看您每天都在这里叹气呢，您是警部补吧？"

——嗯，你真清楚。我以前跟你说过吗？

是啊——少年说。

不可能，那天是第一次见面——（做梦的）岩川非常确定，但不知为何（梦中的）岩川却对少年没有任何怀疑。

但这并不奇怪。这是重现过去的梦境，与少年对话的是（梦中的）过去的岩川，而抱着疑惑的则是（做梦的）现在的岩川。

"您遇到什么不顺心的事情吗？"

少年的表情天真无邪。

——不顺心？嗯，很不顺心啊。算了，也不是从现在才这样的。

是的，很不顺心。岩川的人生处处碰壁。

——我啊，原本想成为一个画家呢。

干吗对陌生孩子述怀？

——虽说能不能当成还是个未知数，说不定我根本没有才华。

岩川一直想当个画家。

他喜欢画图，想好好地学画，但是却被阻挠了。

阻挠他的是——父亲。

岩川的父亲是白手起家的贸易商，在商业上获得极大的成功，但却英年早逝。（梦中的）（以及做梦的）岩川回想父亲的事情。

对脸部印象很模糊。

父亲在记忆中是一团影子，没有色彩，也没有凹凸。

（梦中的）岩川想，或许因为经常不在家，记忆也已陈旧，回忆里的父亲看起来老旧褪色。

（做梦的）岩川想，因为记忆太久远，父亲失去了色彩，在阳光摧残下发黄、变色了。啊，这是父亲的遗照。原来回想起来的不是父亲的容颜，而是供奉在佛坛上的遗照，难怪是黑白的哪。

岩川讨厌父亲。若问原因，主要是他总是不在家里，也可能是他太有威严，但最重要的是他一点也不了解岩川的心情。

父亲总是在工作，鲜少在家；可是明明不在家里，却拥有绝对的影响力。岩川在他如磁场般的威势下不得动弹，一直活在恐惧之中。"你要变得了不起，要变得厉害，要变得更强大。"有如照片般表面光滑的父亲不开口也不出声地说。

但是他总是不在——（做梦的）岩川想。

是的，父亲毕竟与岩川的生活没有直接关联。

所以岩川基本上还是按照自己所想地生活，但（梦中的）岩川仍然认为父亲对他造成了阻碍。直到父亲死去为止，岩川一直受到阻挠。

父亲在我二十岁前早早就逝世了——（梦中的）岩川说。

——他的晚年十分凄惨。他白手起家，凭着一己之力登上富贵荣华的阶梯，却在我十五岁那年失去了全部财产。

——此时我才发现原来父亲也有失败的时刻。他遭人背叛，被他的亲信背叛。这个父亲最信任的男人神不知鬼不觉地把公司卖掉，卷款潜逃了。

——后来调查才知道，原来他从很早以前就盗用公款。父亲受到过度打击，变成了废人。

——你问我觉得如何？

很悲伤啊——（做梦的）岩川回答。但是从（梦中的）岩川脱口而出的却是——那是他自作自受。

"您受到了妨碍？"

少年问。

岩川摇头。

——不，实际上我觉得父亲妨碍我是在他完全崩溃、成了家庭的负担之后。除了仅存的自尊，成了空壳子的父亲不嫌嘴酸地反复说——别信任他人，他人都是小偷，当个好好先生是活不下去的，要学聪明一点……

要变狡猾、变卑鄙。

明明岩川这么努力。

这不是妨碍是什么？

处处妨碍他的努力。

不对……并非如此。

阻挠者并不是父亲。

父亲只会不停发牢骚，直接阻挠岩川的反而是母亲。

没错，其实母亲才是妨碍者。母亲总是处处阻挠他，画图的时候她在旁边说个不停，阐述梦想时被她中途打断；在他开心的时候泼冷水的、反对结婚的，都是母亲。找工作会失败，也是母亲不断啰嗦叨念的缘故——

是母亲，都是母亲害的。

记忆中的母亲从一开始就相当苍老，是个满头白发、憔悴的老太婆。这应该是她临终时的样子吧，（做梦的）岩川想。因为她处处阻挠我——（梦中的）岩川说。

有时难得碰上高兴的事，也会遭她的白眼——（梦中的）岩川说。

"很爱拿您跟您父亲比较吗？"

少年问。

——嗯，经常如此。

——我不管做什么事都很拼命。但我天生不得要领，资质又输人。人不是总有一两项所谓的天赋之才吗？我跟那种东西一向无缘。

——所以我很努力，但是并非努力就能有结果；有时就算努力，却只会引来坏结果，这也无可奈何。不论如何，很多情况下要获得结果就得花时间努力，可是在结果出现之前……

受人阻挠。

不断啰嗦。

你做这种事情有什么益处？这种无谓的努力能干什么？在得不到半毛钱的事上投注心血，你是笨蛋吗？我说这些是为了你好，要是等你失败了才来后悔就来不及了，人生可不能重来啊——

——母亲总是泼我冷水，难道这不算阻挠吗？

没错，我失去了干劲了——（梦中的）岩川想。其实打一开始就没干劲吧——（做梦的）岩川想。

岩川绝不是一个很灵巧的人，甚至算很笨拙，或者改说死认真也无妨。

他其实了解，只是认真埋头苦干，有时也会适得其反。

然而，岩川仍然只想愚昧但正直地活下去，他认为愚人有愚人的生活方式。可是不管他做什么——

面容苍老的母亲总对他说："没有结果的努力只是白费力气。"有如遗照的父亲则说："要变卑鄙、变狡猾。"

这些话语在在打击了他的士气，令高昂的情绪萎靡。于是，岩川失败了。

我的人生如此不顺遂都是你们害的，一直以来我都没发现，我真是太老实了。

岩川漫无目标的人生之所以一直遭到挫折与扭曲，一直蒙受屈辱与不停地忍耐，都是双亲害的——

这么认为的是（梦中的）岩川呢？

还是（做梦的）岩川呢？

毫无疑问地，不论（梦中的）岩川还是（做梦的）岩川都是岩川自己。

"是的——您总算注意到重点了。"少年说，"您只是想老老实实地生活，什么也没做却受到挫折，有所损失，吃亏上当，所以你总觉得自己怀才不遇，没错吧？您的确如此认为吧？"

或许——真是如此吧。

"即使您想立功却被阻挠，被从中夺走，可是换你阻挠别人强取功劳时，又遭人白眼。"

少年说完，注视着岩川的眼睛。

"——难道不是吗？"

的确如此。

老老实实累积愚昧的行为也不会有收获，再怎么老实，愚昧的行径终究只是愚昧的行径。缺乏深度的事物再怎么累积还是浅薄。因此将所有甜美的果实采走的永远是那些聪明的家伙、有才能的家伙、长袖善舞的家伙与好攀关系的家伙，就这层意义说来，母亲的苦劝与父亲的忠告绝非毫无意义。

但是——

行事狡猾就好吗？却又不是如此。同僚轻蔑狡猾的岩川，明明所作所为都一样，却没人尊敬他。

不对——岩川并不是为了人尊敬才这么做的……但他也想受人尊敬。他想被人捧上天，这是事实。

但是——比起这点——

他真正想追求的——

其实岩川自己也不明白，只不过——

"您很不甘心吧？"

少年说。

"明明大家都一样狡猾，同样做坏事，他们受人赞扬，而您——却不同。"

——只有我——不同？

"是的，只有您不同——难道不是吗？您一做坏事就受到周遭一致的批评，一要诈就引来侮蔑的目光——虽说只有您如此认为——我说得没错吧？"

是的——

岩川不知不觉间成了刑警——明明从来没想过要当刑警——

父亲留下比山高的悔恨与比海深的妄想死去，而岩川则莫名其妙地当上刑警。

但是……

但是母亲仍不时叮嘱他要出人头地。

母亲责备他——忠实执行一般警察勤务、在交通课浪费了好几年岁月，是无能饭桶。

母亲讥讽他——为了生病的母亲忍辱负重工作实在愚钝至极。

母亲瞧不起他——你这样也算爸爸的孩子吗爸爸若地下有知一定会气得哭了爸爸很伟大爸爸赚了很多钱爸爸受到大家尊敬你一点也不像他。

母亲贬低他——我没养过这么愚蠢的孩子你从不努力你是个懒惰鬼。

母亲咒骂他——你从不懂得奉养我照顾我关怀我你是个不孝子。

母亲总是责备他讥讽他瞧不起他贬低他咒骂他。

从来不曾赞美他。

她从来不会赞美他的勤勉。

就只会妨碍他想勤勉工作的心情——

所以，岩川下定决心要变得狡猾。就这样，他爬上了更高的地位，转调到刑事课，这时他才总算觉得自己稍微厉害了点。

但是母亲还是不赞美他，而遗照里的父亲照样不断地抱怨他。

什么好事也没有——岩川对少年说。

大家都说他狡猾、过分、死不认账。

明明自己就只是想认真工作而已——

与上司女儿相亲结婚，岩川稍微地位变高了，但周围人却更露骨地看不起他。岩川很快就察觉众人的蔑视。

——母亲在她死前最后一刻仍然看不起我，直说我没用、愚钝。

——她的一生想必很不幸福吧，我的确是个不孝子——

少年笑眯眯地说：

"可是您——前阵子升迁了吧？不是吗？"

升迁，升等。

——嗯，我习惯了，习惯狡猾，习惯同僚的冷漠目光，才总算爬到警部补的位置。

"那不就好了？"少年说。

嗯，这样就好了——岩川原本打算如此回答。

但是出口的却是叹息。

"觉得■■吗？"

听不清楚。

或许真的是怕■■吧——

自己回答了什么？

少年语气轻快地说：

"别人并非对您报以诽谤与侮辱的目光，那是嫉妒与羡慕的眼神呢。您是对的，有必要觉得痛苦吗？"

或许是吧。

"如果觉得痛苦，理由就只有一个，您很怕■■。"

听不见。

"您很怕■■，对吧？"

或许如此。

就是如此啊，腹中的老头子说。

是谁？

你是谁？

这家伙怕■■怕得不得了呢。

所以——

"住口，那——"

那并不对，不是这样——哪里不对？

岩川思考。少年笑了。

"有趣，真是非常有趣。那么，岩川叔叔，我告诉您一件好消息吧，那个鹰番町当铺杀人事件的犯人是——"

当铺杀人事件的犯人？

"别说别说，别说出来。"

"犯人就是……"少年说。

"我不想听，我不想听啊。"

岩川连忙塞起耳朵。

（做梦的）岩川用力塞住（梦中的）岩川的耳朵，不能听不能听不可以不可以……

但是，他还是听到了。

此时——梦也醒了。

岩川汗流浃背，大口喘气，他在蒙眬模糊的意识中思考着。因为陷入睡眠，那个恶魔少年的记忆变得更不确实了，岩川感觉已经丧失的过去将难以取回。

4

我这个人——

我这个人还真是卑鄙啊，岩川想。

不过会这么想，表示岩川并非完全不觉内疚，但另一方面，事实上他也觉得无可奈何；不管如何，事到如今他已经不可能老老实实去向上级禀报了，因为那毫无疑问等于自掘坟墓。

他们没察觉是他们的问题——

岩川一边随意浏览着文件，一边想，谁教他们自己无能，反而让岩川先发现了真相，这本来就很异常。不具意义的文字一一映入眼里，岩川半机械式地循着字符串扫视。或许有人认为反正同样不看内容，还不如直接盖章较快，但岩川认为他的工作是如仪式般逐字移动眼珠。手里拿着写上文字的纸张，眼球逐字左右移动，这就是岩川的工作。

"警部补，警部补。"被呼唤好几次，岩川总算抬起头来，部下的那张浅黑色大脸出现在他眼前。

"警部补，关于佐野的事件——"

理平头的年轻部下非常小声地向他说话，岩川吓了一跳，因为——他正巧在思考这个问题。岩川拿废纸将多余的印泥抹掉，回答："那个不行。"

"我的推理果然不正确吗？"部下说。

岩川觉得这个部下——河原崎很棘手。

河原崎总是过度彬彬有礼，满口正义、公益的大道理。岩川最讨厌这些大道理了。他原本以为河原崎只是在说表面话，但是当他发现不见得如此时，反而更讨厌他了。河原崎一喝酒更爱讲大道理。由于岩川原本喝酒就容易醉，所以几乎不出席酒席，可是又担心部下在酒席上专说他坏话，结果前阵子难得出席一次，发现河原崎的酒癖后，对他的印象更差了。

喝醉的河原崎更是一本正经，满口社会正义、侠义心与忠诚心，教人作呕。他的每一句话都是光明磊落，难以反驳，但不知为何，岩川就是讨厌这些。

岩川不愉快地说：

"废话，好歹要有点蛛丝马迹——例如凶器或目击者。"

"那么，能让我去调查看看吗？"

"不必了。"岩川皱起眉头。

"管好你自己的工作就好，杀人事件是一股负责吧？比起杀人嫌疑，你应该先调查他订货不付款的诈骗嫌疑。你负责的是这个案件吧？还不快去把证据收集齐全。"

"说——得也是，真是抱歉。"

部下——河原崎向岩川低头致歉。

只要用正当言论应付，他立刻会被说服。

说好应付的确很好应付，但河原崎过于干脆的个性也令岩川颇不愉快。说个两句就乖乖退下只会让岩川觉得更内疚，如果他肯发几句牢骚，岩川的心情不知该有多轻松啊。

岩川看着河原崎低垂的头顶。

在他背后来来去去、匆忙办事的是特别调查本部的调查员。

——我可不想管这么多。

不想插手管这件事情。

岩川是刑事课调查二股的股长，二股主要负责告诉乃论[4]事件，杀人、伤害罪事件则由一股担任。

佐野是他目前负责的另一个案子——诈骗事件的嫌疑犯。这个案子的诈骗金额非常少，即使侦破也不会有人夸奖，所以岩川原本提不起兴致调查。但是……

岂能让这家伙立大功——

河原崎发现杀人事件的被害者与诈骗事件的嫌犯似乎有些关联。岩川在看过部下的详细报告后，认为佐野杀人说的确具有某种程度的可信性。

麻烦死了——

最初在岩川心中浮现的就是这么一句话。他压根没想过要对一股提供线报或向课长报告，只觉得非常麻烦。

这不是他的工作。

"你到底在几股工作？上头为了这个案子早已正式设立特别联合调查本部，警视厅的长官与涩谷的调查员正日以继夜地彻底调查中，早就没有我们出场的份了。况且，那些厉害的专属调查员没道理不发现两者的关联性吧？"

是的，如果关联属实，终究会被发现的。岩川原本如此深信，但过了好几天却还没人发现，佐野根本不曾出现在调查范围中。

河原崎乖乖受他责骂。

那个眼神真讨厌——

岩川避开眼神，取下钢笔笔盖，在文件的空白处试写几个字后，对他说："够了，你可以走了。"

"放任不管真的好吗？"部下问。

"至少跟本部长报告——"

"喂，诈欺也是一种严重犯罪，你该不会认为诈欺罪的调查远不如杀人事件吧？——"

"没、没这回事。"河原崎连忙挥手否定。

"是吗？你的缺点就是太血气方刚了。认为正确的事情就是正确，乍看或许没有问题，但是战前的特高[5]不也标榜正义？他们高举正义的大旗，结果做出什么伤天害理的事情，相信你一定知道。看你这么莽撞，我就觉得放心不下。你要记住，我们可是民主警察啊。"

"我深深了解这个道理。"河原崎向岩川行最敬礼。

看来这个部下就是不了解岩川最讨厌他的就是这种态度。明明只是个无赖，却还这么重视礼节。

岩川总猜不透他葫芦里在卖什么药。

搞不好表面上态度凛然，心中却轻蔑着岩川呢，一想到此岩川就一肚子火；可是就算他真的是条正气凛然的好汉，那也令人作呕。

"既然懂了还不快走？"岩川说。

"可是、我、我只是单纯地想、想解决案子。"

"河原崎，只要去跟收音机商人做个笔录就能拿到佐野的逮捕状了，快快舍弃你那无聊想法，去完成你的工作吧——"

"是，您说得是，我的想法错了。"河原崎再次向岩川行礼。
岩川想："快滚吧。"

"既然知道就不该浪费时间在这里偷懒吧，快去——"
岩川歇斯底里地说。

看着部下的背影，他又怒吼："别再查当铺那条线索了！"
文件上留着"火间虫"的涂鸦。

两个月前，在署内成立了鹰番町当铺店长杀人事件调查本部；紧接着半个月后，涩谷又发生了一起被认为是同一人犯的杀人事件；距离警视厅认定此为大范围杀人事件，特别派员协助也已经过了一个月以上。

即使在不同部门的人也能明显看出，调查陷入了瓶颈。

嫌疑犯的人数与日俱增，瞬间又全部归零；所有与事件有过关系的人全都受到怀疑，就是独缺佐野。佐野本来就只是个小人物，根本没人注意到。

根据河原崎的调查，佐野在犯案当天确实出现在鹰番町现场附近，涩谷事件时也一样。也有目击者。

即便如此，岩川还是认为他丝毫没有义务向上头报告。如果佐野是真正的凶手，泄漏信息只会平白增添他人功劳。

抬头张望。

没人看岩川。

岩川顶着一张臭脸，徐徐地站起身来，在黑板写上外出后离开署里。

警署外的气候有点奇怪，不热也不冷，却也教人不怎么舒服。衣服覆盖下的皮肤逐渐渗出汗水，暴露在外的部分接触到风却又觉得异常寒冷。

今天似乎有点太早了——

前天、大前天，岩川都像这样漫无目的在外面游荡消磨时间，直到快深夜才回家。他讨厌回家。

冷风吹来，视线朝向风吹处，是河川。

跨过灌木丛，下了堤防，岩川眯起眼，还是一副臭脸看着对岸，在枯草皮上坐下，双手触地，大地潮湿。

真无趣——

一肚子气，岩川咒骂了一声："畜生！"其实也没什么特别讨厌的事，勉强要说，就只有手掌冰冷湿润的触感教人怪不舒服的。

岩川拔起被露水沾湿的枯草，丢向河川，觉得毫无意义。

草非但没掉在水面，反被风吹回，落在自己脚上。岩川又咒骂"畜生！"，拍拍裤子，但湿草粘在裤子上，怎么拍也拍不掉。

掠过川面的冷风夹带水气，更添几分寒意。

岩川大大叹了一口气。

觉得自己很愚蠢。

水面逐渐暗了下来。

不久——有如歪斜镜子的黑色川面上倒映着火红的夕阳。

"叔叔——"

听到小孩的声音。

"您是岩川叔叔吧——"

听到声音，岩川缓缓地回过头。

长满堤防的杂草在夕阳下随风摇摆。好亮。太刺眼了，岩川眯起了眼。

眼前站着一个黑色、瘦小的影子。

影子对他微笑。

"您很怕■■吧？"

少年亲密地向他搭讪。

他露出洁白的牙齿笑了。

"没这回事，绝对没这回事，我只是有点疲累而已，工作太忙了——"

岩川并未仔细听清楚问题，只是随口应答。

这孩子——

应该认识自己吧。少年笑得更灿烂，在岩川身边坐下。

"但是我看您每天都在这里叹气呢，您是警部补吧？"

"嗯，你真清楚。我以前跟你说过吗？"

应该曾说过。虽然岩川没有道理告诉他自己的身份姓名——但他想，肯定是说过。

"您遇到了什么不顺心的事吗？"

少年望着他，表情天真无邪。他看来约莫只有十四五岁，语气却十分老成。

"没什么不顺心，我只是累了。"

岩川说。

少年轻轻地摇摇头。

"既然如此，岩川叔叔，你为什么不直接回家呢？"

"那是因为——"

那是因为……

家里有岳父在。

妻子的父亲是岩川以前的上司——前池袋署交通课课长。

岳父半年前患了重病后，一直躺在床上休养。岳母早已去世，家中长男也已战死沙场，岳父无人照顾，所以现在由岩川赡养。

岳父说话还算清楚，但精神已经有点痴呆了。过去受这个上司多方照顾提拔，也怕人说闲话，岩川对照顾岳父自然不敢有任何意见——

"——我老婆……"

岩川欲言又止，但是少年仿佛已洞悉一切。

"很爱拿您跟您岳父比较？"

少年问。

"嗯——与其说比较……"

被比较是很讨厌，但岩川真正讨厌的——说实话，就是照顾岳父这件事。身为女婿，照顾岳父天经地义，不能说不是亲生父亲就全部丢给妻子照顾。

这也是他这个女婿的义务，岩川完全同意。

但是……

至少——岩川认为——为了照顾病人，害他原本的家庭生活变得乱七八糟。重病病患的照料对家庭负担极大，绝不是说说漂亮的表面话就能了事，真心想照顾，甚至会占去工作时间。

但他也不能辞去工作。

即使实际上他无心工作，净想着看护的话，又会被岳父责骂偷懒。病床上的岳父总是问他："你这样能算警察吗？能做好警部补的工作吗？"

面对岳父的责难，岩川只能笑着装傻，他不敢违逆岳父。但是就算专心在工作上，一样会受同僚阻挠，结果两头落空，妻子疲累至极，孩子吐露不平。

他并不热爱工作，但想做却不能做，倒也十分痛苦。

"——主要是工作……"

"您受到了妨碍？"

唔——岩川心中有些发毛，这孩子能看穿他人心思吗？

"不是妨碍。照顾病人本是天经地义，我——并不讨厌。只不过若因此对工作造成影响的确有些困扰——但就算我不在——"

也没人觉得困扰。岩川的工作就像个摆饰乖乖坐在位子上就好，没人在乎岩川——

少年微笑。

接着说："是吗？这真的是您的真心话吗？"

"您只是想老老实实地生活，什么也没做却受到挫折，有所损失，吃亏上当，所以你总是觉得自己怀才不遇。"

"咦？"

"没错吧？您的确这么认为吧？"

是这样吗——

"或许——是吧。我之所以认真工作，是因为我是个胆小鬼，怕被人责骂；我之所以照顾岳父，仍旧因为我是个胆小鬼。我没有身为公仆的使命感，也不想对岳父无私奉献。我只是单纯地不想惹人生气、不想被责骂，一切都是为了我自己——"

值得嘉奖的自我分析。

"真的吗？"

少年凝视着岩川的脸。

岩川望着他俊美的脸。

"您想立功，却被他人阻挠，被从中夺走，可是换您阻挠别人强取功劳时，又遭人白眼。"

少年注视岩川的眼睛

"——难道不是吗？"

他说得没错。

不得要领的岩川总是处处遭人阻挠，可是当他的忍耐到达极限，想以其人之道还治其人之身时，却又被人敌视与排挤。

"您很不甘心吧。"

少年说。

"明明大家都一样狡猾，做同样的坏事，他们受人赞扬，而您——却不同。"

"只有我——不同？"

"是的，只有您不同——难道不是吗？您一做坏事就受到周遭一致的批评，一要诈就引来侮蔑的目光——虽说只有您自己如此认为——我说得没错吧？"

"只有我如此认为？什么意思？"

"那是您的误解。"少年说。

"可是您——前阵子升迁了吧？不是吗？"

"是没错——"

岩川抢了别人的功劳而获得升迁。

因为想被岳父赞美。

因为想让妻子高兴。

因为想让自己——安心。

"那不就好了？"

"一点也不好。"岩川又叹了口气。

"我因此失去了朋友。算了，反正我也不知道对方是否把我当朋友。同僚异口同声叫我阴沟鼠。叫我小偷猫我还能理解，叫阴沟鼠也太……"

岩川笑了。

"什么也不做——最好。我什么也不想做。不和任何人有瓜葛的生活最好了，你——不觉得吗？"

问小孩子也没有意义。

"觉得■■吗？"

少年语气轻佻地问。

说了什么听不清楚。

"别人并非对您报以诽谤与侮辱的目光，那是嫉妒与羡慕的眼神呢。您是对的，有必要觉得痛苦吗？"

"嫉妒——羡慕——"

"是的，你看到别人的成功不也非常羡慕吗？忍不住想说一两句坏话，不，甚至还想扯他后腿呢。"

您会这么想吗？您肯定这么想吧？您的确这么想呢——少年缓缓地说。

是这样吗？应该是吧？肯定是呢——岩川也同意。

少年继续煽动："这是理所当然呀，这很正常。"

"换作别人也一样。你愈遭人怨恨，就表示您愈成功——"

成功？

"——别人想讨厌就尽量讨厌吧，您是幸福的，您是幸福的——"

幸福？

"您一点也不需觉得痛苦，您是对的，您的生活——相当幸福。"

"不——我一点也不幸福啊——"

"您很幸福。"少年语气坚决。

"比您不幸的人在这世上比比皆是，抱持信念却不得回报的人所在多有。有人有财力却没空闲，有人则有地位却没人望。不仅如此，一无所有的大有人在，往下比永远比不完。您已经十分幸福了，而且一点也没做错。您只是——不懂得如何享受幸福罢了。"

"不懂得如何——享受幸福？"

岩川的眼睛瞪得老大。

少年站起。

枯草随风飞舞。

岩川仰头看着少年。

"你究竟——"

"我能看穿人心。"

"你窥视了我的——心？"

"您什么也没做错，您只要维持现状即可——"

"可、可是我——"

很痛苦。不，应该说，觉得自己好像很痛苦。

"您——"少年低头看着岩川。

"如果觉得痛苦，理由就只有一个，您很怕■■。"

听不清楚。

"您很怕■■，对吧？"

不对。

不对？——

什么不对？

——刚才他说了什么？

岩川思考着。

少年笑了。

"没有必要迷惘，人人都有幸福的权利，所以您也尽情去行使享受幸福的权利吧。"

"行使幸福的权利是——"

"很简单呢。您有这个权利，您只要——随心所欲地过您的生活即可。"

"随心所欲——"

"是的，随心所欲。竞争中打败对手，陷害他人，这有什么不对？没什么不对呀。您只要这么做就好。"

"可——可是。"

"讨厌的事就甭做了，不做就能解决也是一种才能呢。"

"讨厌的事——就甭做了——"

不用做了吗？

反正也已经不会被人斥责了。

"——再也不用做了吗？"

"是的！"

少年语中带着兴奋。

"有趣，真是非常有趣。那么，岩川叔叔，我告诉您一件好消息吧，那个鹰番町当铺杀人事件的犯人是——"

"鹰番——鹰番的……"

"对，犯人就是佐野呢。为什么佐野必须做出诈骗行为呢，我知道理由唷。佐野他——"

讨厌讨厌不想听。

岩川用力捂住耳朵。不对，捂住耳朵的是（做梦的）岩川。

这个孩子是恶魔，不能听他的话。他由恶意所构成，他不是人——

"为什么？可以立下大功呢。"腹中的老头子说，"听他的话比较好，你会因此受到表扬。"老头子逐渐成形，像蟑螂一般蠢动。

讨厌，非常讨厌。

5

我这个人——

我这个人还真是卑鄙啊，岩川想。

岩川高声大笑，心中没有一丝一毫的愧疚。

他若无其事地搜集佐野的诈欺证据，取得了逮捕状，但却备而不用。他单独行动，用计以伤害未遂的现行犯将佐野拘捕，并成功地使他招认自己是两件杀人案的凶手。目黑署刑事课搜查二股岩川真司警部补一夜之间成了众所瞩目的名人。

岩川有十足的把握，他知道佐野就是凶手，只是知而不报，装作浑然不觉。

不，不止装作浑然不觉，岩川在拿到逮捕状之前，小心翼翼地隐蔽证据，不让一股将焦点集中在佐野身上。

只要不至于构成犯罪，说谎也在所不惜。

岩川尽量不动声色地诱导调查本部往错误方向调查。

没人能想像搜查二股的股长竟会做出如此过分之事，恐怕到现在也还没有人怀疑，部下也没人察觉，大家都是笨蛋。

走着瞧吧——

岩川想。

不独断独行就干不了刑警。其他人若是站在自己的立场，也都会采取相同行动。岩川认识的人当中，这样的人多如繁星，而能出人头地享受荣华富贵的也必定是这种人。证据就是岩川的上司们跟他一样，净是卑鄙的家伙。

所以——

谁还管那么多？谁管他们讥讽是天上掉下来的礼物还是渔翁得利，想讲就随他们讲，也没必要在意那些说他龌龊狡猾的批评。如果今天他的行动让犯人给逃了，受人批判自是有理，但无论如何他至少成功地将犯人逮捕归案了。

岩川认为射向他的冷漠目光，全是因为羡慕与嫉妒。

反正只是丧家之犬的远吠，无须理会，岩川认为完全没有必要倾听他们的哀嚎。

伤害未遂是岩川的计谋。

岩川平时便有计划地放过一些犯了小罪的无业游民，笼络他们帮自己做事。他早知道佐野脾气暴躁，他让游民装成醉汉纠缠佐野，待佐野反击，在他出手的瞬间立刻将其逮捕。而诈欺嫌疑的逮捕状只是一张保险牌。

岩川获得了表扬。

事件之后，岩川的运势随之蒸蒸日上，事件的侦破率也跟着一路攀升。

没人想与运势正旺的人作对，批判岩川者反遭排挤，失败者的言论永远是错误的，昔日的竞争对手如今一改态度，纷纷向岩川靠拢。

所谓的实力并非指个人的力量，而是个人背后的势力，岩川现在正具备了实力。报章杂志的采编听闻风声立刻前来拜访，市町的大老——其实就是黑道——也跟着顺应情势，向岩川摇尾示好。这些人与刑警的关系其实是相互勾结、利害一致，交情愈好对自己愈有利。

于是情报自动汇集到岩川身边，绩效也愈来愈好。

岩川益发傲慢了，自我陶醉有何不可？强者张扬威势本是自然之理。

俗话说"鱼若有心，水亦有情"[6]正是这个道理。

对于提供情报者，岩川亦会给予他们诸多好处，有时撒钱，有时则睁一只眼闭一只眼，积极与黑道人士接触。

大量取缔外国人窃盗集团、侦破大规模的鸦片黑市组织、举发企业干部的盗用公款行为，天上的好运一个接一个掉下来，岩川犯罪情报一把抓，办案绩效之好，令人笑得阖不拢嘴。

岩川愈来愈——傲慢了。

现在的岩川与原本敬而远之的上司也能相处得游刃有余。只要该奉承的时候就奉承，上司们便不会对他造成妨碍，他们本来就没有理由嫌弃成果丰硕的岩川。只要小心别做出可能威胁这群家伙死巴着不放的地位的言行，他们什么也不会过问。这群人是非常单纯的种族。岩川甚至觉得这么简单的事情至今才办到，着实不可思议。

可笑——

真是太可笑了。

岩川现在觉得工作非常有趣，有趣得不得了。

于是——岩川再也不回家了。

听说岳父的病情不乐观，妻子向他哭诉看护工作很辛苦，但他仍不打算回家。岩川有不回家的正当理由。工作的确很忙碌，而且岳父在病床上也不知叨念过几回，再三叮咛要他专心在工作上，要出人头地，有时间吃饭就去调查，有时间睡觉就去逮捕犯人归案。

他只是照着岳父的话做而已。

这是岳父自作自受，错不在岩川身上。

不久，岳父死了。

岩川一丝感慨也没有。

接获讣闻，岩川只是冷漠地响应："喔，是吗？"倒是丧礼办得非常盛大，理由不消说，是为了掌握岳父的人脉，当成购买名单的话一点也不贵。

妻子在长期的看护生活下实在疲惫不堪，对生活感到厌倦。她在丧礼期间病倒了。

但岩川还是无动于衷。

他抛下了妻子。难得运势如此兴旺，不希望被人拖累，不想受这种蠢事所阻挠，他已经受够了。所以他把妻子丢进医院，从不去探望，不打算浪费时间。反正本来就是为了出人头地才娶的女人，若为了她浪费时间而阻碍升迁之路乃本末倒置。

岩川为了收集情报，出入违法场所，与不法之徒来往，最后——

做出无法挽回的事。

"做出无法挽回的事了——"

梦中的岩川大叫，做梦的岩川张开眼睛，眼皮沉重，什么也看不见。

瘾头又发作了。

不该做出那个交易。

岩川已没办法离开毒品——

不行了，无论如何就是睁不开眼，记忆随脑髓一并融解。

"早就警告过你了。"腹中的老头子说。岩川慢慢蠕动身体，脑中的虫也跟着蠢动。

你太自以为是了，才会被那小鬼煽动。你是个笨蛋、无能的家伙，什么也做不到的愚者。我早就警告过你，别信任他人，别人都是小偷——

"啰嗦，住嘴，别想阻挠我——"

蟑螂老头从岩川的鼻孔滑溜地探出头来，"住手！"他说。

"闭嘴，你又想来阻挠我，就是因为一直被你阻挠，我才、我才会变成——"

"阻挠个鬼，你向来就只是怕麻烦而已，难道不是吗——"

"啊啊！"

岩川醒了。

在黑暗狭窄的客厅里。

6

"您很怕麻烦吧？"

那个小恶魔最初这么说。

"因为您怕麻烦吧？您最讨厌麻烦了。"

——怕麻烦。

这是他真正的心情。

说什么被阻挠、被妨碍，其实都只是想让自我正当化的诡辩。

岩川并非真心想成为画家，他只是没有自信在出社会后受人认同，也觉得工作很麻烦，所以选择了逃避。

岩川并不想要出人头地，不奢望荣华富贵，他只是觉得汗流浃背地工作很麻烦。

他觉得照顾岳父很麻烦，也因为怕麻烦而抛下工作，躲到河岸偷懒。

但是……

他说不出口。

因为他的理由并不正当。即使说出口，这种个人理由也会被驳回而无法反驳。他讨厌别人生气，可是替自我辩解更麻烦。因此……况且……但是……

可是，麻烦的事就是麻烦。不管横着来、竖着来、正着看、反着看都一样，不想做就是不想做。麻烦死了麻烦死了麻烦死了。

在社会上敢勇于觉得讨厌就说讨厌，清楚表达自我意见的家伙多如牛毛，他们也受到大众认同，但岩川就是办不到。因为他就连拒绝的信念都没有。

他只是嫌麻烦而已。

真的很麻烦哪——岩川连笑着说这种话的胆量及才智都没有。

但是真的很麻烦。

岩川与不法之徒的关系被人密告举发了。他被迫辞职。表面上是自请离职，实质上却是遭到放逐。债台高筑的他卖了房子，与妻子离婚，滚至人生的谷底。

仅仅因为不敢说出怕麻烦。

仅仅为了将怕麻烦的心情正当化，岩川失去了职位，失去了家人，也失去了自己。

听见少年的声音。

都是他害的——

那个陷害岩川的小恶魔就躲在纸门后面，反正岩川已经一无所有了，他紧握着刀刃。

慢着，住手——蟑螂说。那只从自己身上冒出来的蟑螂老头正在榻榻米的涂鸦上沙沙爬行，岩川伸出手——

用手指将之压扁。

噗滋一声——

陷入毒瘾发作的幻觉状态的岩川真司以杀人现行犯遭到紧急逮捕。

此乃昭和二十八年六月十九日凌晨之事。

---

1　火间虫入道：火间虫念作"hemamushi"。入道即和尚，也用来形容光头。据说是懒惰者死后变成的妖怪，当人们挑灯夜战时，会突然吹熄灯火，或在写字时抓住笔，妨碍他人工作。

2　四叠半："叠"指一张榻榻米大小，即日本房间规模的计算单位，相当于二分之一坪。榻榻米的长与宽比例为二比一，铺法通常为每边直一横一，正中间放置半张大小的榻榻米，恰好形成一个正方形房间。四叠半大小的房间为日式格局的最小单位，可说是贫穷人家典型的房间规模。

3　火间虫：原文作"ヘマムシ"，是一种用文字拼凑成老头子模样的涂鸦，"ヘ"为头顶，"マ"为眼睛，"ム"为鼻子，"シ"为嘴巴与下巴。有人认为鸟山石燕将这个传统涂鸦游戏妖怪化了。

4　告诉乃论：指某些犯罪必须有被害人的控告，司法机关才能追究被告人的刑事责任。通常属于比较轻微的侵犯公民个人权益的犯罪。

5　特高："特别高等警察"之简称。特别高等警察为日本在第二次世界大战前为维护社会治安，扫除社会主义、共产主义之蔓延而成立的秘密警察。于幸德秋水暗杀明治天皇事件之后成立，战后废止。

6　鱼若有心，水亦有情：原文作"鱼心あれば水心"，意思是如果对方表示好意，自己也会以好意回应。

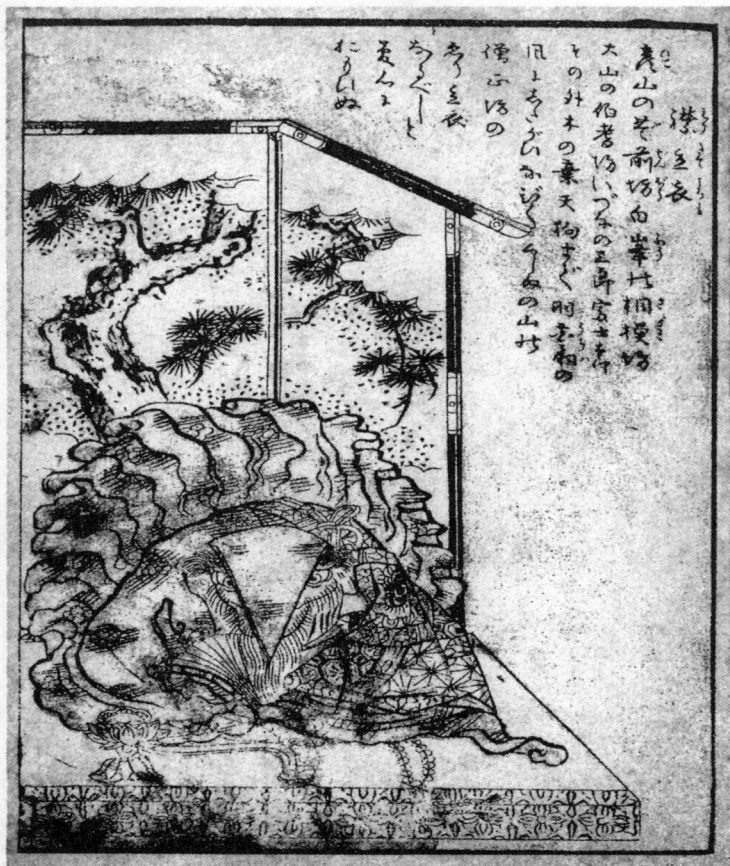

彦山丰前坊、白峰相模坊、大山伯耆坊、
饭纲三郎、富士太郎，以及木叶天狗，
随着羽团扇之风，皆臣服于鞍马山僧正坊之襟立衣下。

——《画图百器徒然袋》/卷之中

〔第捌夜〕

襟立衣 1

# 1

教主死了。

仅是如此。

他连一个信徒也没有，无人为他哭泣或惋惜。追随教主的人只有他本人，教团之中只有他本人一个成员。然而这个自称教主的男人终究只是个狂人。

那么，或许该说"一个老人刚刚断气了"——如此罢了。

没有任何感慨。

事到如今，憎恨与厌恶也已消失。

不觉得懊悔，既不高兴也不悲伤。

心中没有浮现一丝一毫的哀悼之情。

尸臭。

很不可思议地。

才刚死不久，却已感觉到些微的尸臭。

这种情况正常吗？曾看过无数的尸体，碰上临终场面倒是头一遭，或许这种情况很普遍吧。

还是说，人体在活着的时候就已经逐渐腐败了？这个老人的确久卧病榻，其肉体在活着时便已衰弱至极，了无生气。

原本松弛的肌肉逐渐僵硬。

干燥龟裂的黏膜。

瘀黑、失去弹性的皮肤。

细小、污秽、掺杂白须的胡碴。

再也无法聚焦的白浊瞳孔。

从仿佛抽筋般、总是微张的嘴中露出的污黄牙齿。

皱纹、老人斑、伤痕、变形、角质化、腐烂……

老丑。

丑陋。

难道人活着活着，活了一生之后，最后都得变得这么丑陋而死吗？人活着就只是为了不断变得衰弱吗？污秽，龌龊。

总觉得刚才这个丑陋物体尚未发出尸臭。似乎直至呼吸停止，血液不再循环而逐渐沉淀，生前已然虚弱的代谢功能总算停止，衰弱而丑陋的生物逐渐变化成物体——腐臭才逐渐飘散出来。

他死了。

什么成就也没达成。

这个男人——他无意义的愿望无从实现，无以得到无意义的满足，一事无成，没人爱他，他也不爱别人，他只爱自己，只被自己爱，最后孤独寂寥地、毫无意义地死去。这样真的能说是活了一生吗？

愚蠢。

他的人生没有一丝一毫的价值。

不——

他的死没有任何价值，一如他的人生。

这个物体没有半点价值。

就只是垃圾，是废渣。

——早点腐烂吧。

嗅着尸臭，如此想。

空荡荡的佛堂里，仅放了一具开始腐烂的尸骸与一尊佛像。

以及教主华美的袈裟与袍裳。

一切都静止了，一切无声无响。

连空气也混浊沉淀。

充满了尸臭。

——唉。

再也无法忍耐，站起来，上一炷香。

一缕青烟升起。

2

爷爷是个受人敬畏的人。

爷爷是个伟大的和尚，总是穿着金光闪闪的华美法衣，焚火诵经祈祷。

唵冒地，即多，母陀，波多野迷 [2]。

唵冒地，即多，母陀，波多野迷。

每天有许多人跟着爷爷的念经声诵经，爸爸也跟着诵经，声音非常宏亮。

所以幼小的我也不输别人地大声唱诵经文。因为我的奶妈阿文说不大声念出来，佛祖会听不到。

爷爷有好几颗眼睛。

我想一定是这样。因为爷爷就算闭着眼睛或转过身去的时候，也还是看得到大家，没有事能瞒得过爷爷。

在他的头后面、背上以及肩膀上，爷爷的身体到处都藏着眼睛。

是的，因为我亲眼看过。

唵冒地，即多，母陀，波多野迷。

唵冒地，即多，母陀，波多野迷。

从我五岁的那年起，每天早上，爷爷跟爸爸都会为我祈祷，希望我将来能成为伟大的和尚。

早上起来，清净身体后，唱诵一千次虚空藏菩萨的伟大真言。

唵缚日罗罗多耶吽。[3]

唵缚日罗罗多耶吽。

唵缚日罗罗多耶吽。

唵缚日罗。

曾经发生过这种事。

有一天早上。

我在诵经的时候，一只瓢虫飞了进来。

我觉得那只小小的红色瓢虫很可爱，不小心就看得出神了。

或许是我看着虫儿分心了，诵经不知不觉变小声了，或者是低着头，没跟上拍子而被爷爷发现，他停止了诵经。在后面祈祷的爸爸连忙来问发生什么事。

爷爷并没有回答。

爸爸责骂我。

你惹教主生气了——

因为你不专心——

照这样下去你什么事都做不好——

难道不知道修法是为了你吗？——

对不起对不起对不起——

我双手拄在地上不断地道歉，但是心思仍放在爬行于地板缝隙间的瓢虫上。爸爸更生气了。

你不知道自己的立场吗——

你这样也配当我的孩子，配当未来教主的继承人吗——

对不起对不起对不起——

唵，缚日罗，儗你，钵罗捻，

波多野，萨婆诃。[4]

爷爷什么也没说。

拓道先生出面制止爸爸。拓道先生是爷爷的一个弟子，是个非常体贴人的和尚。

公子年纪尚小——

应该是想如厕吧？——

是的——

对不起——

我想上厕所——

我说谎了，因为我觉得比起老实说分心在瓢虫身上，说想上厕所的罪比较轻。或许实际上并非如此，但是既然拓道先生出面为我说情，就顺着他的话说吧。但是爸爸更生气了。

修法中成何体统——

年纪小不能当借口——

你总有一天要成为教团之长——

你没有自觉吗？——

爸爸抓着我的衣领，严厉地责骂我。拓道先生又替我说情。我站起来，虽然没有尿意，我还是走向厕所。

但是……

此时，原本保持沉默的爷爷只说了一句话。

"虫快飞走了喔。"

转头一看，仿佛听从爷爷的话，原本在地板爬行的瓢虫立刻振翅飞起。有如受到吸引，虫儿朝向爷爷面前熊熊燃烧的护摩坛[5]方向摇摇晃晃地飞去。

噗吱一声。

虫儿在火焰中烧死了。

我全身像冻结般，一动也不能动。

爸爸与拓道先生，以及其他和尚都不了解发生了什么事情，只有当事人的我知道爷爷是多么厉害而不停地发抖。

爷爷知晓一切。

爷爷知晓我说要上厕所是谎言，知道我被瓢虫吸引而分心。

为什么爷爷知道呢？

连来到我身边的爸爸跟拓道先生都没发现，我想爷爷一定连这小小瓢虫的动态都了如指掌。

"大日如来[6]在考验你。"

爷爷说。

"骗得了人，骗不了佛啊。"

劈里啪啦。

柴火熊熊燃烧着。

我当场跪下，额头贴地，郑重地向爷爷道歉。

"对不起，对不起。"

"因为虫儿实在太可爱了……"

"无须道歉。"

爷爷说。

"但是今天的修法就到此为止吧,你好好思考一下自己被考验了什么。"

爷爷头也不回地说。

幼小的我像被人当头浇了一桶冷水,全身不停发抖。我觉得好恐怖,战战兢兢地抬起头来。

爸爸像恶鬼般凶狠地瞪着我,拓道先生怜悯地注视着我。

我不敢与他们的眼神相对,于是我转过头,看到爷爷宽广的背部,在那里——

爷爷金光闪闪的法衣上,在又尖又大的衣领下——我看到了。

有着一对巨大的眼睛。

3

祖父被人称呼为教主。

每天早晚总有大批人来向祖父求道,五体投地对他膜拜。

奶妈经常对年幼的我说:

"你祖父是个活佛。他踏遍国内的名山古刹,作了很多修行。佛祖赐给他天眼通的能力。还有人说他是弘法大师[7]转世呢。你要记得,你是活佛的孙子啊。"

尊贵而伟大。

南无皈依佛,南无皈依法,南无皈依僧[8]。

奶妈也是祖父崇拜者之一吧。在虔敬的信徒的话语里,自然没有谎言也没有夸大,奶妈真心相信如此,年幼的我也丝毫没有怀疑过她的说法。

所以——或许就是因为如此。

例如当我恶作剧时，奶妈也绝对不会斥责我，她会对我说：

"所谓的天眼通，不止能看见远处的东西。教主什么都能看透。所以少爷不能做坏事喔，因为什么事都无法瞒得过你祖父。就连现在，教主也一定在守护着你——"

尊贵而伟大。

南无皈依佛，南无皈依法，南无皈依僧。

是的——

祖父拥有神通力。

祖父能看见万里外的事物，能看穿人内心的秘密，能看透太古的黑暗，能看破未来的光明。

祖父深识世界的奥妙，祖父能与宇宙交感，祖父能与宇宙合而为一，祖父能——

祖父就是真理。

金刚三密的教义。

即身成佛。

祖父是个活佛。

我一出生就是个佛孙。

奶妈又说：

"等你长大，一定会跟你祖父一样成为活佛，到时候别忘了拯救我这个愚昧的老太婆啊。你要好好听从祖父的教诲，每天要不断精进，这样一定能成为伟大的继承人——"

因为我是佛孙。

"你要好好修行，好好修行——"

尊贵而伟大。

南无皈依佛，南无皈依法，南无皈依僧。

我——

生于明治十八年。

父亲——教主的儿子——理所当然是教团的干部。可能因为教团的事务繁忙，或者他对小孩没兴趣，父亲几乎不在家里，记忆中我从来没有跟他共同生活过。

母亲——生下我的女人——我对她的长相、身份等讯息一无所知。据说是信徒之一。

但是，我并不孤独，我身边每天总有大批人伺候着我。不只奶妈，我身旁围绕着大批教团的信众。那时——至少于祖父在世的那段期间——我在他们的细心呵护下生活从不虞匮乏，每天都奢侈度日。

教团的名称是金刚三密会。

应该是——当年有如雨后春笋般勃兴的新兴宗教团体之一。可是我当时一点也不知道祖父的教团是新兴宗派。

当然，一方面由于我年幼无知，另一方面，也是因为金刚三密会是以佛教为本的新兴宗教。由于政府提倡神佛分离、废佛毁释[9]，其他新兴教团多半依循神道教系统，但祖父的金刚三密会却是佛教系统的新兴宗教，教义基本上也是由传统佛教中的真言密宗而来。

不仅如此——姑且不论真假，听说金刚三密会当初曾明白标榜自己乃真言宗之一派。

真言宗金刚三密会。

无论如何，至少寺院正门的确明白标示如此。

而我从小起居生活之处——教团本部所在的寺院，据说原本也是真言宗系统的小寺庙。

另外，祖父过去亦曾进入真言宗总本山——东寺[10]修行，这是事实。

所以说不定教团本身并不认为自己属于新兴宗教。

总之——当时在我眼里，寺庙长得都一样。等到我知道世界上有许多教义不同的信仰——不仅如此，即使同样是佛教，也因宗派不同而有许多不能兼容的部分——已经是稍长之后的事。

在此之前，我一直以为佛教只有一个宗派。

不，由于祖父提倡的教义逆当时的时代潮流而行，具浓厚神佛习合色彩，掺杂了修验道[11]系统，所以在年幼的我眼中，连神社都等同于寺庙的附属物。

神佛本相同，日本的寺庙与神社同样都是为了祭祀尊贵的佛祖而存在——

而祖父则是活佛——

所以……

全日本成千上万的神社佛阁均是为了祭祀祖父而存在——当年的我似乎以为如此，深信全日本的人都崇拜祖父。

很愚蠢的想法。

但是——我的周围只有崇拜祖父的信徒，每个人都赞颂祖父神通广大。

所以……

即便我对祖父与教团抱持再大的疑虑——只要信徒们随手一

捻，立刻就能轻易粉碎幼儿的笨拙疑问。不管问谁，所得到的都是清一色、毋庸置疑的解答——这是教主凭借神通力行使的奇迹，教主是活佛。

我就是在这样的思想灌输下长大的。我一直以为祖父是宇宙最伟大、最尊贵的人。

不曾怀疑。

无从怀疑。

无数的信徒络绎不绝前来膜拜祖父——现在想来倒也没那么多——只要超过百人，群体中的成员便失去了个体性，在小孩眼中等于是无限大。在从不知外在世界的我的眼里，祖父的信徒数量无异于日本人口总数。

祖父曾在我以及众人面前行过许多神迹。他把手放进滚烫的热水里，赤脚在烧得红通通的灰烬上或尖刀上行走。

年幼的我看得是瞠目结舌。

不管看几次都难以相信。

祖父甚至还能完美地说中藏在不特定多数信徒心中、祖父不可能知道的过去，并一一预告他们无从得知的未来。

预言应该全部说中了。从来没有半个信徒来抱怨预言不准，所以一定都说中了。

年幼的我深信不疑。

祖父也经常看穿我的心思。

对祖父来说，不管我思考什么，有何感受，他都能轻易猜中。祖父每次一开口，都让我大大吃惊。我非常佩服祖父。猜中一次可能只是偶然，但猜中十次以上就深信不疑了。

尊贵而伟大。

南无皈依佛，南无皈依法，南无皈依僧。

在这种环境长大的我，祖父发挥的力量无疑地就是奇迹，就是神通之力。

对年幼的我而言，祖父是真正的活佛。

南无归命顶礼 [12]。大日大圣不动明王 [13]。

四大八大诸大明王 [14]。

因此——

年幼的我深深相信，全日本成千上万的神社佛阁均是为了祭祀祖父而存在。

我就是在这样的思想灌输下长大的。

天清净，

地清净，

内外清净，

六根清净，

心性清净，诸秽无不净。

吾身六根清净，将与天地同体，诸法如影随形。所为所至之处若清净，愿望必遂，福寿无穷，乃最尊无上之灵宝。

吾今具足，愿吾意清净 [15]——

不久……

随着时间流逝，我的知识有所增长，逐渐了解世界的结构。然而即便如此，对世界的根本性认识仍未产生剧烈变化。

我认为——信仰祖父以外宗教的人都是笨蛋。

不管他们提倡何种道理，其他宗派都只是淫祠邪教。我的内心深处如此认定，深信不疑。

阿尾罗吽欠缚日罗驮都锗[16]。

明治维新后，佛教与神道泾渭分明，受到废佛毁释的风潮打击，中国传来的佛教被贬为比国家神道更低等的宗教，此即佛教受难时代之肇始。

此外，一宗一管长制度[17]明确订立了宗旨之别与派系本末，简直就像相扑界的排行榜一般，佛教界也组织化起来了。

至此，我总算明确理解了自己所处的立场。

祖父创立的金刚三密会，是比神道教更低一级的佛教里的数个宗派当中，作为某一分派独立而起的新兴宗教。而且本山并不承认它的存在。只要没有受到本山的认可，便无异于异端旁支——简言之，仅是一个泡沫般的新兴教团。

连排行榜都挤不进去。

但即使知道了这个事实，依然无法撼动我心中的认识。

即使理解了这个现状——祖父在我心目中依然是个坐于莲花座上的伟大活佛，是位非常尊贵而伟大的和尚。这个认识无可动摇。我对其他宗派的了解愈多，便愈否定他们。

因为——

——藏在那个领子下的那双眼。

那双巨大的、看透一切的眼。

——我觉得那双眼无时无刻地在监视自己。

在祖父的指导下，再度展开修行《虚空藏菩萨能满诸愿最胜心陀罗尼求闻持法》[18]是在我满十岁那年——明治二十八年的事。

4

祖父威风凛凛。

唵，缚日罗，罗多耶，吽。

唵，缚日罗，罗多耶，吽。

唵，缚日罗，罗多耶，吽。

我偷偷看了祖父一眼。

唵，缚日罗，罗多耶，吽。

唵，缚日罗，罗多耶，吽。

唵，缚日罗，罗多耶，吽。

祖父穿着以金、银丝线织成的绚烂豪华的七条袈裟与横披，光彩夺目的修多罗，以及僧纲襟挺立的斜纹袍裳[19]。

他的表情隐藏在矗立的衣领之下，难以窥见。

唵，缚日罗，罗多耶，吽。

唵，缚日罗，罗多耶，吽。

年轻的我思及隐藏于衣领之中的祖父的脸，他的容貌很有威严，感觉比陆军大将还要伟大。祖父威风凛凛，无人能匹敌。

唵，缚日罗，罗多耶，吽。

唵，缚日罗，

真言唱诵至此，戛然停止。

"罗多耶，吽。"

只有我的声音冒出来。

祖父看也不看我一眼，只用他光彩夺目的背影威吓年轻的我。我硬生生地咽下口水，注视着他的背影。

好可怕。

担心会被祖父斥责，担心祖父生气，担心被祖父责难。因为祖父知晓一切，他早已看穿修行中的我不专心。讨厌，好可怕，好恐怖。

我害怕得缩起脖子，脑袋充血，觉得好难堪。晕眩仿佛从远处逐步进逼，无法镇静，如坐针毡。祖父就连我现在的散漫心情也一定了如指掌，一定没错。

因为不论是谁，都瞒不过祖父。

讨厌被祖父责骂，那比被殴打、被脚踢还可怕，比死更令人畏惧。好恐怖。

可怕、畏惧、恐怖。

劈啪。

护摩坛中的木块迸裂了。

祖父没有回头。

"唵，缚日罗，"

沙哑但宏亮的声音响彻厅堂，是祖父的声音。修法再度开始了，我急忙出声跟着唱诵。

罗多耶，吽。唵，缚日罗，

罗多耶，吽。唵，缚日罗，

罗多耶，吽。唵，缚日罗，

祖父原谅我了吗？还是说这次的暂停有其他理由？

既然没被责备，或许是吧。不，一定是，毕竟也有祖父不知晓的事嘛。

一定没错。

一定……

罗多耶，吽。唵，缚日罗，

罗多耶，吽。唵，缚日罗，

罗多耶，吽。唵，缚日罗，

罗多

"耶，吽。"

糟了。

"这样不成——"

祖父充满威严地说：

"——你退下吧。"

"教、教主——"

护摩坛的火势更为旺盛了。

祖父的轮廓在火焰光芒下显得更为清晰了。

"你的眼前有什么？"

"呃——"

劈里啪啦。

眼前有……眼前有……

"有教主您——"

"并非如此。"

祖父沉静的语气打断我结结巴巴回答不出来的话。

年轻的我拼命思考。

是灯笼吗？是油灯吗？是法器吗？是护摩坛吗？

是经桌吗？是佛像吗？不对——

在我眼前的，还是祖父。

"那只是你所见之景，我并不在你的眼前。只要你把我当做所见景色之一，你与我之距离即是无量大数。"

"这——"

"不懂吗？那就罢了。"

唵萨缚，怛他蘖多，幡那，满那襄[20]——

教主，教主，请再给我一次机会，再一次机会——

再一次机会，请您继续让我修法——

三昧法螺声——

一乘妙法说——

经耳灭烦恼——

当入阿字门[21]——

我这次会认真的我会专心的求求您请不要舍弃我我会我——

劈啪。

灰烬迸裂了。

"对、对不起——"

我俯身低头，趴在地面表示诚心诚意恭顺的态度。我尊敬教主，打从心底尊敬教主——

祖父什么也没说，反而是我背后的父亲站起来。

"你——又来了。"

对不起对不起对不起。

真讨厌。

我最讨厌父亲了。

什么也不会，却很嚣张。

明明就看不透我的心，也看不见未来的事情，一点也不伟大，却很爱生气。

父亲的眼睛是混浊的。

他的眼瞳受到遮蔽了。

父亲连看得见的东西也看不见。

他什么也看不见。

可是却……

"修行了五年还这么丢人，你有没有成为教主继承人的自觉啊？"

对不起对不起——

我不懂——

祖父说的事情我不懂，我没有祖父那么伟大的能力——

"教——教主的——"

"愚蠢的家伙，还不快起身。"

父亲强迫我站起。

接着凶恶地说：

"教主不是问你看见什么，而是问你眼前有什么。"

"所谓有什么是——"

"什么也没有哪。"父亲说。

"——在你眼前的是虚空，虚空乃睿智之宝库。你难道不知道祭祀于护摩坛前的绢布后面，镇坐于该处的佛尊是什么吗？绢布上画的可是虚空藏菩萨啊——"

父亲充满威严地指着绢布。

"——虚空藏菩萨乃宇宙之睿智，一切福德、无量法宝在他手上有如虚空般取之不尽用之不竭，故为此名。你口诵虚空藏真言，心却在色界而不知到达空界，教主就是在责骂你这点。"

——不对。

——父亲根本在胡说。

不知为何，我就是如此认为。

——祖父想说的不是这种冠冕堂皇的大道理。

"正如你现在所想。"

祖父声音坚毅地说。

"什、什么？您的意思是——"

"不是这种冠冕堂皇的大道理。"

我的心脏差点从嘴里跳出来。

果然——祖父能看穿我的心思。

"我并不是在责骂你这点。"

"教、教主，那么……"

父亲讶异地问。

"色即是空，空即是色——"

祖父继续说：

"——视声字为虚抑或实，乃显、密之别。于密宗，文字即言语，言语即真理——"

——真理。

"所谓声字，原为六法大界所产，不生不灭者也。森罗万象之相为真言，即大觉者。故诵经即真理，即实相。"

"可、可是父亲大人——不，教主——"

祖父无视父亲的呼唤，喊了我的名字。

"你为何道歉？"

"为何……"

"你分明不服觉正的狗屁道理，你为何道歉？"

"这——因为……"

被看穿了。

祖父果然能看穿我的心思。

"于你道歉的瞬间，你的修行就结束了。"

祖父头也不回地说。

我抬起头来。

祖父的背后，在他巨大的衣领底下——

有双大眼睛——不，有一张大脸。

"再修行三年。"祖父以此作结。

5

但是，祖父来年就去世了。

我则一时之间无法理解这个现象究竟具有什么意义。

我原本以为"神死了"、"佛灭了"这类思想家的梦话与现实八竿子打不着。只在言语上出现也就算了，我实在无法想像这种事情竟然发生于现实之中。

但是——祖父葬礼的情况，却完全不是我所能接受的。

祖父之死正如神佛寂灭。

原以为世人会为之同悲。

原以为将发生天崩地裂。

但是——

葬礼的确非常盛大，但，也顶多如此。参加的信徒不到百人，葬礼规模与每个月定期法会规模相差无几。

我完全没有料想到是这种场面，我忘记悲伤与慌乱，就只是茫然自失。

这些人，这些愿为祖父的死悲伤——真正崇拜祖父的信徒总数。这个由顶多百人不到的集团所构成的世界，曾经等同我的全世界。

同时——教团也陷入存亡的危机之中。不，这种形容并不正确。金刚三密会在我出生时便已踏上衰微之路。

只有我不知道这件事。

明治初年，祖父与本山分道扬镳，基于独自教义创立了教团。

据传当时天下皆知祖父的法力无边，日夜均有人希望入教，门庭若市，香客络绎不绝。曾有一段时间，信徒总数超过三千人。但是荣景持续不了十年，于我出生时，信徒数量已减少到全盛时期的三分之一左右。之后，信徒锐减，祖父去世那年——明治二十九年，已不足百人。

崇拜者不足百人的活佛。

他尊贵的位子——由父亲继承了。

父亲在祖父葬礼告一段落之际，世袭其位，成了金刚三密会第二代教主。

无法认同。

的确，父亲是教主的嫡子——是继承祖父血统的人。但仅凭这个理由，是否就该登上佛之宝座？

父亲从未在我面前展现奇迹。

不，父亲不可能拥有神通力。拥有神通力的就只有活佛祖父，父亲只是祖父的信徒——他只是其中一名弟子。

况且，就算要从弟子当中挑选一名继承人，父亲仍旧难以令人信服。我并不认为父亲曾潜心修行，反而头号弟子牧村拓道更接近祖父的地位。

或许从经营组织的立场上来看，父亲是教团不可或缺的人物，他在教团内部的地位也很崇高。即便如此，他也仅比一般信徒略高一筹。不管他的身份多么崇高、多么必要，他都无法取代祖父的地位。

教主并不是一种身份或职位，不应该轻易置换。

就连年少无知的我也知道，父亲绝对不是适合的教主继承人，一点也不应该晋升到这个无可取代的位置。

不——

这个世上打从一开始就没有人能取代祖父，不可能存在。

天清净，地清净，内外清净，六根清净，

心性清净，诸秽无不净。

父亲成为教主那晚——

我到父亲身边，问他。

父亲大人——

"叫我教主。"

教主——

教主您——

能成为活佛吗？

父亲笑了。

"那种东西——任谁都当得成。"

你说谎——

"你听好——"

父亲大声一喝，接着说：

"——再过不久，你也会继承我的位置成为教主，所以你要专心学习。听好，没有人拥有神通力，不可能拥有，神通力只存在于见识过的人心中；只要能让信众看见神通力，就是活佛。"

"怎么——"

愚蠢。

怎么可能有这种蠢事。

但是……那么……当时的奇迹是——

"你也太傻了吧，那是戏法哪。"

戏法——

难道祖父的法力，活佛的神通力与魔术、奇术表演别无二致吗？

"当然相同。"

父亲笑得更放肆了。

"——把手放入沸水，在刀刃上行走，赤脚过火——这些戏法随便一个马戏团员都会耍。但是他们所做的是表演，我们所行的却是奇迹，你知道这种差异——是由何而来吗？"

修行之于宗教乃不可或缺——

这是潜心修行下所获得的奇迹——

"哼，大错特错。"父亲粗俗地笑着否定。

"表演与吾等之修行相同，乃马戏团员千锤百炼之成果，非吾人所能敌。但吾等宗教人士所行之戏法却与他们有天壤之别，你可知原因为何？"

志向不同的缘故吗？

"这也不对。"父亲说，"一点也无须多想吧？因为他们是江湖艺人，而你的祖父是教主——差别就只在这里。"

这是——

"也就是说——不是拥有神通力的人成了教主，而是教主变的戏法成了神通力，就是这样，懂了吗？除此之外，吾等所为与马戏团员并无不同。"

怎么——

怎么可能，难以置信。

你看得见过去吗？

你看得见未来吗？

你看得见人心吗？

你——能拯救人吗？

父亲嗤笑回答：

"哼，那些全是作假哪。"

我——哑口无言。

"要洞悉信徒过去还不简单，只要调查一番即可。戏法的真相是我先去详细调查，回来向前代教主汇报，如此罢了；预言未来也很容易，只要信口开河便成；至于能看穿人心，更是全赖说话技巧。"

"你那什么表情？"父亲露出险恶的表情。"信徒得救不是因为我老爸，而是他的教主头衔与教团这个容器。所谓的活佛并没有内涵，只有外壳。你看那个——"

父亲指着墙壁。

他手指的方向挂着祖父身上穿的那件豪华绚烂的法衣。

"——那件金碧辉煌的法衣就是神通力!"

在法衣的……领子之下……

"因此!"父亲大声地说。

"——那件法衣不管谁穿都一样。也就是说,若套用你的说法,从即位的今天起,我便拥有了神通力。你总有一天会穿上那件法衣,从那天开始你就是活佛。"

这种事情不可能发生我不相信你的话这种诈欺无法瞒骗世人。

爷爷令人敬畏爷爷是非常伟大的和尚祖父他是祖父他——

"父亲大人——"

你究竟累积了多少修行?你自认知晓世界之奥妙?你能与宇宙交感?你——

"少自以为是了!"

父亲朝惊惶失措的我大喝一声。

接着以黏滞、令人作恶的目光上下打量我的脸,或许是因为我哭了吧。

"现在是个好时机,我就跟你说清楚吧——"

父亲说。

"——你的祖父——前代教主过去是个修验者,也就是所谓的山伏。你应该听说过吧?"

我听说祖父巡遍万山,苦修多年而获得神通之力。但是父亲听了我的回答后,他捧腹大笑。

"所谓的修验道,绝不是像你所想的那么高尚。"

父亲说。

"——那是一种低俗的宗教。"

低俗？低俗是什么意思？信仰难道有分高低吗？

"——山中修行说起来好听，但山伏能自由来去山中修行已是古早以前，是役优婆塞[22]的时代——久远太古之事。我老爸入山的时代，连随意进出山林都受到幕府禁止，就算山伏也必然归属于本山派或当山派[23]——也就是说，必定得归属于某个寺院，须依规定定居于一处，就是所谓的乡里山伏。所以他说的什么山岳修行根本不可能办到，完全是胡扯。老爸是个专事诈骗的祈祷师。哼，什么天眼通，笑死人了。"

父亲大声嗤笑。

我则窘迫不已。

"我说的全是事实。就算空海、最澄[24]再世，在此浊世真的能修成正法吗？——"

父亲歹毒的混浊眼瞳盯着我。

"——'幕府时代'，这个词听起来好像很遥远，其实根本也没过多久。大家都以为幕府倒了就会完全改朝换代，但那只是一厢情愿的期盼。不管是谁居上位，就算掀起革命，过去与现代还是在黏滞徐行的时间下连结起来，古今之间哪有什么变化。"

可是——就算如此。

——祖父他……

还是个很伟大的人啊，我说。

父亲不愉快地皱起眉头。

"说什么傻话。算了，在你出生的时候，老爸早就是教主了，你会这么认为倒也不足为奇。我出生的时候，那家伙顶多只是个叫化子。哼，乡里山伏跟乞丐根本没两样。在维新之前，我老妈——你的祖母是个市子。所谓的市子，其实就是灵媒，老爸不过是个娶了巫女、专替人加持祈祷的可疑神棍。"

神棍——

"他每到一个村落就挨家挨户招摇撞骗，说人有灵障啦业障啦，靠着帮人祈祷、去凶解厄换取金钱维生。带发修行僧、占釜师[25]、行者，随你想怎么叫都成，他就是这一类人。总之你的祖父出身于贫贱，这是无可撼动的事实。好笑，不管穿着多么华美的衣服，不管如何装饰，都无法遮掩他的低贱出身。我每次看到装模作样的老爸以及向他磕头的那些蠢货就觉得很可笑，你不觉得吗？叫什么教主、山伏，听起来似乎很了不起，还不就只是个乞丐罢了，你跟我都有乞丐的血统哪——"

乞丐——

"听好，老爸在我心目中就只是个山中游民，跟山窝[26]没什么两样。要是别人知道这点，就没人会畏惧他、没人想对他膜拜了。但是老爸在骗人的技巧上非常高超，他——是个诈欺师。"

诈欺师——

"而且还是一流的诈欺师。"父亲又重复了一次。

"你应该听说过明治年间政府发布神佛分离令吧？许多僧人被迫舍弃僧籍还俗，山伏也一样。即使被编入天台、真言宗里，修验道仍旧只是杂宗。修验道不分神佛，神佛习合乃理所当然。舍弃权现与本地佛[27]，修验道就无以成立。当时只是个诈欺师的父亲看穿了这点。"

父亲的言语里有着深刻的恨意。

充满了对祖父的诅咒。

"所以——幕末到明治这段期间，势力庞大的修验者与民间宗教人士创造了许多神祇。金光教信奉金神，御岳讲[28]设立御岳教，富士讲成立了扶桑教跟神道修成派。这些就是修验系教派神道。但是像父亲这种没有信徒也没有讲社的神棍无力创设新兴宗教，于是他心生一计，立刻变卖土地跑到京都去。结果，也不知靠着什么关系——竟让他给溜进东寺里了。"

"反正也只是图个方便。"父亲轻蔑地说。

难道不是为了修行吗？

"是为了图方便。"父亲再次强调。

"假如老爸继续待在乡下干他的神棍，大概就不会有这个教团出现。因为明治五年政府下令废止修验道，这么一来，父亲只算是真言宗系统的末寺的下级僧侣，小庙和尚不可能熬过废佛毁释的凶涛巨浪；可是如果不愿意，父亲就只能当个更邪门歪道的神棍。万万没想到老爸二者皆舍——竟成了教主。"

成了——教主——？

"老爸想要本山的这块招牌。即使是佛教受难的时代——不，应该说正因为这种时代，拥有长期历史传统的总本山的招牌非常管用。毕竟这可是一块巨大的招牌哪——"

父亲说，祖父的信仰动机十分不纯。

"——说起教王护国寺，谁都知道是真言宗的总本山。在东寺修行过的话，比起在一般小庙也被瞧不起的修验者所受的待遇完全不同。老爸扮猪吃老虎地熬了几年，终于取得了这间寺庙的所有权——”

父亲环顾寺内。

“我看这里多半也是靠着他的三寸不烂之舌获得的。来到这间寺庙，老爸天生的神棍本领更是发挥得淋漓尽致，也就是你所谓的神通力——”

第二代教主十分不屑地说：

“——刚刚我也说过，马戏团员表演的戏法，由一流寺庙的和尚玩起来就成了法力。老爸的法力受到瞩目后，信徒随之增加；待时机成熟，便与总本山切断关系自立门户。手法之高超，真教人佩服哪。我老爸——为了达成他的野心，牺牲了妻子。他上京都时，抛妻弃子，放下老妈与我不管。老妈贫困交加之际得了重病，最后在失望之中死去了。”

祖母——

“连自己老婆都救不了的家伙，还敢称什么活佛？”父亲狠毒地说。

“等我被叫来这间寺庙时——母亲早去世了好几年，教团也已成立。看到那个原本脏兮兮的老头子，现在竟然穿起金光闪闪的法衣，好不威风——我真的吓了一跳，所以——”

祖父——威风凛凛，无人能匹敌。

“我觉得可笑，但也觉得生气。我瞧不起老爸，瞧不起教主的地位——”

那又为什么——为什么还……

“因为我受够原本的生活了。”

“你做梦也想像不到我跟你祖母在村子里受到的是什么待遇。

我们没被当成人。人有身份，身份有上下之别，可是我们连身份都没有——"

说到这里，父亲表情因痛苦而扭曲。

"——我们终究不是村子的人，可是也没办法住在山里。驱魔除秽者，与妖魔鬼怪一样满身秽气，受人鄙夷。可是我从没想到，仅仅——"

华美的法衣。

"——仅仅是穿上那种衣服，父亲竟成了比人更尊贵的佛祖！"

"你听好。"父亲站起身来。"想当上教主，只需要一个绝对自傲的态度。你要自认比任何人都伟大，不能有所怀疑。一旦怀疑，你就失去了—— 一切的立足点。"

自傲吧。

就只需自傲。

父亲——新教主说完这句话后，走入身后的房间里。我一个人蹲在偌大的佛堂里，抱着头泪流不停。

只觉得——很悲伤。

"你在哭吗？"

声音——拓道先生的声音。

我低头看了看脚跟方向。

拓道先生就站在我的背后。

"拓——拓道先生——你……"

"新教主说的话——都是事实，请你接受吧。"

"可、可是，这……"

拓道呼唤我的名字，接着说：

"请你仔细想想，教主说得并没有错。神通力只是个骗人的幌子，跟表演没有差别。但艺人毕竟仅是为了取悦人而存在，无法拯救他人；即使所作所为相同，前代教主却——拯救了许多人。"

"拯救——"

"因此，就结果而言，他依然是不折不扣的活佛，是你从小认识的那个伟大祖父，这也是事实。即使你接受父亲对你诉说的往事——也没有必要改变你原本的想法。"

"可、可是……"

那么今后我该何去何从——

"当然——不管何时何地，你都要专心修行，无须疑惑。但是只有修行还不够。努力累积修行，或许能成为一个伟大的人——但那只能拯救自己，无法拯救他人；至多能救一两个人，不能拯救大多数人。想救众生——"

只有靠一个能得人信赖的地位，拓道说。

"——令尊要你自傲，但是他却还无法做到。他作为教主仍然不够成熟。不只周围，连他也无法相信自己，这样——是没办法担当教主的重责大任的。"

拓道说完，悲伤地看了祖父的法衣一眼。当然，在那绚烂的布料上——没有眼睛也没有脸孔。

6

十五岁时，我离开了教团。

因为我无法拂去对教主——父亲的厌恶与不信任，这个观念已经深植我心。

同时，我也强烈希冀重新接受剃度，学习真正的佛法。

教团——变得愈来愈荒芜。

那里失去了信仰。

父亲继承教主后，信徒数量一天比一天少，许多人趁着祖父之死而脱团，干部也接二连三离去，就连牧村拓道也告别了教团。

但父亲仍然意气风发地继续扮演教主。

父亲似乎深信只要这么做信徒就会回来。

父亲的神通力——戏法虽然完全承袭了祖父时代的手法，但了无新意，相较于马戏表演更是黯然失色。同时，时代变迁早已没人相信这套。就算父亲想力图振作，终究无法挽回信徒的心。

真是滑稽。

没人渴求父亲。

没人接受父亲。

最后连教团的中枢干部也离开了父亲身边。

而我——也舍弃了他。

我辗转进入好几间寺庙修行。

不只是密宗，也学习了法华宗与念佛宗。

亦曾在镰仓的禅寺以暂到[29]身份入门，修习了三个月的禅宗。

但是，每一种佛法我都无法适应吸收。或许单纯只是我还没学习到精髓，但我想最主要的原因，应是我仍旧无法摆脱幼年时期所受到的思想灌输。

我流浪各地，最后我到达了——高野山，与东寺并称真言宗的顶点之青岩寺——金刚峰寺[30]。

时值大正元年，我二十七岁。

我深深受到感动，发愿舍弃过去的名字与人生，入真言宗门下。

众生无边誓愿度。

福智无边誓愿集。

法门无量誓愿学。

如来无边誓愿事。

菩提无上誓愿证[31]。

接受十善戒，完成结缘灌顶仪式。

我总算成了真言宗的和尚。

接下来的十年间，我专心修行真言密宗。

回归初衷，埋头认真学习。

显药拂尘，真言开藏[32]。

身密、口密、意密。

六大、四曼、三密[33]。


唵阿莫伽毗卢遮那摩诃母驮罗摩尼纳摩人缚罗罗利多耶吽[34]——

我——

再度得知父亲消息是在大正十一年。

通知我这个消息的，就是牧村拓道。

牧村在这之前似乎在秩父的真言宗寺院担任住持。他信中提到，几年前他收了养子，将住持的位子让给养子后，退隐山林。

牧村——祖父的爱徒在离开教团之际，与祖父的教义——修验教及密宗的混合体诀别。

但由信中看来，他似乎跟我一样，虽叩过禅宗大门，却还是难以改宗。一度还俗之后，重新出家成为真言宗的和尚，可见——他也一样无法逃离祖父的诅咒。

此外……

这封信让我察觉了，离开教团已经过了二十年以上的岁月。

牧村——从我曾经栖身过的镰仓禅寺和尚口中听过我的消息，之后一点一滴地寻找我的踪迹。即使我已舍弃了名字，舍弃了过去，栖身山中，一心向佛，与社会的缘分终究难以断绝。或者——同是受到祖父教义束缚的牧村，打从一开始便看穿不管我绕了多少远路，最后到达之处终究是真言宗吧。

金刚三密会在我离开后几年内就结束了。

失去了所有信徒，教团无以营运，寺庙也拱手让人。但父亲仍然无法舍弃再兴教团的梦想，孤独地进行半诈欺的宗教活动。

或许他应该改行去表演杂耍马戏。

父亲愈来愈堕落，多次身陷囹圄。

他的恶名也传到了牧村耳里。虽早就与教团分道扬镳，但与父亲缘分匪浅的牧村，在见到成为自己信仰契机的教团之穷途末路时还是难过不已，对其象征人物之昭彰恶名深感痛心。落魄的父亲继续丑陋地挣扎，但他愈挣扎情况就愈不顺遂。

最后——父亲在穷困潦倒之际搞坏了身体。

但是这个男人依然没办法放弃梦想。

他做了什么富贵荣华梦，我无从得知，但不论处于何种逆境，他从来不肯放弃教主的头衔。

多么可笑的执着。

父亲最后失去了住家，被赶出市町，在流浪途中倒下，变成半身不遂。

牧村见到身体无法自如行动、完全失去生活能力的父亲的惨状，心有不舍，便收留了他。

父亲那时已无异于乞丐。

但他——仍然不肯放弃象征教主的那件法衣。当牧村凭借着街头巷尾的传闻找到父亲的时候，他还紧抱着袈裟与法器，奄奄一息地躺在高架桥下。

信上写着"至我茅庵已经五年……"。受牧村收留的第五年，父亲病笃。

不知为何，我——觉得很困惑。没想到我对父亲的疙瘩即使经过了二十年，依然完全没有消失。

即使励志修习佛法，这个疙瘩在我心中也未曾消失。

我厌恶父亲。

不——我——

并非如此。

信中又——记载了底下之事：

令尊偏离六道轮回，陷入天狗道。白河院[35]有言：修行者不坠地狱，因无道心，亦不得往生——

天狗——

英彦山的丰前坊、白峰山的相模坊、大山的伯耆坊、饭纲山的三郎、富士山的陀罗尼坊、爱宕山的太郎坊、比良山的次郎坊，以及鞍马山的僧正坊——这些都是在炽烈的修行中最后堕入魔道的修行者，是脱离因果轮回，却无法真正获得解脱，受缚于魔缘的一群人。

自傲——

就只需自傲——

我感到非常、非常地困惑。

7

父亲死了。

就在我来探望他的第三天。

来探望前，我一直以为——身为至亲，相见时亲情会油然而生。但这只是种幻想。当我见到衰老丑陋的父亲，侮蔑之情有增无减。我没有丝毫的感动，只是坐在他的枕边，面无表情地看着老人衰弱的容颜。最后——

教主死了。

没有任何价值的生命，没有任何价值的死亡。

生生生生暗生始，死死死死冥死终 [36]

为何如此害怕黑暗？

那么早点腐朽，消失不见不是更好？

早点——

——有尸臭。

我嗅闻到腐败的臭气，浑身不舒服地打了个冷战，重新点燃线香。

一缕烟升起。

在线香后方，

——那是，

那是祖父的法衣。

以金、银丝线织成的绚烂豪华的七条袈裟与横披，光彩夺目的修多罗，以及僧纲襟挺立的斜纹袍裳。

父亲拼上他的一生守护这件法衣。

祖父的、

父亲的、

拓道的言语于我心中苏醒。


无须道歉／

于你道歉的瞬间，你的修行就结束了／

活佛任谁都当得成／

自傲吧／

但是他自己却还无法做到／

必须让自己相信自己／

否则没办法担当教主的重责大任／


——自傲。

——要自傲，只要变得自傲即可。


所谓的活佛并没有内涵／

只有外壳／

那件金碧辉煌的法衣就是神通力／


——那件法衣。

那么，那件法衣才是……

在那件法衣的巨大衣领下。

有道奇妙歪斜的皱折。

不久，皱折化为眼睛，眨了眨。

"汝即是我。"

突然之间，父亲的遗体开口说话。

"你还不懂吗，圆觉丹——"

衣服上的脸咧嘴嗤笑。

我粗暴地抓住那张脸——然后——

轻轻地……

吾今具足，愿吾意清净。

此乃大正十一年秋深夜之事。

1　襟立衣：指日本高僧所穿的法衣。在袈裟之外披上一件袍裳，袍裳领子立起，遮掩后脑勺与脸颊。传说中，天狗是高僧因过于自傲，误入魔道而化成的妖怪，故天狗界如同日本佛教界，身份高低井然分明，以鞍马山的大僧正为头领，大僧正所穿的法衣也因而获得妖力而变成妖怪。

2　唵冒地，即多，母陀，波多野迷：发菩提心真言。菩提指悟道的智慧，发菩提心真言为决心悟道之真言。

3　唵缚日罗罗多耶吽：修行《求持闻法》时唱诵的真言。关于此段真言的说法不一，据说可增进记忆力，阅经过目不忘。

4　唵，缚日罗，儗你，钵罗捻，波多野，萨婆诃：即被甲护身印。小指、无名指交扣于双手内侧，两中指尖相触，两食指微呈钩状，两拇指并拢，口诵此真言，如金甲护身，不受邪魔所侵。

5　护摩坛："护摩"为梵语"homa"之音译，意为"焚烧"。密宗修法的一种，借由燃烧柴木来消灾解厄。

6　大日如来：毗卢遮那佛，"毗卢遮那"为光明遍照之意。在密宗中被视为与宇宙同一的佛。于胎藏界与金刚界各有不同的法相。

7 弘法大师：即空海（七七四～八三五），弘法大师为其谥号。公元八〇四年被选为遣唐使留学僧入唐求佛法。为真言宗之祖。

8 南无皈依佛，南无皈依法，南无皈依僧：佛、法、僧合称三宝，能救度众生脱离苦海。入佛门必先皈依三宝。

9 废佛毁释：佛教传到日本后，渐渐与当地信仰的神道教混杂，称神佛习合。明治时代，政府发布神佛分离令，独尊神道，排斥佛教，许多僧侣被迫还俗。

10 东寺：又名教王护国寺。位于京都，为总管真言宗之寺庙。创立于八世纪末，公元八二三年，嵯峨天皇将东寺赐给空海，而成为真言宗总本山。

11 修验道：一种结合了日本固有的山岳信仰与密宗、道教、神道教、阴阳道而成的日本特有宗教，强调通过种种修行来得道。

12 南无归命顶礼：对佛皈依礼拜时唱诵的话语。

13 大日大圣不动明王：指佛教护法，镇守中央的不动明王，被视为大日如来的愤怒化身。

14 四大八大诸大明王：四大指东方持国天、南方增长天、西方广目天、北方多闻天四大天王，八大指不动、降三世、大笑、大威德、大轮、马头、无能胜、步掷八大明王，均是佛教守护神。

15 天清净、地清净……：修验道中的清净祓。"祓（祓い）"为神道信仰中消灾祈福等之祈祷文。

16 阿尾罗吽欠缚日罗驮都锘：密宗中各佛均有表示其佛格的真言，"阿尾罗吽欠"表胎藏界大日如来，"缚日罗驮都锘"表金刚界大日如来。

17 一宗一管长制度：明治五年（1872），日本政府设立教部省管理宗教事宜，明定一个宗派只能有一个领导者（管长）。

18 《虚空藏菩萨能满诸愿最胜心陀罗尼求闻持法》：简称《求闻持法》。唐朝时，印度佛僧善无畏将此经译做汉文并传至汉土，后传入日本。经文讲述一种修行法，能增强记忆，据说空海曾修成此法。

19 金、银丝线织成的……：此种装扮称"袍裳七条袈裟"，为最高位阶的法衣。修多罗为一种以四条绳索交互编织而成的装饰品，由左肩披至背上。

20 唵萨缚，怛他蘖多，幡那，满那裏：即普礼真言。于礼拜、勤行开始前唱诵的真言。

21 三昧法螺声……：法螺于修验道中具有重要意义。山伏入山修行时携带法螺，以法螺声与其他山伏交换讯息，说法时先唱诵此诗句再行说法。

22 役优婆塞：即修验道开山始祖役小角。优婆塞为皈依佛法，在家修行的信士。因役小角终身在家修行，并未出家，故得其名。

23　本山派、当山派：修验道于中世纪以后，分作以真言宗为本的当山派与以天台宗为本的本山派。前者以醍醐寺三宝院为本山，后者以圣护院为本山。但在废佛毁释的风潮下均告式微。

24　最澄：最澄（七六七～八二二），日本平安时代初期的僧侣。与空海一同入唐求取佛法，为日本天台宗之祖。谥号传教大师。

25　占釜师：神道或修验道中的一种占卜方式。大锅上放置蒸笼，笼中放米，上盖。水开时，以蒸笼中的米发出的响声大小来占卜，称鸣釜神事。

26　山窝：原文"**サンカ**"，汉字可写作"山窝"、"山家"、"三家"、"散家"等，随时代或地区，所指的对象不尽相同，基本上指一种山岳地带居所不定的流民。

27　权现、本地佛：权现为基于神佛习合思想中的"本地垂迹说"而生的神号。神佛习合论者认为日本传统的神其实是佛的化身之一，例如天照大神是大日如来的化身，此即本地佛。

28　讲：又称"讲社"，指基于同一信仰、相互扶助的宗教团体。日本民间许多宗教集团均以"讲"为名。

29　暂到：到到寺庙，尚未受到入门允许的和尚。

30　青岩寺：别名金刚峰寺，位于高野山的真言宗寺庙。高野山是空海年轻时修行的场所，亦是真言宗的信仰中心之一。

31　誓愿：修大乘菩萨道时，必须先发下誓愿。随宗派不同文字略有不同。一般多为四句，称四弘誓愿。此处为真言宗的誓愿，共有五句，称五大愿。

32　显药拂尘，真言开藏：典出空海著作《秘藏宝钥》。意思是显教（密宗以外的其他宗派）的修行有如拂去外在尘埃，渐次接近事物本质，真言密教却是有如打开宝库，直达事物本质。为比喻显密差异的话语。

33　六大、四曼、三密：空海教义的根本。六大指"地、水、火、风、空、识"，表森罗万象一切事物。四曼指"大曼荼罗、三昧耶曼荼罗、法曼荼罗、羯磨曼荼罗"，表万法之各相。三密指"身密、口密、意密"，密宗的修行方法。身密为结手印，口密为诵真言，意密为观本尊。

34　唵阿莫伽毗卢遮那摩诃母驮罗摩尼钵纳摩人缚罗钵罗韈利多耶吽：即光明真言。祈求金刚界五佛（五方佛）绽放光明之意。

35　白河院：白河天皇（一〇五三～一一二九）。笃信佛教。公元一〇八七年退位为上皇后仍握有大权，摄政期间跨其子、孙、曾孙三代天皇，达四十三年。

36　生生生生暗生始，死死死死冥死终：原文作"生まれ生まれ生まれ生まれて生の始めに暗く、死に死に死に死んで死の終わりに冥し"。空海著作《秘藏宝钥》中之一节。

一风流士至青楼寻妓，
见女倚高楼窗槛，长发飘然。
女子无容，额面皆发，
士大惊，昏厥矣。

——《今昔画图续百鬼》/ 卷之中·晦

毛倡妓

# 1

一把抓住女人的后颈子，一股香水味飘荡而出。

或许事出突然，女人似乎吓傻了，不敢作声，呼吸急促。男人硬生生地将她的脸扳向自己。

木下国治面无表情，低沉而短促地说："警察！"

女人顿时害怕得发起抖来，拼命地把头转开，不敢与木下两眼相对。"干什么？请问你有什么事？"女人装傻，**扭动身体**不停挣扎。

"这是取缔，今晚是大规模街娼取缔的第一天。选在今天出来拉客算你倒霉，跟我来。"

"等等——我不是、我不是那种女人，请放开我！"女人叫喊着，姿势很不自然地把头转开，不愿让木下看到自己的脸孔。"那你又是什么女人？"木下试图把女人的头转过来，但女人将头上的丝巾拉低，双手掩面，直说她跟取缔没有关系。

"喂！"

木下大声一吼。

"——没有关系是什么意思？大有关系吧。下个月起就是红线区[1]强化取缔月，今晚算是暖身运动，警察在各处召开夜蝶捕捉大会，你很倒霉，落入捕虫网了，快快放弃抵抗吧。"

木下左手拧着女人手腕，硬是扯下她遮掩脸部的手。"放开我，请放开我。"女人反复说着。

不管怎么挣扎也无济于事，木下是曾在东京警视厅厅内柔道大会中得过两次优胜的高手，非常擅长勒颈的技巧。

木下一用力，女人立刻发出哀鸣。

虽然让她晕过去比较好办事，但对方并非什么凶恶犯人，这么做未免过分，何况木下本来就不喜欢诉诸暴力来解决事情。他抓住女人，要她乖乖就范。

但女人还是执着地别开脸，便宜丝巾下颈子的静脉清晰可见。

"——你这女人就不肯乖乖听话吗？你自己看，哪有良家妇女会在这种时刻出入这种不良场所，穿着这么花俏的衣服，还把脸涂得活像个人偶般粉白啊？"

女人不断用力地摇头。

头上的花俏丝巾被晃落。

一头乌黑的头发。

一头乌黑的头发也跟着散开。

——头发。

木下松开手。

那一瞬间，女人有如猫科动物般灵巧地转身，贴着墙缩起身子，脸都快紧贴在墙上了。头发在空中乘着风轻飘飘地舒展开来，覆盖着女人的肩膀，比原先想像的还要长。木下原以为是烫过的褐色鬈发——出乎意料地，竟是笔直的黑发。黑发在空中摇曳。

"对不起，对不起。"

对不起——

"别……"

——别道歉。

木下感到狼狈万分。

——别道歉，这不是……

道歉就能解决的事——

"这不是道歉就能解决的事。"

木下是警察，亦即执法者，而这女人则是不道德的、反社会的街娼，受到取缔本是理所当然。是理所当然的。但是——

但绝不是因为木下人格伟大所以才取缔她。即使身为警察，木下也不算完美无缺。不，毋宁说是个距离完美很遥远、充满缺点的人。因此，就算向他道歉也……

——即使向他道歉，他也无所适从。

"——向、向我道歉也没用。"

"放过我——"

"你说什么？"

"请放过我，求求你。"

女人直接说得明白。

"放过你？我怎么可能——"

女人低着头，仿佛念咒般反复地说："求求你，请放过我。"

"——我、我怎么可能这么做！"

木下气愤地说。虽然今天只是来支持其他课的行动，但木下好歹也是个公仆，而且还是配属于中央的东京警视厅里、小孩听到会吓得哭不出声的刑事部搜查一课的凶悍刑警。

他平常接受的训示就是要以身作则，成为辖区警察的典范，自然不可能做出这种荒唐事来。"总之不行。"木下抓住她的手，女人语气悲伤，似乎说了什么。

但她用手遮住脸，话语含糊不清。

"——你要钱吗？"

"钱？钱是什么意思？"

遮口费——的意思吗？

"听说只要出钱——警察大人就会高抬贵手放人一马。我现在不能被抓，请问要多少钱？你开价多少呢？我现在身上钱不多，如果你愿意等的话——"

"混、混蛋。别说傻话了，早点认罪吧。"木下怒吼，"是谁跟你说这些一派胡言的？辖区警察我不敢说，但是我绝对不会做出那种收受贿赂，对罪犯网开一面的下流勾当！你要是继续侮辱警察的话我可不会放过你！"

木下声音粗暴，女人益发缩起身子，连说："对不起，对不起。"

对不起。

对不起对不起。

"就、就说你别道歉了——"

木下原本高涨的情绪突然没了。

他原本就不喜欢这个任务。

几天前，东京警视厅基于维护人权的立场，拟定特殊饮食店密集地区——也就是所谓的红线地带的取缔方针，决心进行更彻底的营业指导。

如今公娼制度废除，束缚娼妓们的卖身契等恶习也已去除。但是不论契约的缔结是否基于自由意志，基本上依然无异于压榨行为。

非但如此，红线区的存在无疑地带来了种种层面的问题，警察取缔这种不良场所本来就是天经地义，对此木下举双手双脚赞成。木下是个废娼论者，向来认为政府应展现魄力大刀阔斧地废除红线区。

木下——非常讨厌卖春女，一点也不想踏入红线地带。所以，当接到其他部门的支持请求时，他打从心底感到厌烦。

当然，担任此任务的部门成员也不见得就喜欢这个任务。只是不管如何，这是公务，只要上头有令，下属本应力行。

但木下就是提不起劲来。

这原本是防犯部保安课的工作。

只是，今晚的取缔并不是针对红线区域，而是对在红线区以外卖春的街娼——俗称阻街女郎的密集地带，也就是所谓的蓝线地带进行的大规模共同取缔行动。

从另一层面思考，蓝线或许可说比红线更为恶质。街娼的背后有黑道介入，因此也与刑事部的管辖范围脱不了关系。话虽如此，木下所隶属的调查一课是专门处理强盗杀人案件的部门，且最近听说——郊区发生离奇杀人事件，在这种非常时刻，竟得帮忙街娼取缔工作，木下一点也不想浪费时间做这种鸟事。

觉得非常厌烦。

愈觉得讨厌，便愈感到不耐烦，而在移动到现场的这段时间，不耐逐渐化成了愤怒，等到达现场时木下已是满腔怒火。

他歇斯底里地抓住女人，虐待似的责骂讯问。

连他都觉得自己今晚很莫名其妙。木下原是个胆小鬼，平常就算对待凶恶犯人也还是一副温和主义的态度，可是每次见到女人情绪就莫名地失控，若对方抗拒就粗暴以待。

但是……

——但是因为她道歉了。

因为女人道歉，木下几近沸腾的情绪急速冷却下来。

冷静下来后，他觉得自己像在虐待女人。不，刚才的行为分明就是虐待。

木下充满了无力感。

"跟刑警道歉，你的罪也不会变轻，就算只是小罪也一样。所以——你对我道歉——我也……"

——我……

也没有立场饶恕罪犯。

不，本来就不可饶恕。

"罪——这种行为有罪吗？"

"咦？"

"可是——这……"

虽然女人欲言又止，不过木下立刻懂她想说什么。

女人想问卖春本身是否有罪。

关于这点，木下也只能说出模棱两可的回答。

很遗憾地，目前卖春在法律规定上并不算违法行为。战后在麦克阿瑟的一句话下，公娼制度仓促地废止了。但在这之前国内舆论并非不曾讨论过公娼议题，明治时代以后，废娼运动一直持续活动到现在。

可惜的是，即使长期有人提倡，卖春行为还是没被禁止；反过来说，这代表了问题本身——并非长期议论就能获得结论。

随便在地图上画上红线蓝线规划起特殊区域，并不具任何意义。

"败、败坏风纪的私娼、街娼本来就该取缔，道、道德上不受允许。做这种事情你难道不觉得可耻吗？被人取缔，本——本来就是理所当然的！"

——我在亢奋什么？

"而、而且这种取缔——是为了你们好。"

木下说起冠冕堂皇的大道理。

女人微微抬起头。

"为了——我们？"

"对。问题在于你们背后的黑道。我不知道你为什么做出这种无耻行为，但你的行为只会让黑道荷包赚得饱饱。有必要为了如此无意义的事害自己的人生完蛋吗？所以说——"

所以说又如何？

这些单独接客的散娼背后的确多半有暴力团体存在，卖春是黑道很有效的资金来源；而另一方面，为了保护自己不受取缔或被美军赖账，街娼们也主动寻求流氓的保护。

但是……

就算取缔她们，这些女人真的会改过自新，过正当的生活吗？

不可能的。

而且话说回来——正当又是什么？

没有任何根据显示刑警很正当，娼妓不正当。说不定木下才是无耻之徒呢。基本上——

——不。

思索这些道理没有意义。木下讨厌娼妓，无法原谅娼妓。

卖春是坏事。

没有尊严的行为。

龌龊的行为。

不是人所应为。

竟敢卖春——这个，这个淫妇——

这个——

"总之你给我过来——"

木下抓住女人的手。

——我干吗拖拖拉拉的。

根本没必要多想，只要强行将之带回警视厅就成。这不是逮捕，而是辅导，即使被带回去她不会被关，不会要了小命，当然也不会受到严刑拷打。

木下没有半点犹豫的必要性。

反正这些女人被说说教立刻就会被释放，这是她们应受的惩罚。不，仅是说教还不够呢，这女人是污秽的——

——污秽的妓女。

"喂——死心吧你！"

"对不起——可是我、我什么事也……"

"你到底想说什么！"

"我什么也不知道。"

"什么也不知道？"

——什么也不知？什么意思？

木下放开手，重新打量女人。

两人身处距离路灯遥远的黑暗小巷里，所以无法清楚辨识衣服的颜色与花纹，但至少可以肯定很花俏，怎么看都不像良家妇女穿的衣服。

但是……

——与她一点也不配。

像硬凑起来的组合，一点也不相配。

虽说——花俏的浓妆与烫过的鬈发、轻薄俗艳的服装、高跟鞋与黑眼镜与丝巾——能与这种街娼打扮相配的女性恐怕也没几个。原本就只是为了吸引驻日美军的注意而流行的风格，木下认为这种打扮一点也不适合日本人。

但是……

——这女人，有种说不出来的古怪。

——离家出走吗？

但又不像外地来的。

过去娼妓多来自外地，但那是因为贫穷农村与富裕都会的贫富差距严重才会产生此种现象，木下听说到了战后，情况几乎完全改观。由于战败因素，都会区的经济萧条状况比农村还严重。农村在农地解放等政策下愈来愈丰裕，贫富差距减少；相反地，都会区则在空袭下遭受到严重打击，失业人口急速增加。

所以，虽不敢说——被卖到都会的山村姑娘还没搞清楚状况就开始接客——这类的情形已完全消失，但至少已经减少很多了。

但若有紧迫的燃眉之急、不得已的苦衷倒是另当别论——

即便如此，木下还是没办法容许卖春妇。

绝对不能原谅。

但是……

"你——"

"我——"

突然，听见女性的惊叫声。

共同取缔行动开始了，到处都有街娼被抓，喧闹声四起，女人朝木下所站位置的反方向望去。

从潮湿而破落的窄小的巷子口现出一道黑色人影，瘦小的影子大步踏地，朝这里奔跑，状似被人追赶，看来应该也是个娼妓。

木下做好准备。影子出声呼喊："小丰，是小丰吗？"确定来者是名女性，听起来并不年轻。

"阿姨——"

木下背后的女人说。

眼前出现了一名徐娘半老的女人。被唤做阿姨的女人，一听见声音立刻停下来，接着她发现了木下，像是被烟熏到般眼睛眨个不停。

"你是——刑警吗？"

"你这家伙——是老鸨吧。"

半老的徐娘瞪着木下说：

"我——你要对我怎样都随便。"

"什么随便，你们是——"

"对啦，老娘是大坏蛋啦，要杀要剐都随你，但是跟这女孩没关系，快放她走吧。"

"没有关系——啥意思？什么叫放她走！你凭什么命令警察？你也给我乖乖就范，这个——"

淫婆——木下原本就要脱口而出，硬生生地吞了回去。

或许是看出木下的怯缩，中年女子反而咄咄逼人起来。

"别以为你很了不起，你们这些差爷只要是站着的东西就想抓回去，那你们怎么不去把邮筒跟电线杆也抓回去啊？这女孩可不是什么街娼啊——"

木下更为退缩了。对方只是个小个子的老人，不管她怎么抵抗，木下也不可能对她报以拳打脚踢。正当他在思考这些事时……

有如枯枝的手指抓住了木下的上臂，手指深陷他的肌肉之中。

"——哼，管你是刑警还是风景，你不该对没有犯罪的老百姓动粗，快点放开那女孩的手，把我这个老太婆抓回去吧！"

女人甩动头发，不断呼叫："阿姨、阿姨别这样。"但是中年女子还是紧抓不放。木下踌躇了。

"叫你放开就快放开！"

"你才给我放开！"

木下挥舞着粗壮手臂，将老妇抓着自己上臂的细瘦手臂甩开。木下甩落了枯枝般的手腕，用力举起的拳头却扫中贴着墙壁挣扎的女人的后颈子。

——打中了？

木下反射性地放开女人，她的长发顺势散开，回转半圈，

长发顺势散开，回转半圈，

长发顺势散开，

女人的容貌暴露在木下眼前。

——啊。

"小丰，快逃！快逃啊！"

中年女子用力冲撞木下，但体格相差过多，木下纹风不动。是的，纹风不动，木下——

竟然一动也不能动了。

女人瞬间犹豫了一下，立刻拔腿离开，长发在风中飘动，女人的姿影愈来愈小。

木下你怎么了——啊，你抓到这个老女人了吗——听见同僚的声音。怎么了木下，喂——你没事吧——

"所以说——我最讨厌娼妓了。"

木下喃喃自语。

2

胆小鬼。

课内有人在背后如此嘲笑木下。

并不算是诽谤。

木下身高虽矮，看起来很强悍，人如其表是个柔道高手，可是却生性不爱暴力，即使到犯罪现场也从不积极与犯罪者对峙。就算是必胜的战斗，他也无心一战。并非胆怯，而是提不起劲。

但是木下并非自命为和平主义者。

课里的前辈说——正义并不存在。他说得或许没错，但就算是幻想也好，木下仍旧期望正义存在。所以当见到眼前发生恶行，木下同样会满腔怒火，有时愤怒过头，还会激动得想将坏人全数消灭。只不过，反正不可能办到，也没想要付诸实行。

因此，他只是个胆小鬼。

其他同僚都这么取笑他。

但若仔细检视，他的心情与其说是害怕更接近——

更接近讨厌。

害怕与讨厌并不相同。

虽然木下并不是那么明白，但他认为这两者有所不同。

以虫为例，妇女儿童见到虫蛭，即使没被咬伤也会惊声尖叫，直呼恐怖。但木下认为，与其说是恐怖，更接近对丑陋的事物感到厌恶。

木下自己也不喜欢虫子。

虽不喜欢，木下不至于见到虫子就尖叫。然而，即使不会尖叫，木下也不像说书故事中的豪杰见一只杀一只，看到虫子就将之碾碎，甚而一口吞下。如果身体接触到虫子，木下一样会觉得恶心，看到蟑螂腹部棘刺般的节状肢体也会受不了。不论是昆虫的脚或腹部、光泽，以及蠕动的样子，实在教人难以喜欢。

但是那与恐怖并不相同，应该是出自于生理性的厌恶感。昆虫与狗、猴子之类的动物不同，在身体构造上明显异于人类，这种厌恶感应是起源于一种难以容忍异物的情感。

因为难以容忍，便产生心意无法相通的厌恶之情。虽说狗或猴子等兽类与人类也无法相通，但至少这些家畜、宠物之类的高等哺乳类与人类较亲近。

它们能够与人类共存，所以人类也容易对之产生亲密之情；相反地，像蛇类、壁虎、昆虫等形状愈异于人类的动物，就愈容易有所排拒。

如果说这是恐怖，或许算是恐怖的另一种形式，但木下就是认为这两者有所区别。

例如——同样是哺乳类，狼或熊会吃人，这类猛兽会对人造成危害，因此即便没有实际遭遇过，木下也觉得这类猛兽充满威胁，比起虫子这类猛兽才真的恐怖。而只有像大黄蜂、蝎子之类拥有致命剧毒的这类昆虫确实会危害人类的生命安全，但像蚊子或毛毛虫这些对人类不会有什么太大伤害的一般昆虫，实在没有必要那么讨厌。

这应该算是两种截然不同的情感吧。

如果硬要把这两种情感混为一谈，那就等于——老虎很可怕所以猫也可怕。不管老虎会对人造成多大威胁，总不至于虎猫不分吧？若说因害怕老虎，所以对形似老虎的猫也觉得讨厌的话，倒是还能理解。

是故，这种情感与其说是恐怖，毋宁是讨厌。

除此之外，害怕虫子还有另一种情形，那就是虫子能神不知鬼不觉潜入家屋的特性。虫子很小，经常突然冒出来，妇女儿童常因而被惊吓，但是这种情况跟游乐园的鬼屋可说相同道理。

单纯只是吓了一跳而已。

见到虫子先大吃一惊，接着又对其特异外形感到厌恶——但这究竟是否能称作恐惧呢？与其说是恐怖，倒不如说更接近——被惊吓所以很讨厌、看到恶心的事物所以很讨厌的情感，不是吗？

还是说，这种情感才应该称作恐怖呢？

或许——是如此吧。但是木下就是觉得这种情感叫做恐怖很奇怪。

讨厌跟恐怖是不一样的。

木下虽称不上勇敢，但是并不害怕对人施暴或被人以暴力相向。他只是讨厌，那是一种厌恶的情感。

——胆小鬼。

但木下还是认为自己是个胆小鬼，在背后被人称呼"胆小鬼"、"没用的家伙"也无话可说。

若问为何，乃是因为木下在这些讨厌的东西以外——

有真正恐惧的东西。

——那就是……

说出来多半会被人嘲笑。

木下在课内被嘲笑为胆小鬼的真正原因其实就是来自于此。

这种东西并不稀奇。

木下真正害怕的是——**幽灵**。

对于木下而言，幽灵绝非——外表恶心、难以沟通、会造成物理性危害，或是会让人惊吓的那类东西。没错，绘画中的幽灵大多十分丑恶；佛教故事中的死者与生者也是天人永隔，难以相容；如果遭到幽灵附身或作祟的话，的确也会产生实际的危害；幽灵行动神出鬼没，突然现身也着实令人吓一跳。幽灵确实有诸多令人厌恶的因素。

但是木下觉得幽灵恐怖的理由，跟这些讨厌的要素并没有关系。

他仅仅是像个孩子一般无条件地觉得恐怖。

幽灵……

——那女人。

那天的那个女人……

**——她的脸看起来简直像幽灵。**

"你怎么了？"青木问。

木下一脸疲惫，看了同僚一眼。与木下相同，青木是一课一股的刑警。由于年龄相同，木下与他交情甚好。这位容貌童稚的刑警皱起眉头说：

"——真奇怪，你今晚很异常啊。"

"没什么。"

"你——真的那么讨厌娼妓吗？"

"为什么要问这个？"

"因为你真的太怪了嘛——"

青木边说边倒了一杯凉掉的茶，递给木下。

两人在刑事部的休息室里遇到。

"——我第一次看到你那么激动，眼珠子都冒出血丝了。"

"我只是睡眠不足，心情不好罢了。"木下回答。

"——杂司谷事件过后天天睡不好，那个案件的余味很差。"

这是事实。

"只有这样？"

"你怀疑吗？"

"可是你抓到那个老太婆的时候，不是还嘟囔着讨厌娼妓吗？"

"我是讨厌啊。"木下回答，"警察没道理喜欢娼妓吧？"

"话是没错。"青木态度略显不服，"可是没人想当娼妓才去当的，还不是贫穷跟不安定的世道把她们逼上了绝境。错不在娼妓，而是促成娼妓现象的社会。所以说……"

"别跟我说这些场面话。你老爱说这些大道理会被他骂的。"木下说。所谓的"他"是指跟青木搭档的刑警前辈。

"会走向这条路自然有其理由，但是现在这个社会里的娼妓都是她们自由选择的结果吧。她们好歹有选择权。自愿留下来卖春的人，就只是将这种行为当做是生意。"

"是没错，她们自己也是这么说——"青木说完，露出难过的表情。

"——保安课的家伙们不是会问那些被抓到的娼妓吗？责问她们'做这种事情难道不觉得羞耻？''不觉得自己错了？''是否打算继续下去？'诸如此类——"

青木倒茶进自己的茶杯里。

"——但是这些话多半会引来娼妓们的反感，大概是觉得被人瞧不起，也觉得被人当成不知羞耻的懒惰鬼。就像你说的，她们是把卖春当成生意。"

"本来就是。"

"但是——我还是认为不应该因此否定她们的人格，我们应该彻底站在拥护人权的立场进行取缔工作。况且在前阵子以前，卖春还是受国家认可的行为呢。"

"可是现在并不被认可吧？"木下故意露出厌恶的表情说，"——顶多被默认而已。而且，就算国家认可我也不认可。无论有什么难言之隐，卖春都是愚蠢而龌龊的行为，本当受到惩罚。现在警方只是把她们抓过来辅导，这样是不行的，对她们一点效果也没有。"

不知为何，一谈到娼妓问题，木下话锋就会变得尖锐。

"但是——接受辅导的人当中，也是有人真心反省而不再卖春的啊。"

"是吗？一旦堕落就很难回归正常了。"木下故意愤恨地说。

"让你讨厌娼妓到如此地步的理由到底是什么？"青木觉得很

不可思议，转头看木下。

"没什么。"

木下自己也不懂。

青木叹了口气。

"刚刚被你抓到的那个老太婆叫做阿熊。她原本在特殊慰安设施照顾慰安妇，现在则是当散娼的鸨母。"

"喔。"

"不管是离家出走的女孩还是没饭吃的乡下姑娘、刚死了老公的年轻寡妇，这些涉世未深的娼妓都由她负责管理。说是管理，那个老太婆也没有收多少费用。她跟黑道没有瓜葛。她仅仅想保护这些女孩不受黑道染指，所以才挺身而出。女人们靠着她的斡旋才能安心赚钱，所以也很感谢她。简单说，那个老太婆等于是她们的救星。"

"哪有这种救星。"

"嗯，没错，拉皮条的确不是什么值得称赞的行为——但是那个老太婆……对了，那时不是有个女人逃走了吗——"

——那女人。

"就是那个长发的女人啊。"青木说。

长发的女人。

那女人。

"据说——那女人今天是第一次拉客。"

青木说。

"第一次——吗？"

"嗯，所以老太婆很担心呢。"

"担心？"

"因为那一带如果没有后盾，单独出来当街拉客的话立刻会被勒索。现在老太婆自己被抓，就没人保护她了。那一带似乎有三四个暴力团体互相争夺地盘，个个互不相让，随时派人监视，不让人随便在那里做生意。如果那女孩被某一团抓到的话，接下来就——"

木下喝了一口茶。

我什么也不知道——

卖春是犯罪吗——

对不起——

——原来是这么一回事。

但就算如此——

"就算如此，会搞成这样也是自作自受，她们在下海之前或多或少都知道这种情况吧？知道还去拉客的女人就是笨蛋。一般来说总会先探探情况吧？更何况她还是第一次拉客，照理说应该没那个胆子继续。"

"可是她有隐情……"

"又是什么隐情？"

"听老太婆说，那女孩去年以前在某个采矿小镇生活，自从老爸死于意外，一家人流落街头，来东京靠亲戚接济。可是亲戚在战争中失去了能工作赚钱的男丁后，经济状况变得很糟，现在也欠了人一屁股债。"

"那又怎样？"

"只有这样也就罢了。惨的是她的母亲生了重病，天天躺在床上需要人照顾，除了她以外还有五个弟妹，年纪最大的才十岁，光要喂饱这些人每个月就得花上相当金额。而且她们这一大群人来投奔亲戚家，总得出点钱给亲戚吧？能赚钱的只有女孩一个，要养这么多人——就算靠你的月薪也不够啊。"

"你跟我说这些干什么？"

青木模仿木下的语气说："没什么。"

"唉，总之，我只是在想这个社会有这种人存在——我们警察难道没办法为她们做什么吗？"

"什么也办不到吧？"

"是吗——的确，诚如你所言，卖春绝对不是好事。但是我说啊，木下，卖春至少是拯救那个女人的手段啊。对那个逃走的女人来说，老太婆比起我们这些净说漂亮场面话的警察**更有帮助**——难道不是吗？"

"帮忙拉皮条算是帮助吗？"

"是的。至少我认为——"

"喂！青木，难道你赞成卖春？"

"我可没这么说。"

"不管家中状况如何，一样都是做坏事赚钱。如果这种事能容许，那么因贫穷而犯下杀人、偷窃勾当也能容许了。就是这些事于法不容，所以大家才会拼命为了生活而努力。而保护这些拼命努力的人，就是我们警察的工作。"

——我在兴奋什么。

那个、那个女人。

**她是幽灵，她——**

"抱歉，我说得太过分了。"木下说得口干舌燥，一口气将茶喝尽，盖上毛毯躺着休息。说不定离奇杀人事件有新进展，明天起恐怕又是一番忙碌了。

"所以说，我——讨厌娼妓。"

木下嘟囔。

3

木下的老家有个奇妙的房间。

木下到现在还是不知道那究竟是改建增建的结果，还是本来就有这种格局，抑或非常特殊的构造。只不过木下在自己不到三十年的人生里，从来没有看过相同的建筑。

房子本身并不奇特。

与一般的日式建筑没两样。

只有一个地方非常不同——

那就是储藏室。

现在回想起来，那究竟是不是储藏室也值得怀疑。只不过家人都叫那个房间为储藏室，实际上也如此使用。

就算那个房间为了其他用途而造，至少在木下出生之后到老家遭到空袭的这段期间，那里只被当做储藏室使用。

既不像大有来头，似乎也没有任何发生过问题的迹象，就只是个入口有点奇怪、专门用来堆放东西的房间，如此罢了。

那个储藏室位于壁橱里面。

这种说法听起来十分奇妙，木下小时候一直把那个房间叫做壁橱里的房间。

虽说如此,那个房间当然不可能是——能放进壁橱般的小房间。在近两公尺宽、乍看没什么特别的壁橱里,却有一半是楼梯。打开左侧纸门只是普通的壁橱,右侧则设置了一个往上的狭窄楼梯。楼梯穿过天花板,折返之后继续通往二楼、三楼——最后通到一个隐藏的阁楼。

阁楼是个六叠榻榻米大小的小房间。

木下家把这个房间当做储藏室运用。

虽然从外面无法发现藏有房间,但作为秘密房间而言,隐藏方式又太随便。故事中武士宅邸的秘密房间机关比这个复杂多了。就算入口设在壁橱里,通常也会做点掩蔽,至少天花板上也会设个盖子。否则像这样一打开纸门立刻能看到楼梯的话,一点稳密性也没有。

不仅如此,木下的家人嫌麻烦,从来也不把纸门拉上。

说麻烦,其实使用房间的机会一年里大约也只有一两次,但平时还会打扫楼梯,如果要一一关起来的话或许是有点麻烦吧。

需要使用壁橱时,就把两扇纸门一起推向楼梯那侧。

是故,楼梯总是暴露在外,只要一抬头看就发现楼上有房间,看起来与寺院塔内由下朝上望去的景象相似。楼梯本身虽暗,但储藏室里有天窗,壁上也有采光窗,因此房间内部并不怎么暗。狭窄归狭窄,只要东西别堆得太乱,看起来倒还挺开阔的,所以过去应该也不是被当成禁闭房[2]使用,因为并不适合。

更何况木下一家代代都是农民,根本没有建造秘密房间的必要。

所以木下认为那个房间只是格局古怪,打一开始就是作为储藏室使用的吧。

平时只有要收纳不必要的物品时才会用到那个房间。被收进那里的杂物，多半也不会再拿出来。

就如同一些老房子的仓库或置物室，那个房间里满满堆积了随意放置的物品。

行李箱、茶具盒、藤盒、木箱等杂七杂八的物品堆积如山，缝隙里塞着老旧的女儿节人偶或捆起的挂画、坏掉的时钟，每件东西不是布满尘埃，就是乌漆抹黑。不过或许是因为房间很干燥，并没有霉味。

由楼梯一进房间，立刻只剩一公尺左右空间。木下经常独自一人在那里玩耍。虽然还有很多地方可去，不知为何就是常去那里，或许很喜欢那个房间吧。

木下也不晓得自己是被什么给吸引住了。

小孩子总喜欢这种场所，木下也一样。木下已不记得最早去那里是几岁的事，只知道当时似乎很兴奋，从来不觉恐怖，也没人阻止过他。只记得警告他楼梯很陡要小心，但没人禁止他去那个房间。

总之，很奇妙的房间。

——好怀念。

木下现在回想起来，突然觉得很怀念。

那是长久以来早已忘却的光景。

距离上次回忆起那个房间已过了多久？应该不止十年了。老家受战火波及而烧毁，但木下对那个房间的记忆却在战前就已消失。应该因为某种理由不再到房间去了。

——因为楼梯坏掉了吗？

似乎是如此。

好像发生了什么问题，所以楼梯被拆掉了。

不对，那个楼梯应该没坏。那么又是因为什么理由——

那个楼梯。

——楼梯。

看见昏暗的楼梯木下想起来了。

木下站在从门口朝房子内部探视的青木背后，蒙眬见到房子内的昏暗铁梯，进而回忆起那个储藏室。

两人现在正站在一间由车库改造成的、空无一物的建筑物前。

根据青木的推理——杀人魔就潜伏在这栋建筑里。

于他们取缔街娼那天清晨起，发生了一连串极其恶质的连续杀人事件。

一椿少见的凄惨事件。因取缔蓝线而深感疲惫的木下与青木还没来得及休息——几乎一夜没睡，于黎明时分又立刻出动，他们成为共同调查本部的调查员参与调查工作。后来调查工作陷入瓶颈，如坠五里雾中。但对于木下而言，能碰上这种难以解决的事件反而幸运。投入全副身心调查，才得以不必想起那女人的事情。

——那个……

那个女人的脸，以及她的长头发。

——那个是……那张脸是……

木下挖掘自己过去的记忆。

竹……

竹子。

——竹子姐。

长久以来——好长一段时间忘却了的名字不经意地掠过脑中。看到这间房子的昏暗阶梯，想起了那个储藏室的情景，同时也挖掘出伴随着储藏室埋藏起来的老旧记忆。

——那张脸……

是竹子姐的脸。所以……

所以木下看到那个女人的脸的瞬间，才立刻以为是幽灵。

——等等……

幽灵？

为什么是幽灵？这就表示竹子她……

——竹子姐怎么了？

死了吗？应该是死了，否则木下不会直觉认为那女人是幽灵。就是知道死了才会如此认为。那么……

那么又是于何时死去？为何死去？不，真的死了吗？而自己又为何知道她的死讯？

——不，不对。

竹子是离家出走的。

之后就此行踪成谜，这才正确。

记忆中竹子并没有患不治之症，也没意外身亡，是离家出走了。所以并不见得死了。

阿国，别再讲竹姐的事了——

爸爸心情会变得很不好——

那个孩子做了坏事——

所以出远门去了——

你就别再问了——

母亲、叔父与婶母，大家都异口同声这么说，可见竹子与父亲发生过争执。

竹子是父亲最小的妹妹。木下原本该叫她姑姑，但因为很年轻，所以他都叫她阿姐或竹子姐。在木下七岁以前竹子跟他们一家人住在一起。当时她大约十七八岁，脸蛋很漂亮，长了一头乌黑秀丽的长发。

——竹子姐……

到底是怎么了？父亲前年去世了，母亲跟其他亲戚还在。

但是……

这二十几年来，她们口中从来没提过竹子的名字。至少木下从来没听过。不管是死了也好，离家出走也罢，对竹子的事噤口不语实在很异常。

想不起来。

明明当时竹子经常陪他一起玩耍。

——坏事。

说她做了坏事——什么意思？

对不起对不起对不起——

别以为道歉就能了事——

木下。

"喂，木下。"

好像有人在叫自己。

青木转头，正向他招着手。

茫然站立在车旁的木下走向门口。

不知为何，在被叫之前他一点也不想靠近那里。

青木一脸憔悴，这名同事这几天来几乎没睡过觉。

"这里——麻烦你看守，只有这个出口，没有后门。"

"你打算冲进去？"

"当然。对方只有一个人。不能继续出现受害人了。如果他就是犯人，这里应该就是犯罪现场，所以应该还——"

青木表情有点急迫，抬头看了昏暗的楼梯，接着，走入昏暗的房子里。

进入了不应进入的地方。

——不可以进去。

不可以进去。

今后不可以进去这里。

储藏室。

今后不可以进去这里——

——是指储藏室吗？

好像发生很激烈的搏斗。

——青木。

发生什么事了？样子颇不寻常。

——要上去吗？

不可以走上这座楼梯。

——不行，无法上楼。

两脚发软。在楼梯上的是——

在昏暗狭窄的楼梯上的是——

——什么声音?

冷汗直流。

那个声音是⋯⋯

激烈的争吵,殴打的声音,脚踢的声音。

残暴的声音,那是暴力的声音。

那是——施暴的声音。

是伤害人的声响。

呻吟声与哭泣声。

你以为事到如今你哭还有用? ——

你知不知道你做了什么事? ——

现在全村都知道这件事了——

你跟谁睡过? 拿多少? ——

别以为道歉就能了事——

就那么想要钱吗? ——

我可不会原谅你——

你这肮脏淫妇——

龌龊的娼妓——

不知羞耻——

臭婊子——

垃圾——

请原谅我请原谅我请原谅我——

就说不是道歉就能了事的——

对不起对不起——

你这人渣去死吧你没有活着的价值赶快死一死去向祖先

赔罪——

"爸爸，别再骂了，阿姐都哭了。"

阿姐她——

阿姐她好可怜唷。

父亲对他说。

国治，你听好，竹子做了绝对不能原谅的事情，所以我才会处罚她。

你看仔细——

你这个妓女你这个妓女你这个妓女。

殴打声殴打声殴打声。

木下转头。

背对他们。

当他背对门口的瞬间——

木下昏倒了。

4

夕照由采光窗射入房间。

破掉的不倒翁上积了一层厚厚的白色灰尘。

行李箱上放着藤盒，上头又堆了一个以绳子绑住的木箱，旁边塞了老旧的女儿节人偶。行李箱上有洞，由洞口看见暗红色的布料。其余还有破旧的斗笠跟雨衣，以及破掉的灯笼、缺盖的茶具盒，与不再使用的茶碗。

这里是储藏室。

每当下雨时，

觉得无聊、无事可做时，

或者是被父亲责骂之后，

总是会来这个储藏室。

因为谁也不会来这里。

这里是只有自己的世界。

直到母亲呼唤吃饭前的这段时间，这里是专属于我自己、不受其他人打扰的美妙游乐场地。所以——

我喜欢这里。

用手指在布满灰尘的器物上画画。

欣赏老旧的器物。

咦？

位置似乎有变化呢。在衣柜后面，不倒翁与藤盒之间，有个没看过的东西。看起来很新呢。原本在那里的是——对了，是用布巾包起来的和服。难道又有新的东西被放进来了吗？

那是什么呢？乌黑，又有光泽。

完全没沾到灰尘，非常美丽。在夕照的阳光下闪闪发亮，看起来十分柔韧，非常、非常漂亮。那是——

——阿姐。

那是阿姐的头发。

乌黑亮丽又飘逸。

那是阿姐的头发。

原来如此。

阿姐躲在这里呀。

阿姐好像做了非常坏的事情，所以昨天被爸爸严厉责骂。

她受到严厉责骂。

阿姐一直道歉，不断说着"对不起"，但爸爸并不原谅她，他好生气好生气，不管阿姐怎么道歉，也绝对不原谅。

爸爸不知揍了阿姐多少次，我求爸爸不要再打了，但爸爸还是不肯停止。

爸爸实在太可怕了，所以……

所以阿姐才会躲起来吧？所以才会很悲伤地躲在这里吧？跟我一样呢。

"竹子姐。"我呼唤她。

"阿国——"

竹子姐躲在缝隙之中，背对着我，用比平常更温柔的声音响应。

"怎么了姐姐，你很悲伤吗？"

"嗯，我很悲伤，真的好悲伤喔。"

"因为被爸爸骂了吗？"

"不是的。"姐姐说了。

"因为爸爸很可怕吗？"

"我被骂也是理所当然，因为我做了坏事。"

"是吗？"

"是呀，很坏的坏事。"

我要姐姐看着我，姐姐答应，转动脖子，露出半张脸。她躲在衣柜后面的狭窄空间，所以没办法转动身体。她从乌黑的长发中间，露出半张洁白的脸孔，颈上的静脉清晰可见。

竹子姐身体有一半夹在缝隙之间。

"那里——不会太窄吗？"

"没关系的，不用担心。"

"我也想进去。"

"不行。"

"为什么？"

为什么不行？

"阿国，吃饭了。"听见妈妈的呼唤。

晚饭时间到了，我该走了。

阿姐还是歪着脖子，对我说：

"阿国——我在这里的事情要对大家保密唷。"

"嗯，我不会说出去的。"说完，我就下楼了。

我吃完饭，洗完澡，便上床睡觉。第二天天气很好，我没去储藏室，跟朋友到外面玩了。隔天我去河里玩耍。再隔一天，因为傍晚下起雨来，所以我又到储藏室里。

阿姐还在那里。

在衣柜后面，不倒翁与藤盒之间。

头发，与头发之中露出的半张脸。

跟上次一样。

完全都一样。

"阿姐，你还在吗？"

"是呀，阿国，你帮我保守秘密了吗？"

"有啊，可是大家都在找你呢。"

"没关系。"

原来是捉迷藏。

我跟阿姐聊了很多事情，很开心。

接下来又过了三天，我被爸爸责骂了，很悲伤，所以我又到储藏室去。

阿姐还是在那里。

在衣柜后面，不倒翁与藤盒之间。

头发，与头发之中露出的半张脸。

跟上次一样。

我向阿姐诉苦。

阿姐温柔地听我说。

然后阿姐安慰了我。

阿姐在衣柜后面，不倒翁与藤盒的缝隙之间，从长发中露出半张脸来安慰我。

"你爸爸喜欢你所以才会骂你，所以绝对不能怨恨他喔。被骂的人，都是因为做了坏事才被骂的。"

姐姐说。

之后在晚饭做好前，我们又聊了好多事。

这样的日子持续了一段时间。

我有事就会去阿姐那里，跟她无话不说，一起玩耍。但是阿姐始终躲在缝隙里不肯出来。

就这样，我跟阿姐一起玩耍了——半年左右。

但是……

有一天，我说有件事情很有趣，要阿姐出来。阿姐说不要，但是我坚持她一定要出来看，于是我把手伸进不倒翁与藤盒的缝隙之间。

我摸到她的长发。

抓住后颈子一拉，

忽地，

头发，

啊。

"啊。"

"怎么了？木下——"

"你没事吧？"课长问。

在医院的病床上。

木下被嫌犯殴打而失去意识了。全身湿黏，汗流个不停。心脏有如打鼓般不断跳动，后脑勺也与心跳同步一阵阵刺痛。

"你没事，放心吧。"

"你只受到擦伤而已，休息一下就好。"

"青——青木呢？"

"他要整整休养一个星期哪，真是太莽撞了。"

"那——家伙呢？"

"嗯，他就是真犯人，现在逃亡中。"

"逃了——都是——我的错。"

"不会处分你的，这次是我的判断失误。现在已经全面出动搜捕了，很快就会落网。但是——木下，你的胆子也太小了吧，竟然那时会背对门口不敢进去。"

"对不起。"木下道歉，真是大大地失态了。

那个昏暗的楼梯之上——

原来如此。

那个储藏室——

木下想起来了。

不可以进去。

今后不可以进去这里。

不可以走上这座楼梯。

通往那个储藏室的楼梯——自某日起突然被封起来，入口钉了好几片木板。对了，记得连着壁橱一起整片被涂成墙壁，之后再也没人提过储藏室的事。

母亲跟婶母都哭了。

哭了——

记得有一场很小的丧礼。

举办了丧礼。

原来——

**原来那是丧礼。**

以后别提竹子姐的事了——

爸爸听到心情会很不好——

因为那孩子做了坏事——

她到很远的地方去了——

所以别再问了——

母亲与婶母反复对幼小的木下说这些话。原来那就是丧礼。

那是一场不想让人知道而偷偷举行的——

丧礼。

——竹子。

竹子果然死了。

为什么？

啊。

——警察。

丧礼之前，记得警察来过。

警察来了，把木下带到储藏室里——

为什么？

记得被问了话。为什么警察会……

对了。

是母亲急忙找警察来，因为她**发现木下手上握着一串头发**。母亲满脸苍白，立刻跑上楼梯，接着，她——

母亲尖叫。

——原来如此。

爸爸，别再打了，阿姐在哭了。

阿姐好可怜。

阿姐——

那是……

当时没人对木下说明，现在想来，竹子大概是为了某种理由，经常与村中数名男性进行性行为，并伴随着金钱往来。

身为一家之主的父亲发现了妹妹近乎卖春的行为。父亲是位很严格、比一般人更在意面子的人。竹子的行为受到父亲严厉斥责，被臭骂一顿后遭到痛殴。除此之外无法解释记忆中的父亲的言行。

你以为事到如今你哭还有用？——

你知不知道你做了什么事？——

现在全村都知道这件事了——

你跟谁睡过？拿多少？——

别以为道歉就能了事——

就那么想要钱吗？——

我可不会原谅你——

你这肮脏淫妇——

龌龊的娼妓——

不知羞耻——

臭婊子——

那时的父亲非常异常，木下的记忆里从来没有看过那么激动的父亲。父亲虽然是个严格的人，却不是毫无意义地使用暴力的人。

可是……

垃圾——

你这人渣——

去死吧——

你没有活着的价值——

赶快死—死去向祖先赔罪——

请原谅我请原谅我请原谅我——

竹子被父亲斥责之后，似乎深受打击，觉得一切都是自己行为不检点所致，感到非常羞耻——于是，她到储藏室里，于衣橱后面，不倒翁与藤盒的缝隙间——

自杀了。

事情经过应该就是如此。那个储藏室平时几乎没人进去，所以遗体也一直没被发现。大家都以为竹子失踪了。那个储藏室被与平常起居的空间隔开，所以没有人闻到腐臭。不，因为那里异常干燥，所以没有腐化——

等等——

那么——

木下手里抓住的头发是——

在衣柜后面，不倒翁与藤盒之间。

头发，与头发之中露出的半张脸。

那张脸。

也就是说——

木下。

半年之间——

**都跟什么一起玩耍**？

——阿姐。


5


约一年后，谷中的板金工边见仲藏家中发生杀人事件。

木下与搭档长门一同前往现场。

现场凄惨无比。

浑身浴血的老人躺在玄关，鉴识人员围绕在他身边，辖区警署的刑警与派出所的警员一脸郁闷地走向两人。

"送存证信函过来的邮差发现的，一打开门人死在这里——"

"存证信函吗——"

"应该是法院的查封通知——吧。"面对遗体念佛的长门说。

"是的，这间工厂——相信你看了也知道，目前歇业中。因为经营不善，然后……"

地方刑警以目光向警员示意继续说下去。

"呃，被害人是边见板金——这是工厂的名称，这家边见板金的老板，名叫边见仲藏，现年六十八岁，此外——"

"还有其他人？"

"请到里面来。"警员招呼两人。

"我一接获通知，立刻赶到现场，可是不管怎么呼叫都没人响应。我认识他们家人，所以觉得很奇怪——啊，请走这里，后面那个房间铺了棉被——"

警员仿佛在介绍自宅一般，毫不迟疑地带领木下等人。

打开纸门。

里面也有鉴识官。

"——就是这个房间。我一到这里，觉得心里不安，结果翻开棉被一看——"

棉被上有个老妇人与五个小孩，每个人都双手合十躺着。

长门皱起眉头。

"死因是绞杀。从右边开始是仲藏的侄女——他哥哥的女儿，桑原畅子四十二岁。接着是畅子的儿子幸夫十一岁、贞次九岁、粂子八岁、井子五岁、留夫三岁。"

"真是的——这些孩子年纪还这么小，为什么要做出这么残酷的事情——"

长门一脸于心不忍地蹲在遗体旁边，再次合掌。

长门总会在杀人现场膜拜尸体。木下每次都很不以为然，但这次看到这么多小孩子的遗体排成一排的光景，难免也觉得悲伤，连他也想合掌膜拜了。心中一阵刺痛。

"他们生活很苦。"

地方刑警说。

"很穷困吗？"

"你看看这孩子，一看就知道是营养不良，简直就像战争刚结束时的流浪儿，几乎没吃到多少饭。"

木下移开眼。

不忍心直视。

派出所的警员接着说：

"这个叫做畅子的女人，她的丈夫原本在矿坑挖煤，丈夫死后无依无靠，去年春天从北海道带着孩子们来投奔亲戚仲藏。但是仲藏的工厂——就如各位所见的，几乎要倒闭了。"

工厂似乎荒废已久。

机器看来有一段时间没有启动过了。

"实际经营工厂的是被害人的儿子，但是——"

"长男跟次男都战死了。仲藏患有风湿症，身体无法自如活动，完全没有收入。"

"所以才会被查封吗？"

"他欠人一屁股债，不得已只好卖掉工厂。他连自己都自顾不暇了，更别说要照顾来投奔的畅子一家人。而且畅子——还患有心脏病，只能躺在床上养病。"

"这就叫屋漏偏逢连夜雨吧。"辖区刑警面无表情地说。

"这一家人真的是走投无路了。所以说，我原本以为应该是举家自杀——"

等等。

木下想起来了。

似乎听过类似的故事。

长门问："不是自杀吗？"

"因为……还差一个人。"

"还差一个？"

"畅子带来的孩子里还有一个女儿——女儿的行踪目前还没发现。"

女儿。

"名字叫——桑原丰子。今年十八岁。"

丰子。

小丰——

"这个丰子——其实是个……"

"街娼吗？"

木下说。

"是的。丰子似乎在上野一带活动。只不过我们也只是听说，并没有实际证据。由她的服装言行以及左邻右舍的风评看来，似乎没错——我也有亲耳听过她的传闻。好像是——仲藏强行要求她去卖春。总之，有这么一段隐情……"

"你早就知道了？"

木下瞪着警员。

"你早就知道却不通报？"

"我、我……"警员吓得退缩。

"你放任不管这样对吗？既然知道怎么不取缔？别让她继续沉沦，维持地区的风纪不是警察的工作吗？"

"您、您说得没错——可、可是他们的家庭状况……"

"每个家庭还不是都有困难！"木下怒吼。

"——全部都要顾虑的话可就管不了，不能因为这种理由就默认卖春的行为吧——"

——这些娼妓。

木下看了看幼小的尸体。

"如果早点辅导她们，说、说不定就不会发生这种惨事了——"

"好了好了，国治"长门进来劝架。

"——所以说——你们认为丰子就是犯人？"

"是。生活困苦，又被强迫卖春，应该心里很痛苦。但是如果自己先死了，留下来的母亲与弟妹大概也活不了——她看破人生，不得已才犯下罪行吧——"

"那么她很可能也自杀了，得赶快发布通缉。"长门说。

太迟了。

现在才找已经太迟了。

木下环顾房间。

家徒四壁，整齐排列好的遗体。

遗体后方——

有个壁橱。木下穿过鉴识人员走向壁橱，伸手拉开纸门。

不可以进去。

今后不可以进去这里。

我知道，不必说了。

木下打开了壁橱。

探头进去。

层层堆栈的棉被。

行李箱与水果纸箱的背后——

那是什么？乌黑又有光泽，非常美丽。受到光照闪闪发亮，看起来十分柔韧，非常、非常漂亮。那是——

木下伸手一把抓住那个东西。

头发。

长长的头发。

她躲起来了。

躲起来自杀了。

受到拉扯，摇晃了一下，朝向木下。

在行李箱与水果箱的缝隙之间，乌黑秀丽的头发之中，露出了半张洁白面容。

原来你在这里。

"阿国——"

唉，已经死了。

木下露出厌恶表情。

此乃昭和二十八年八月之事。

---

1　红线区：即所谓的"红灯区"（red light district）。战后日本于公元一九四六年发布公娼废止令至一九五八年发布卖春防止法期间，可公然卖春的区域。

2　禁闭房：原文作"座敷牢"。为了某种理由（惩罚、精神失常、畸形儿等）软禁家中成员而设置的房间。

山川水草之间，
有怪，形似赤子，
曰川赤子。
川太郎、川童[1] 之类也。

——《今昔画图续百鬼》／卷之中·晦

川赤子

〔第拾夜〕

# 1

精神萎靡，想去河岸散心。

说河岸倒好听，其实只是条流经都会的河流。这里看不到祥和的乡村风景，有的只是肮脏的板墙与泛黄的灰泥墙化作令人愉快的影子，倒映在昏暗、淤积而摇晃的水面上。沿岸的家家户户将房屋几乎筑得与河岸线切齐，显得拥挤不堪。

一点也不美丽。

梅雨时节的天空阴郁不开，不亮也不暗。抬头一望，天空仿佛正在嘲笑人类生活的无意义，觉得自己像被舍弃而倦怠不已。风并不是停了，却感受不到。天气不冷不热，可是又非适温，不怎么舒服，只让人烦闷。

这些我都知道。

但是我还是认为至少比待在家里好。无论水是否淤积污秽，只要心情不好，我就想到水边去。

距离这里没几步路的距离，有一座小桥。

想到那里走走。

理由我自己也不清楚。或许是因为在我蒙眬意识之中，模模糊糊地联想到桥梁。

桥下有条小径通往岸边。

或许这就是原因。嗯，就是如此。

沿着河流走了一段路。

搬到这里——中野也有两年，我依然不知眼前的这条河流叫什么名字。当然，我至少记得自己家的地址，可是诸如邻町名称、道路或坡道的称呼却一向记不起来。我无心去记，总是茫然过活的我没有知道地名的必要，也从不看地图。可是我——却知道这座桥的名字。

这座桥叫做念佛桥。

是座简陋的桥。

听说还有别的称呼，不过我并不知道另一个称呼。我曾听人提过，只是记不得了。印象中也是个古怪的名字。至于像我这种连河川名称也搞不清楚的人，为什么知道桥的名字——关于这点连我也觉得颇为奇妙——理由其实简单至极。

因为桥名就写在栏杆上。

就这么简单。除此之外，我对为何叫做念佛桥、有何由来之类的一概不知。

根据从以前就住在中野的朋友说法，这里是中野惟一有过河童传说的桥。

最近很少听到目击河童在桥上跳舞、听见河童入水声之类的民间传说，不过据说战前——十年前倒是很稀松平常。

直到现在，中野的耆老仍把这里当做河童出没的地点。

连这种地方也有河童出没吗?

很遗憾地，我从来没看过。

虽然我也不怎么想看。

桥一如既往褪色而破旧，在同样缺乏色彩的风景中，一点也不突显自我地存在着。这副景象与我模糊记忆里的景象一模一样。

令我感到莫名的放心。

恒久不变的景色。

平淡无奇的现实。

没有进步，真是一件非常美妙的事。

至少——对于（像我这种）向来不愿意承认站在时间洪流前端的胆小鬼，或者对于（像我这种）没有自觉正受到社会考验的胆小鬼而言——是非常美妙的事情。

三个全身沾满泥巴、乌漆抹黑的调皮小孩走上桥，嘻嘻哈哈地奔跑着穿过我身边走掉了。我面无表情地看着这一幕。

眼球干涩，或许是想睡了。

眼皮眨个不停，真的想睡了。

——唉，活着真是麻烦。

想着此般事情，但我并非想死。

——去死——吗？

要我去死实在办不到。要死，需要劳力。如此主动的行为对现在的我太困难了。我现在的脆弱神经无法承受如此剧烈的变化。

我站在桥上，弓着背，凝视着缓慢流动的河水。昨晚下了雨，水比平时还要混浊。水位虽变高了，流速依然缓慢，如果没听到水声，说不定还以为水流停滞了呢。

我叹了口气。

其实我——并不喜欢水边。

例如海洋，太广、太深、太激烈太美丽，反而令人厌烦。看着海，反而使得看海的自己显得很矮小、浅薄、自我堕落而龌龊。我并不是很喜欢海。

蔚蓝的天空、广袤的海洋，这些与我一点也不相配。举凡太过健康、太过正当、太过炽烈、太过整齐之事物，我生性难以接受。

因此——这种河岸刚刚好。

——真的是这样吗?

突然之间,不安之情涌现。

我相信我讨厌大海的理由并没有错,我本来便是见到宏大之物便会自惭形秽的人。但是——我不喜欢海并非单纯只有这个理由,我似乎忘却了某个极其重要的事项——那是什么?

——我忘了什么?

鸟儿的振翅声响起。

什么也想不出来。

——算了——无所谓。

多半是无所谓的事。就算我真的忘记了,也还能过正常生活。

——但是。

我该不会连**我忘记事情**的事也忘了,只知浑浑噩噩地过活吧?

想到这里,觉得有些恐惧。

缺乏色调的景色映照在焦点游移不定的眼眸里,我独自在桥上苦恼地胡思乱想。

豆腐小贩骑着脚踏车渡桥。

呆滞的喇叭声从背后流过。

令人厌烦的日常生活化为倦怠感包围着我。

——想接触水。

欲望逐渐升起。

我用眼角余光追着豆腐小贩的背影。

手靠在栏杆上,落寞地走过桥。

对岸的桥下有条小径通往岸边。

桥旁长了许多类似菊花的花朵。

湿润的杂草长满周遭一带。

严格说来，这不算一条小径，只不过小孩子频繁出入，在草皮上留下了一条光秃秃的痕迹。地面凹凸不平且湿滑，差点跌倒。与身手敏捷的小孩子不同，对钝重笨拙的三十岁男子而言这是一条窒碍难行的道路。

结果虽然没有跌倒，裤子下摆却被泥巴沾黑，衬衫也被草地的露水沾湿了。

这里什么也没有。

只是更靠近水边。

芦苇高过腰际，地形狭窄而泥泞，走是走下来了，却动弹不得。

流水声隆隆。

我试着蹲下。一蹲下来，丛生的芦苇比我的头顶还高，对岸的水平线呼地上升了不少。

——水的气息。

我用力吸入湿气，吸满整个肺部。

啊，我还活着。充满了活着的感觉。

简直就像两栖类。

在这大多数人挥汗工作的时间，我却蹲在桥下草丛，就只无所事事地透过呼吸感受生命。充分体认到自己在社会上完全不具机能之愧疚感。

我总是如此。

无所事事，彻底地无所事事。

水鸟停在芦草之间。

一动也不动。

——鹭鸶吗？

也许不是。

我心不在焉地看着鸟儿。

——真无趣。

觉得真是无趣。

呼吸湿润的空气，回想事情经过。

开端是——狗。妻子说想养条狗。其实没什么大不了，也不怎么奇怪。我回答不要，一样也是没什么大不了的回答。我并不讨厌动物，可是不知道为什么，就是提不起劲。

接着两人之间的气氛变得有点尴尬。

我们没有吵架，就只是变得冷漠。

其实放着不管也成。我们夫妇平时对话不算很多，相处也不见得一直很融洽，就算遇到这类状况，也还能相安无事地度过一整天，反正到了晚上吃个饭就去睡觉。但是，不知为何，这次我却突然觉得这个过于日常的光景令人作呕、令人厌烦，我再也待不下去了。

——简直像个孩子。

说不定我只是因为工作进展不顺利，才会拿这事当做借口趁机溜出门。应该是如此。我想我只是不想工作罢了。

有人说小说家非寻常神经所能胜任。可是我连正常人的神经也付之阙如，所以我本来就不是当小说家的料。我看我只是对工作感到厌烦，想借机转换心情而已。

但是……

我还是觉得似乎并非如此。我肯定忘记了某项重要的事。不，说不定不是忘记，而是我非得将那重要的事藏在内心深处、装作不存在才能过活。

因为我是个胆小卑鄙的人。

——啊，鸟要飞走了。

振翅、水声、飞沫。

——那只鸟的脚浸在水里吗？

不知为何，我想着这些无关紧要的事。

怯生生地走向前，靠近水边。

水气冰凉，很舒服。

脚边的泥泞比刚才更稠密湿润。

是的，我想要的就是这种水汽。

不是海，也不是河湖。不需要广袤感也不需要清凉感。我想要的水汽就像水果一样丰润多汁。且不是新鲜水果，而是——有点过于烂熟、释放出近乎腐臭的浓密芬芳的水果汁液。

——唉。

我把手指伸进水里。

多么冰凉啊……等等，不对——

——怎么回事？

感觉水似乎凝结了。把手缩回来。

手上什么也没有，水滴沿着手腕滑下，沾湿了袖口。

——那是什么？

刚才残留在手指上的触感是什么？

觉得手指似乎碰触到在水中飘荡的——某种不定形的物体。或许是某种漂流物。我看着河面，的确，那里——我伸手进去的地方，水流似乎与其他地方不大相同，形成小小的漩涡。可能那一处河底的地形或水草生态较特殊吧。

我再一次更慎重地把手指伸入水中。

——有东西。

水中似乎存在着某种异常之物。

温度有所不同。

像是某种较温暖的水流——

——不，并不是水。

触感就像寒天——类似青蛙蛋的东西——

我连忙把手缩回来。我最讨厌那类东西了，浑身冒起鸡皮疙瘩。

看着手指，并没有沾染任何东西，就只是沾湿了。我把湿掉的手指在衬衫、裤子上来回擦拭，就算什么也没沾上，我还是想要拂拭掉碰到异物的不快感。

我不安地擦着手，站起身来，接着又仔细端详脚边的那道漩涡。

但不靠近就看不到漩涡。

我又蹲下。

还是没看到漩涡，水流看起来与其他地方并无不同。把脸更凑近水边。仔细一看，发现水流到此处稍微有点停滞，但是透明度没有变化。这里并无特别混浊，也没有什么黏滞的异物，水就是水，一样徐徐流动，一点停滞的感觉也没有。

我再一次把手伸进去。

但是。

那东西——果然存在。

2

心情依旧烦闷不已。

无心书写，无聊地耍弄着钢笔，墨水在稿纸上滴得到处都是，仅仅如此，我就失去了干劲。我将钢笔抛到桌上，把桌上的稿纸揉成一团，反正才写不到三行。

连扔进垃圾桶也嫌麻烦。

我本来就不擅长写文章。我只是喜欢读，便想试试自己能不能写；写归写，从来也不认为我的蹩脚文章上得了台面。即便自认已成了小说家的现在，也还是一样拙劣。我绝非文章高明才得以当上小说家的。

我这家伙目前虽在表面上挂着鬻文为生的招牌。但我既无所欲抒发的情衷，亦缺乏将之化为文章的才华。若是想写之物还能勉强一写，除此之外一概不行。拙劣至极。不，连写成文章都办不到，遑论优劣。我厌恶这样的自己。

我花上好几个月才好不容易写出一篇不甚有趣的短篇小说，但照这个速度，在这个贫困年代将无以维持生计。可是笨拙的我又做不了其他工作，不得已，只好写一些小说以外的杂文。

只要不挑，工作到处都有。例如糟粕杂志[2]上那些光怪陆离的报道，随时都缺作者。但这类的文章内容大体上都是跟我八竿子打不着的香艳报道与离奇杀人事件。

我这个平凡的小市民，怎么可能写出什么私通、殉情或杀人的报道呢？

虽说工作归工作，但写不出来就是写不出来，实在无可奈何。要是无须采访，就能写出接二连三红杏出墙的淫荡妇人之火辣告白或外国连续杀人魔甫犯案不久的心路历程，我也不必伤透脑筋了。

但是编辑却通常会说："所以得靠你这个小说家的丰富想像力呀。"

的确，小说家有能力将虚伪的幻想描写得煞有介事。不消说，编辑期待的就是我的小说家资质。但是这种期待实在错得离谱。要是我有如此丰富的想像力，我老早就用来撰写趣味横生的小说；小说有趣的话，我也犯不着来接这种三流工作了。

像我这种蹩脚作家，即便只是想在文章中传达"苹果是红的"这类客观的事实都有困难。

我彻头彻尾缺乏写作才能。

我躺了下来。

榻榻米上有本杂志。

是我投稿的文学杂志。

扔在那里大概是因为刊载了我的最新作品。该志上一期刊登了我一篇短篇小说。

说是刊登，完全是**承蒙好意才得以刊登**，非对方主动请我执笔。原是折腾了半年之久好不容易写完的小说，不抱任何期待地拿去杂志社，恰好页数有缺，便好意让我刊登了。说白一点，就是凑页数的。

发售后没听到任何反应。

无人批评也无人赞扬。

光靠这篇短篇小说的稿费连一个月也撑不了。

因此——

我转头看了厨房。

妻子不在，大概出门买东西，不然就是在打扫庭院。我翻个身朝向另一边。

不想看到那本杂志。

那天以后，就没人提过养狗的事。妻子对此事一直保持沉默，我也不好意思主动提起，因此我实在无从得知妻子现在的心情如何。

——或许已经放弃了。

不，别说放弃，搞不好妻子早就忘了有这么一回事。想来妻子应该不是很执着于养狗，所以她保持缄默的理由多半也没什么大不了。仔细思考，恐怕当时觉得心有芥蒂的只有我自己吧。妻子的个性一向淡泊，之所以觉得她悲伤，说不定来自于我内心的愧疚感作祟。

不觉得养只狗儿也好吗？——

记得当时她是这么说的。语气很轻松，并没有表现出什么非养不可的急切心情。而我呢？——我是——

——怎么回答的？

记不清楚了，只记得我的确拒绝了。

我趴着，脸贴在榻榻米上。

——为什么拒绝了？

虽然是自己的想法，却不太能理解。

我——绝不是讨厌动物。

只不过我这个人生性怠惰，一想到养起宠物得每天照料就嫌麻烦，实在百般不愿意在狗儿身上花时间。但妻子也知道我是这种人，她应该打一开始就有所觉悟，反正照顾的担子最后还是会落在自己身上，那么她提出这个要求，想必也早就有所决心才是。

——我究竟说了什么拒绝她？

记不得。多半是"狗不好，会给邻居带来麻烦"、"会造成家计负担，没钱养"之类的理由。

——说不定是毫无来由地大发雷霆？

唉，记忆一片模糊。实在想不起究竟说了什么，完全忘记了。

——果然忘了某件重要的事。

不，应是刻意不愿想起。

我抱着头，胸口被仿佛捧着内容不明的箱子的不踏实感所淤塞。想窥视内容，却觉得不该看；不是看不了，而是不敢看；想看得不得了，但我知道里面放着绝对不能看的东西。里面装了黏滞不堪、有如泥泞的——

"阿巽，阿巽——"

妻子呼叫我。

我坐起身来。

显露出很不悦的表情。

"干啥——"

口齿不清，发音模糊。

这种时候，我的用词遣字总让人觉得我心情不好。非但如此，明明没在工作，我却总是被人打扰似的生起气来。

明明不是妻子的错。

妻子从纸门后面探出头。

"哎呀，又在这里睡懒觉了。"

"我才没睡，我只是在想事情。"

"可是你的脸上有榻榻米痕。"

"啰嗦，我只是有点累了。到底有什么事——"

明明内心不这么想，嘴里说出的却是一句接一句的不愉快的话。我盘腿而坐，抬头看妻子。

"有客人找，是敦子小姐唷。"

"喔——"

客人——吗？

原本虚张声势的不悦顿时消退了下来。我端正坐姿，环顾房间四周，看起来不算很乱。与自甘堕落的我不同，妻子平时勤于打扫，即使临时有访客来也不用担心，反而我这张睡得略显浮肿的脸才最不适合见客。

来者是朋友的妹妹，目前在某文化科学杂志担任采访编辑的中禅寺敦子小姐。今年才二十出头，十分年轻活泼，是位才气英发的女中俊杰。

实不相瞒，我能以小说家身份讨生活，全部多亏了这位敦子小姐。靠着她的引介，我才得以在杂志上发表作品。

来不及刮胡须便与恩人会面。

这位短发的职业妇女还留有少女时代的稚气，看到睡迷糊的我似乎也不怎么惊讶，在礼貌性的招呼后，立刻说明她的来意。原来她想了解关于——**发生于密室的事件**，问我有何可供参考的书籍。虽然我从没公开宣称，但她也知道我常在糟粕杂志上撰写三流报道，因此以为我对这类题材小有研究吧。

不管是否能派上用场，我立刻就我所知范围，向她介绍了几本——以密室为题材的推理小说。

我说话模糊而冗长、不得要领，但中禅寺敦子还是一副非常感谢的模样，"真是太谢谢您了，关口老师。"向我敬礼道谢。

她的动作灵巧而敏捷。

"——我对推理小说只有些模模糊糊的印象，对这个类别并没有认真研究过，接下来我会仔细阅读老师推荐的这几本小说的。"

"呃——抱歉，似乎没派上什么用场——总之、该怎么说呢。"

我欲言又止，低下头。

"——我顶多也只是知道书名，不是什么热心的读者——话说回来，这种事情问你哥应该收获会比较多吧？"

她的哥哥是我为数不多的朋友当中的一位，自从于旧制高中相识以来，前前后后也已经有十五六年的交情。

他在同一町上开古书店，算是一般所谓的书痴，阅书无数，不分日本、西洋，几乎没有他不知道的书。

但是敦子难得尖锐地拉高嗓子说："这可不行呢！"

"——要是被我那个疯癫大哥知道，说不定他会断绝兄妹关系呢。您也知道，大哥他呀，最讨厌人家谈这类话题了。"

"是吗？他比我读过的推理小说还多得多吧？"

"读当然会读，我哥只要有字什么都读嘛。可是他最讨厌那些——密室谜团或人凭空消失之类的古怪话题了。要是被他知道我在调查这类事情的话，他肯定会气得冒烟的。"

"啊——原来如此。那家伙一生起气来的确很恐怖呢。只不过啊，小敦，你为什么要查密室的事？"

敦子迟疑了一会儿后，向我诉说起消失于密室中的妇产科医生的故事。

奇妙的故事。

虽然是我先开口提起，听她说明时却心不在焉。耳朵闭不起来，照理说应该把她的话全部听进去了，但留在我的意识上的却只有片段而已。

妇产科——进不去——被封闭着的——怀孕——胎儿——小孩——消失——死亡——诞生——

诞生。

未诞生。

这些片段自行结合成了一种讨厌的形象。

——这是。

这个形象是什么？

厌恶的形象于产生的瞬间立刻溶解成浓稠的液体充斥着我的意识。

——是海。

黏稠不定的海。

这是怎么回事？

——浓稠的海，

——有如浓汤般有机的，

——我，我究竟，

**我厌恶的究竟是什么？**

"老师您怎么了？"

中禅寺敦子睁大眼睛，诧异地问我。

"啊——嗯，海……"

"海？"

"没事。"我摇摇头。

"大概是气候的关系——最近身体状况不太好，有点头晕——"

感觉很不舒服。

我早习惯在这种场合装出一副镇静的样子，反正我平时情绪就很不安定，所以就算有点不舒服也不奇怪。

"——已经没事了。"

"可是您看起来气色仍然不怎么好——我去叫夫人来好吗？"

"不，不必。"我立刻伸手制止。

"没什么，我只是突然想起某件不愉快的事。而且现在——"

现在已经什么也想不起来了，我只记得是件**不好**的事。箱盖并没有打开，内容物仍是未知数，只有不安感徒然增加。

"——是关于海的。"

"是关于海的恐怖意象吗？"中禅寺敦子问。

"不——没办法明确——总之实在想不起来。"

"老师，您还记得几年前去犬吠埼玩水的事吗？"

"咦？啊，好像——有这么回事。"

我试着在模糊不清的记忆中回忆往事。

"那一天风很强，大哥大嫂、老师跟夫人，还有我——然后……"

"啊，那天大家都一起去了嘛，我还记得大家一起在那里吃蝾螺。"

只有食物的记忆很清晰，我的品德之低可见一斑。

"对了——我想起来了。原本大家很期待你哥下海会是一副什么德性，结果那家伙到最后还是没下去。"

"是呀。记得那时候——老师曾说过，您不是讨厌海，而是觉得海中的生物很可怕。"

"原来我说过那种话——"

我还是不记得当时说了害怕什么。

"——可是我并不害怕鱼贝类啊。我还挺喜欢的呢，很美味啊。"

"不是的——您当时说讨厌海藻，因为会缠在脚上。"

"啊对，我讨厌海藻。"

在水中被异物缠上的不快感非比寻常。

"然后老师又说——您觉得海整体有如一只生物，令人很不舒服——包括微生物啊、小鱼或虫子啊之类的，仿佛所有海中生物混杂而成一只巨大生物——您说讨厌的就是这种感觉。"

没错。

不喜欢海的理由就是这个。

跟什么蔚蓝天空或广袤海洋完全没关系。

那些只是我难以接受的事物。我所讨厌、畏惧的不是海的景观，而是海的本质。

累积成海洋的并非是水。

那就像是生命的浓汤。海洋整体如生物般活生生地存在，一想到要浸泡在这里面就令人全身发毛。浸泡在海中，海洋与自我的界线逐渐失去，我的内在将冲破细胞膜渗透而出。就跟刚才的——

那个——

"不行了——"

真的晕眩了起来。

听到中禅寺敦子很担心地呼喊妻子的声音。

声音愈离愈远。

我似乎睡着了。

不知不觉，发现自己躺在铺好的床上，大概是妻子帮我铺的。想起身却头痛欲裂。

夕阳斜照。

妻子在檐廊收拾晾好的衣服。

我站起来，头晕目眩，步履蹒跚。

妻子瞄了我一眼，说："你起来啦。"接着抱起包巾，

"——敦子吓了一大跳呢。"

她说。

我不知该如何回答。妻子说似乎快下雨了，抱着衣服从檐廊进入房里，说："今晚吃什么好呢？"

——太平常了。

为什么？为什么如此平常。

仿佛一切都如此理所当然。

想逃离家里，觉得喘不过气来。

"有点不舒服，我——出去散个步。"

我语气短促地说，接着以恰似风中柳叶般虚浮的脚步离开了家门。

梅雨季节中的街景朦胧。

头还是一样痛，但没办法继续待在家里。眼睛深处似乎有某种混浊不堪的倦怠感支配着我。

好想出远门。

——想逃离。

逃离某物。

逃离我从小就一直逃避的事物。

我这人笨拙、迟钝，又怠惰。简单说，就是个废物。在这庸碌的日常生活里，单靠自己，连件**像样的**事都办不成，就只知畏畏缩缩地不断逃避。逃课、偷懒、放弃工作——

不断逃避的结果，就是什么也没完成，什么也没改变。

但我还是继续逃避。

这只是幼稚的逃避现实，而非基于意识形态的抗议行动。胆小的我贪图不了刹那的安逸。即便是逃避，我顶多只能尝到放弃义务所衍生的罪恶感而不住地发抖。仿佛为了发抖而逃避，于发抖之中重新确认自我的界线。

重新感受自己的无能。

重新感受自己不受世界所需。

直到此时，我才总算安心。

我一直在逃避、胆怯、回到原处中打转，重复着毫无意义的行为。我就是这么个胆小鬼。

回过神来，我又走到了念佛桥。

时刻已近黄昏，老旧桥旁的景色比平时更灰暗，仿佛一张古老的照片。

走上桥。

迎面而来的是携伴同行的女学生。

我不由自主地转过头背对她们，偷偷摸摸地走向路旁。

我污秽，不希望被人注视。可是愈偷偷摸摸，看来就愈猥琐。只要态度堂堂正正，根本不会有人在意我，但我就是办不到。结果为了躲起来，我又穿过桥下，走向河岸。仿佛向下沉沦，有种放弃一切的安心感。拨开草丛，来到芦苇之间蹲下，桥上已经看不到我了。

——是漩涡。

是那道漩涡，水流凝结成了漩涡。

我——睁大眼睛凝视。

明显地——那东西开始凝固了。

如玻璃般透明，但光折射率明显不同。水中的那东西已经不再是不定形之物，逐渐变化成一种形状。透明的——就像是，两栖类一般。

——例如蝾螈，或者山椒鱼。

我——强烈地想吐。

3

在这之后，我感到很不舒服，整整躺着休息三天。

我向妻子宣称是感冒，但很明显地这是轻微的忧郁症。学生时代，我曾因陷入神经衰弱状态，被诊断为忧郁症。

那时经常想着要自杀。

并没有明确的理由，就只是想着要死，觉得非死不可。

现在或许是年纪大了，顶多疲累不堪，一点也不想死。

勉强算是痊愈好了。

忧郁症虽不是不治之症，但一度治疗好了却不代表不会再度发作。可能症状会变得不明显，但疾病一直存在于内部。不，我可说就是疾病本身。总之，无法像外科那般能将病灶连根拔除。不知道别人是否也有类似的问题，或许这种症状任何人都有，是很普遍的情形。如果真是如此，忧郁症恐怕无法根除。

总之，忧郁症并不是单纯心情的问题，而是种疾病。

如果弄错这点，原本治得好的病也治不好了。

一般而言，当心情低落时，不管多么沮丧，受到鼓励心情总会舒坦一点。但忧郁症患者却最怕鼓励了。受到鼓励的话，原本轻微的症状难保不会变得更糟糕。

情况严重时甚至还会想要自杀。

人人都懂得要理性思考，也知道如何调适心情。但就是因为讲道理没用，不管怎么力图振作，心情照样低落，所以忧郁症才被称作是疾病。对忧郁症患者而言，别人的鼓励再怎么动听、再怎么有道理也终究无效。

不消说，人类属于生物的一种。而所谓的生物，可说就是一种为了维持生命活动的有机体。若生物产生了想主动停止生命活动的行为，由机能面来看无疑地是严重的问题。

不管有什么深刻理由，最终选择踏上死亡之路的人，可说在作此决定的瞬间都患了病。并非因痛苦而选择死亡，而是痛苦导致了疾病，疾病引发了死亡。

我现在虽然已不再想死，但疾病依然存在于我的心中。

所以我并不想被人安慰，也不想被人鼓励。

这种时候我通常只能闷头睡大觉。妻子知道我的情况，在我发作的时候几乎不会开口，她知道这是最有效的方法。

我家在这三天之中，一片风平浪静。

这段期间，我拼命回想那天我对妻子说的话。

不觉得养只狗儿也好吗？——

我是怎么回答的？

你这是，

你这是在，

你这是在拐弯抹角向我抱怨吗——

印象中我似乎这么回答了。不过抱怨是什么意思？难以费解。

既然如此，

既然如此，干脆把话说明白吧——

这好像是我最后抛下的话。说完的瞬间，原本高涨的气势也随之颓靡，之后就出门走到桥下。但我还是无法理解为何当时会说出那些话。

苦思良久亦不得其解——我睡着了。

闭上眼——看见漩涡，意识的漩涡正盘旋着。很快地，包括细胞内的水分，体内的所有体液一起旋转。晕船般的难受向我袭击而来。不久，漩涡朝中心凝结，逐渐产生黏性，如同冷冻肉汁化为果冻状，意识的固体凝结成一只畸形的两栖类。看起来就像是头部过大的蝌蚪，连鳃也很清晰。短短的手脚长出手指，脊椎继续延伸，在屁股上长出小小的尾巴，接着——

突然破裂了。

仿佛腐烂水果用力砸在墙上，浓厚的果汁四散一般——那东西瞬间变成了一滩液体——

此时我醒了。

全身被汗水沾湿，身体仿佛即将腐朽般陷入了深沉的疲劳，听见耳鸣。

这三天中，我不断反复地睡去、惊醒，不断、不断地反复。

一睡觉就做噩梦，一醒来就烦闷。

家中依然安静无声，静极了。在这安静过头的梦魇之中，我睡了三天三夜，糟透了。

到了第三天晚上，我总算能较安稳地入睡了。

第四天早上，觉得自己好多了。

若问与昨日有何不同，说真的并没什么不同。但我还是能感觉到微妙的差异。俗话说病由心起，我的情形真的完全就是心病。或许难以说明，但我就是觉得快要痊愈了。

吃过粥后，心情更平静了。

妻子还是一样沉默不语，但看起来心情倒也不错。

安静是好事。

这三天来，反复不断的思考也停止了。

不管那天我对妻子说了什么，我又忘了什么，我都觉得无所谓了。我也觉得——那天在念佛桥底下看到的怪物，必定是神经过度疲累所造成的幻影。水凝固成形，太不合常理了。

对我而言，度过日常生活无异于停止思考。只要能停止思考，大半的日常生活都是平稳、温和、令人舒服的。

没有进步，真是件非常美妙的事。

一想到此，仿佛剥下一层原本包覆在身上的外膜，世界变得更明亮、更安祥。快了，就要回到那平淡无奇的日常生活了。

原以为如此，没想到……

就在此时——

寂静被打破了。

有客人上门。

"有人在家吗？有人在家吗？"玄关传来访客的呼叫声。

打破寂静的——是日前向我邀稿的糟粕杂志编辑。大概看我久未联络，心生着急来探探状况吧。这也难怪，记得之前谈的交稿日好像是昨天还是今天——

但是——

我把纸门关上，盖上棉被。虽说快痊愈了，这种状态下要与活力充沛的年轻编辑见面还是颇为痛苦，见了面就得讨论工作更令人难过。要我现在绞尽脑汁替写不出东西来找借口——简直就像在拷问。

大概是察觉了我的想法——或者说熟知我的病情——妻子走向玄关。

我在被窝中听见妻子的说话声。

似乎在说明我的病情。

我躺着竖起耳朵，听着模糊不清的对话，耐着性子等候客人回去。

但是——客人并没有回去。

咚咚咚咚，大步踏地的脚步声接近，啪地一声，纸门被打开了。

"老师您怎么了——这样我很困扰啊。"

编辑——鸟口守彦尽情发挥他天生迷糊的个性，在我身旁坐下。

"夫人跟我说了，听说您生病了喔？夏季感冒吗？哎呀，真是辛苦了。可是老师啊，您还记得要替我们写的文章什么时候截稿吗？"

鸟口语气逗趣地问我。我无法回答，决定装死到底，一动也不动地背对着鸟口装睡。

"哇哈哈，老师您别这样嘛。别担心，反正我们的杂志暂时也出不了啦。"

"出不了？"

我发出沙哑的声音。

"被我抓包了吧，您明明就听得到嘛。我刚才就知道您醒着啰。"

"你、你骗我。"

"可惜不是骗人的。"鸟口双眉低垂，大概以为这样看起来比较像丧气吧。

"——因为最近完全没有题材啊。我们杂志专写离奇事件，不像色情题材到处都有。"

"是吗——"

顿时卸下了肩上的重担。

"——所以不用写了吗？"

"您明明就还能说话嘛。夫人说您病得很严重，没办法开口呢。"

"是——事实啊。"

就算说明我的病况他也不懂。

"可是既然杂志不出了，应该就不需要稿子了吧？"

"又不是停刊了。"

鸟口有点生气地说："只是暂时不知道什么时候能出刊而已。"

"还不是一样。"

"完全不同喔，差不多跟长脚蟹与小锅饭之间的差别这样大³。"

这是什么烂比喻，我不由得失声大笑，鸟口也满脸笑嘻嘻地。此时妻子端茶进来，并瞄了鸟口一眼。

——原来如此。

这应该是——妻子的目的吧。我这个人很容易被鸟口这种性格开朗的人拉着跑，妻子大概是想让我与鸟口聊天，好治疗我的心病。

久违三日的茶异常芬芳。

妻子等我喝完茶，说要去买个东西便离开了。在这三天期间，我猜她就算想出门也不敢出门吧。

等妻子一走，鸟口笑得更恶心了。

"干什么——你真恶心欸。"

"还是夫人不在场——比较轻松。"

"你这家伙打从一开始就完全放松了吧？"

这家伙从来不知顾虑他人心情。

为了掩饰自己的不好意思，我拼命装出威严。

"嗯——鸟口，看到你那张放松的呆脸，连带我的紧张也消除，感冒似乎也跟着好了哩。"

"唔嘿，人家不是说夏天的感冒只有某种人会得⁴吗？啊，抱歉——更重要的是老师，您这样不行喔，请恕我说话太直接，可是……"

"什么不行？"

"您这样夫人会哭的喔，我看夫人好像很疲累的样子。"

"是吗——"

虽然嘴里表示疑问，其实我内心是知道的。

我虽不是个浪荡子，但无疑地是个最糟糕的配偶。

因为我的缘故，妻子总是身心俱疲。

我只能含糊不清地闪避回答。

"虽然老师不花心也不赌博——可是……"

鸟口伸长了腿，态度更加随便了。

"就算是夫妇，每天二十四小时待在同一个屋檐下也很痛苦吧？难怪老师会心情郁闷，夫人也——"

"这我知道。"

"所以说，我建议您去采访一下。"

"采访——"

"要写小说或是报道不是都需要采访吗？您就去一趟嘛，俗话不是说：'狗走个路，脚也会累得像木棒'吗？⁵"

"但是——我的小说是……"

"所以说——我想请您替我们做做采访报道啦，还能顺便散散心喔，反正都是些阴惨的事件，刚刚好。总之，我们的截稿日延后了，您恰好有空——"

"可是——你们要求的不是外国的报道吗？"

"那个归那个。"

"那个是哪个啊。我大致思考过文章内容，老实讲，要写这个外国的离奇事件——对我来说实在太困难了。这次为了写你们的文章我还闷得搞坏身体咧。"

"可是我看您的格子也没填几个，应该闷不起来吧——"

鸟口伸长了脖子窥看书桌。

"——您写了几张了？"

一张也没写完。

"不好意思。"我没好气地说。

"真伤脑筋。"鸟口盘手胸前。

"不知道有没有什么有趣的消息，最好是令人作呕的故事，连推理小说家都会吓得脸色大变赤脚奔逃出去的——"

"推理小说——吗。"

我想起中禅寺敦子的谈话。

"对了——记得——有个妇产的——"

"妇产——您是指妇产科医院吗？"

"妇产科——进不去——被封闭着的——有孕——胎儿——小孩——消失——死亡——诞生——"

诞生。

未诞生。

浓稠的浓稠的浓稠的浓稠的浓稠的。

"什么？"

"我、我刚好听到一个——传闻，关于密室的——"

"传闻？是密室的吗？所谓密室就是进不去出不来的那个密室吗？"

"似乎——如此。"

"密室里发生什么事情了？"

"不知道，我自己也不清楚。应该是典型的密室事件吧。"

"喔，小说里经常有所谓的密室杀人事件，可是实际上从来没听说过，如果这是真的倒很稀奇哪。但是那跟胎儿怎么凑在一起我就不懂了。如果不是密室杀人而是密室出生的话就完全不同啦。对了——地点呢？"

"啊？好像在——丰岛那一带发生的——"

详细的事情我完全没有记忆，只有片段在脑中闪过。

"虽然不知详细情况，不过好像还蛮有趣的喔？"鸟口说，又盘起手，"——既然有传闻，那我就去探探状况好了——"

接着准备站起。

"要回去了吗？"

"不是说了吗？我要去采访啊。既然有这么有趣的传闻，趁现在去采访应该能挖到不少消息。丰岛地区的妇产科吗？我去问看看好了。如果这个题材有趣的话，老师您就一定要好好采访一下，帮我们写篇报道喔。"

接着鸟口站起来，突然又说："啊，我差点忘记了。"

"我带了水蜜桃来，已经交给夫人了，您要记得吃。是探病的礼物。"

"有劳费心了。"我也站起来向他道谢。

突然有点头晕。

"那我先走啰,有消息再跟您联络。"吵闹的不速之客语气轻佻地说完,飘然离去。

只剩我一个人。

觉得肚子很饿。

这也是精神逐渐恢复的证据之一。

就像梅雨季节的结束一样,忧郁症的痊愈总是突然来访。

我打开窗子,下午的阳光明亮。

再过不久就是夏天了,夏天即将到来。

我边想着这些事,边走向厨房,想吃鸟口带来探望的桃子。

包在报纸里的桃子放在流理台旁。打开报纸,随手抓了一颗,有如汗毛般轻轻扎人的触感,果皮底下的应是——水嫩果肉。用力一握,手指陷入果肉里,果汁……

——啊。

果汁喷出,化为海洋。

黏滞的浓汤满溢,我成了在海洋里飘荡的漂流物。

在漩涡的中心——是那个透明的两栖类——那是——

我感到强烈的晕眩。

4

早晨。

醒来,发现正下着毛毛细雨。

虽然已经复原，心情还是不怎么好，也就是说，我又回到最初的状态。

鸟口忙着四处打听，隔天找来了一大堆奇怪的传闻。中禅寺敦子带来的那个事件到处都有传闻。但是年轻的糟粕杂志编辑收集来的传闻中，并非医生在密室中离奇消失的恐怖故事。

而是——

大量关于妊娠与分娩的令人作呕、荒唐无稽的丑闻。

鸟口说归说，他也怀疑这些传闻是否能当做杂志题材。这与他平时处理的离奇事件并不相近。

而作为听众的我——老实说心情也十分复杂。

我对于杀人事件或风流韵事之类的丑闻一向不太感兴趣，但不知为何，这次对这些传闻却格外在意。

明明是如此地下流、难以置信。

我竟回答："我考虑看看好了。"

"那么就拜托您了。"鸟口说完便离开了。他的离去是在昨晚，那时还没下雨。

我原本想去跟敦子的兄长讨论这件事，他通晓古今东西的奇谈怪谈，或许能提供我一点线索。

窗外细密如丝的绵绵霪雨令人忧郁。

当、当，似乎听到漏雨打在器具上的声响。

雨水沿着窗户流下。雨滴声。

滴、滴、滴。

当、当、当。

注视雨滴。

滴、滴、滴、滴。

当、当、当、当。

——律动。

噗通、噗通、噗通、噗通。

是心脏的跳动声。

——突然，我觉得在意。

不知在这雨中，桥下的漩涡会变得如何——

一想到此我片刻也待不下去，未向妻子知会便直接奔出家门，走向念佛桥下。雨伞太碍事了，我在雨中奔跑，穿过高耸的草丛，来到河岸。

——漩涡——

有耳鸣。

——小狗很可爱啊。

"咦？"

——你不觉得养只狗儿也好吗？

"养狗不好啦。"

——是吗？

"当然是啊。狗叫吵到邻居的话会被抗议的。"

——会乱叫吗？

"会，而且狗很臭，照顾起来很辛苦，每天还要带出去散步，长期下来是个负担。我可没那么勤劳。"

——这世上哪件事不费工的啊。

"话是没错——总之我觉得不好，反对。"

——你就——这么讨厌养狗吗？

"也不是，我只是觉得……"

——只是什么？

"真是的，那你又为什么这么想养狗？"

——也不是真的非养不可。

"那你干吗那么执着？"

——我并没有执着，只是……

"只是怎样？"

——觉得有点寂寞……

"什么意思？你在拐弯抹角向我抱怨吗？"

——什么？

"可是听起来就像抱怨嘛。你到底想表达什么？"

——怎么可能，我才不是……

"如果有什么想讲的，就明明白白讲出来嘛。我这个人很迟钝，绕那么大圈我听不懂。"

——我也不懂你在讲什么。

"你就这么不满吗？不，基本上你的说法就很奇怪，什么叫'养只狗儿也好'。"

——咦？

"'养只狗儿也好'，你的意思就是想把狗当成某种代替品，难道不是？"

——代替品？我不懂你的意思。

"你明明就知道，少装傻了。"

——为什么你就这么在意呢？我不想养狗了，你别生气了。

"问题不在于此，养不养狗并不重要。问题是你为什么想养狗？如果你有什么不满，却又藏在心中不说出口，我可受不了。"

——对不起，我不会再说了。

"你不懂吗？我就是不希望你把不满闷在心里。"

——我才没有闷着——对不起，打扰你工作了，请你原谅我。

"等等，把话说清楚嘛，问题讲到一半却又停止，这样我也没心情工作。"

——弄清楚……是要弄清楚什么？

"你——真正想要的，究竟是……"

其实。

我早就知道答案了，但是，觉得很可怕。我害怕她的回答。

半透明的漩涡中心噗通、噗通地跳动起来。

异常巨大的头部，长出如豆粒大小的眼睛。

尾巴愈来愈短，凝固的手掌逐渐分枝，形成一根根小小的手指，最后——


5


我徐徐地站起。

这是幻觉，不能看。

背对河面。这是虚妄幻想。

雨停了。

天空明显放晴了。

——已经是夏天了。

我想。在这梅雨季结束之际的夏日阳光并不怎么舒爽，但比较适合我。我拨开芦苇。

哇哇。

哇哇，哇哇。

——在哭。

**那东西在哭。**

——我不想看。

我想，那东西应该已经变成**完整的人形了**。在咕噜咕噜旋转的水流脐带缠绕下，逐渐凝结固定——

——这是幻觉。

我绝对不回头。

不，我绝对不看。我已下定决心。

无须回想过去。维持……

——维持现状就好。

啪。

水落地声。

拖曳声。

沙沙。

拖曳声。

就在我的背后，在我脚边。

**他从水中爬出来了。**

拖曳声。

听起来体形很小。

沙沙。

芦苇摇曳。

我在芦苇之中悚然而立。

啪、啪，脚丫子踏在泥泞上的声音。

别过来，别再靠近了。有人扯我的裤子。感觉是只很小、很可爱的、有如玩具般半透明的手——抓住了我的裤子下摆。


——胎儿。


我粗暴地将脚抬起向前跨出，甩开了抓住裤子的手，拨开草丛爬上坡道。

别过来，别跟着我走。

对不起，真是对不起。

唉——

哇呀、哇呀、哇呀。

那是水鸟的啼叫声。

一定是水鸟。

哇呀、哇呀、哇呀。

爬上了坡道，来到桥底——

我回头。

那一瞬间。

在河边的芦苇丛中，有个小东西宛如成熟果实砸在墙上般破碎了，水花飞溅。

振翅声。

鸟儿飞起。

就只是如此，真愚蠢。

回到原本的状态，跟海藻一起流逝吧。

河水声隆隆，川流不息。

——对不起，真是对不起。

——其实我并不讨厌你。

河水声隆隆，水——
水不停地向前奔流。
刚才把伞放在桥墩。
周遭仍是一片甚无变化的灰色风景。我抬头看天空。
乌云密布，却意外地明亮。
今天或许会变热。
有此预感。
已经不需要伞了。
对了，去那家伙家吧——
突然兴起念头。
我不再往后看，向前迈开步伐。
就算不看——也能继续生活吗？或者，那是非看不可的事物？
抑或——
听见蝉声。
闷不吭声地离开家里，妻子应该很担心吧——回家后得跟她
道歉——对，要道歉——我思考着这些事，再次陷入日常生活里。

不久——

我站在长长的坡道下。

位于这条仿佛无穷无尽、不缓也不陡的漫长坡道顶上的，就是我的目的地——京极堂。

此乃昭和二十七年，梅雨即将告终时节之事。

1　川太郎、川童：均为河童的别名。

2　糟粕杂志：日本战后一时蔚为风潮的三流杂志类型，内容多以腥膻八卦的不实报道为主。由于杂志经常遭取缔而倒闭，如同用糟粕酿成的劣酒般，几杯下肚即倒，故而名之。

3　长脚蟹与小锅饭：小锅饭是一种将米、材料放入小锅内一起烹煮而成的什锦饭。长脚蟹（takaashigani）与小锅饭（kamameshi）的日语发音前几个音节略为相近，且蟹肉亦常作为小锅饭的材料，的确是若有似无的关系。

4　夏天的感冒只有某种人会得：日本俗语"夏風邪は馬鹿が引く"，原意是"愚钝的人到了夏天才发现冬天得的感冒"，不过常被误解为只有笨蛋才会在夏季得感冒。鸟口应是借此喻暗讽关口愚钝。

5　狗走个路，脚也会累得像木棒：原文为"犬も歩けば足が棒とか"。鸟口把谚语里的"犬も歩けば棒に当たる"（出去走走有时会碰上好运）跟"足が棒になる"（走太久，腿僵硬得像木棒）搞混了。

文景

社 科 新 知　文 艺 新 潮

Horizon

百鬼夜行——阴

［日］京极夏彦 著
林哲逸 译

出 品 人：姚映然
策划编辑：闫柳君
责任编辑：卢　茗
营销编辑：王园青
封面设计：聂永真

出　　品　北京世纪文景文化传播有限责任公司
　　　　　（北京朝阳区东土城路8号林达大厦A座4A　100013）
出版发行　上海人民出版社
印　　刷　山东韵杰文化科技有限公司
制　　版　北京大观世纪文化传媒有限公司

开 本：787mm×1092mm　1/32
印 张：13.75　字 数：245,000　插页：2
2013年1月第1版　2023年8月第18次印刷
定 价：59.00元
ISBN：978-7-208-10951-3 / I · 1050

图书在版编目（CIP）数据

百鬼夜行：阴 /（日）京极夏彦著；林哲逸译.—
上海：上海人民出版社，2012
ISBN 978-7-208-10951-3

I.① 百… II.① 京… ② 林… III.① 短篇小说-小
说集-日本-现代 IV.① I313.45

中国版本图书馆CIP数据核字（2012）第210490号

本书如有印装错误，请致电本社更换　010-52187586